먼지에서　우주까지

먼지에서 우주까지

1판 1쇄 발행 2016. 5. 28.
1판 3쇄 발행 2016. 5. 30.

지은이 이외수 · 하창수

발행인 김강유
편집 김윤경 | 디자인 이경희
발행처 김영사
등록 1979년 5월 17일 (제406-2003-036호)
주소 경기도 파주시 문발로 197(문발동) 우편번호 10881
전화 마케팅부 031)955-3100, 편집부 031)955-3250
팩스 031)955-3111

값은 뒤표지에 있습니다. ISBN 978-89-349-7455-0 03810

독자 의견 전화 031)955-3200
홈페이지 www.gimmyoung.com   카페 cafe.naver.com/gimmyoung
페이스북 facebook.com/gybooks   이메일 bestbook@gimmyoung.com

좋은 독자가 좋은 책을 만듭니다.
김영사는 독자 여러분의 의견에 항상 귀 기울이고 있습니다.

이 도서의 국립중앙도서관 출판시도서목록(CIP)은 서지정보유통지원시스템 홈페이지
(http://seoji.nl.go.kr)와 국가자료공동목록시스템(http://www.nl.go.kr/kolisnet)에서
이용하실 수 있습니다.(CIP제어번호 : CIP2016011757)

먼지에서 우주까지

●

이외수의 깨어있는 삶에 관한 이야기

이외수 × 하창수

김영사

0
갇힘과 풀림

—

    지식인들은 보통 무엇에 대해 알아가는 자신만의 방식을 가지고 있다. 그 방식이 매우 특별하고 중요하다고 생각하며, 그것이 인류의 진보에 기여한다고 생각한다. 그래서 그들이 눈에 보이지 않는 현상에 대해 보여주는 태도는 단호하다. 흔히 표현하는 '과학적 방법'으로 수렴될 수 없는 것은 '사이비'나 '허튼 수작'이 되어버린다. 그렇게 지식은 공고한 성채를 쌓아가지만, 어쩌면 그 성채는 지식인들이 스스로를 가두는 감옥일는지도 모른다.

    수학자이며 컴퓨터과학자인, 그리고 《생명상자, 바닷조개, 영혼》의 작가 루디 루커는 "모든 물체는 마음을 가지고 있다"고 썼다. "별, 언덕, 의자, 바위, 종잇조각, 박피된 피부, 분자… 이들 모두는 인간과 같은 내면의 빛을 가지고 있으며, 자신의 내적 경험과 감각을 가지고 있다."

    나는 이 말의 아름다움을 완전히 이해하지 못한다. 하지만 이 말을 소리 내어 읽고, 되뇌고, 떠올릴 때면 나를 가두고 있던 감옥의 문들이 일제히 열리는 느낌을 받는다. 별을 가둔 감옥이 열리고, 언덕을 가둔 감옥이 열리고, 의자와 바위를 가둔 감옥이, 종이와 박피된 피부와 분자들을 가두었던 감옥이 열린다. 그때 내가 깨닫는 것은 별과 언덕과 의자와 바위와 종이와 박피된 피부와 분자를 가둔 것이 나 자신이었다는 사실이다. 그것들을 내 안에 가두어놓고는 그들이 모두 내 것인 양 생각한 것이다.

그러나 책을 덮고, 일상으로 돌아가, 내게 주어진 일들을 하는 순간, 나는 마치 강력한 진공청소기라도 되는 듯 별과 언덕과 분자들을 다시 빨아들이고는 무서운 간수로 돌변해 감옥의 문을 쾅, 닫아버린다. 그러다가 일상과 주어진 일들로부터 놓여나 다시 책을 펼치면 그 많은 것들이 감옥에 갇혀 있는 걸 발견하게 된다.

이 풀림과 갇힘, 갇힘과 풀림은 반복되어 일어난다. 도로(徒勞)와도 같은 길고 지루한 반복은 어쩌면 영원히 계속될지도 모른다. 영원히 계속될지 모른다는 생각이 들 때마다 "삶은 과연 의미 있는 것일까?"를 묻지 않을 수 없다.

이 물음을 부여안고 길을 나섰다. 강원도 화천군 다목리 '감성마을'로 목적지를 정했다.

—

유튜브에 '이외수 젓가락 신공'을 검색하면 벽에다 나무젓가락을 던져 꽂는 이외수 선생의 신묘한 퍼포먼스를 볼 수 있다. 대담을 시작하던 첫날, 그로부터 불쑥 '먼지'라는 화두를 전해받는 순간 내가 떠올린 것은 바로 그 '젓가락 던지기'였다. 그가 젓가락을 던져 목표물에 꽂는 걸 직접 보면 가벼움과 날카로움을 동시에 느끼게 되는

데, 먼지 화두를 받아든 내가 그의 젓가락 던지기를 맨 먼저 떠올린 것도 그 때문이었다. 먼지는 가볍지만, 툭 던져진 그것은 몹시 날카로웠다.

'먼지'로부터 시작된 우리의 대화는 마치 끝말잇기놀이를 하듯 꼬리에 꼬리를 물고 이어졌다. 항암치료의 후유증으로 한 줌 정도의 먹을거리를 한두 시간마다 조금씩 나누어 먹는 와중에도 대화는 끊이지 않았다. 벽에 등을 기댄 채로 마치 요가를 하듯 한쪽 다리가 반대편 다리 너머로 넘겨진 상태에서 다리와 가슴이 붙어 있는, 얼핏 중국 기예단의 '묘기'를 연상시키는 선생 특유의 자세는 먹을거리를 챙길 때에야 겨우 풀리곤 했다.

한번 얘기가 시작되면 대여섯 시간이 흘러갔다. 65킬로그램의 체중을 유지했던 첫 대담집 《마음에서 마음으로》(2013년) 때에 비해 무려 20킬로그램이나 빠진 상태였지만, 대담을 나누는 동안만큼은 전과 다름이 없었다. 그는 타액의 분비가 원활하지 않아 자주 물이나 차를 마셨고, 간간이 깊이 숨을 몰아쉬었다. 그럴 때마다 나는 "오늘은 그만할까요?"라고 물었고, 괜찮다고 말하며 슬그머니 미소를 띠는 그의 얼굴에서 나는 어떤 결기를 보았다. 그것은 마치, 육체는 쇠잔해도 정신과 영혼은 결코 무너지지 않는다는 선언과도 같았다.

그리고 우리의 얘기는 마침내 종착지에 닿았다. 한 알갱이의 먼지가 포르르 날아오르며 시작된 선생과의 대화가 닿은 곳은 우주였다. 광대무변의 경지… 그곳은 분명 우주였다. 하지만 내 두 발은 여전히 처음 먼지로 떠오르던 그곳에 그대로 놓여 있었다. 그것은 마치

한 알갱이의 먼지가 우주의 넓이만큼 커진 것과 같았다. 그때 문득, 어떤 영상 하나가 만들어졌다.

벽을 향해 젓가락이 던져지기 직전, 그의 젓가락 위로 한 알갱이의 먼지가 내려앉는다. 젓가락은 그의 손을 떠나 허공을 가로질러 벽을 향하고, 순식간에 벽에 꽂힌다. 화들짝 놀란 먼지는 젓가락으로부터 떨어져나가 벽 아래로 천천히 내려앉는다. 먼지는 한 공간에서 다른 공간으로, 순간이동한 것이다.

그와의 두 번째 대담집인 《뚝,》(2015년)에서 내가 마지막으로 한 질문은 조주선사의 저 유명한 화두였다. 한 스님이 조주선사를 찾아와 물었던 그것. "달마가 동쪽으로 온 까닭은 무엇입니까?" 그때 조주선사의 대답은 "뜰 앞에 잣나무"였다. 1,500년 전의 물음을 똑같이 던졌을 때, 이외수 선생은 이렇게 대답했다. "달마에겐 동서남북이 없습니다. 그가 우주의 중심이니까요." 나는 이 말의 진짜 의미를, 이번 대담집 《먼지에서 우주까지》의 원고를 모두 정리하고 나서야 비로소 이해할 수 있었다.

이제, 그 이해의 시작으로 돌아가보자.

11

먼지와의 대화

"우주를 애기하려는데 먼지를?"

"우리가 만약 더 자주 하늘을 올려다보았다면 우리는 지금과는 다른 존재가 되어 있을 것이다."

평생 자신이 태어난 작은 고향마을 쾨니히스베르크를 떠나지 않았지만 인간의 내면에서 광대한 우주까지, 가장 작은 것에서 가장 큰 것까지, 가장 깊은 것에서 가장 넓은 것까지를 명상했던 독일의 철학자 칸트의 말이다. 밤하늘을 올려다보며 "하늘엔 반짝이는 별, 내 마음엔 도덕률"이라 조용히 읊조리던 그를 생각할 때면 심오한 지혜를 훔쳐오는 듯한 기분이 든다.

칡덩굴처럼 얽힌 세상을 떠나는 데는 우주선도, 오랜 시간도, 널따란 공간도 필요하지 않다. 그저 눈을 들어 하늘을 올려다보거나 조그만 방에 가만히 앉아 눈을 감고 숨을 고르면 된다. 그러면 마음이 가라앉고, 뭔지 알 수 없는 빛이 나를 비추며, 뭔지 모를 온기에 감싸인다. 그 어느 순간 내가 지워지고, 내가 있던 세상마저 지워지는 느낌을 받게 된다.

그런 느낌을 나는 요령 있게 설명할 수 없다. 그러나 그것은 실낱처럼 가늘지만 결코 끊어지지 않는 호흡과도 같이 내 몸과 의식을 연결하고, 세상의 모든 사물과 연결하며, 마침내 광활한 우주와 연결한다. 비록 그 시간이 찰나처럼 짧다 해도 그 경험은 영원을 일깨우고 무한을 맛보게 한다.

눈을 뜨면 나는 다시 하늘 아래 있고, 작은 방 안에 있다. 하지만 이전의 나와 이후의 나는 다르다. 무엇이, 어떻게 다른지 또한 나는 요령 있게 설명할 수 없다. 그저 그런 느낌이 들 뿐이다. 이것이 착각이라면, 마음의 장난이라면, 그 또한 왜 그런 것인지 설명할 길은 없다.

15

풍요로운 사회에서 많은 이들이 불행과 외로움을 겪는 이유는 무엇일까? 삶은 왜 언제나 문제로 가득차 있을까? 그 문제들의 진정한 해결책은 무엇일까? 어떻게 해야 행복할 수 있을까? 삶의 목적은 무엇일까?

《마음에서 마음으로》 이후 5년의 시간이 흘렀고, 적지 않은 변화가 있었다. 무엇보다 이외수 선생의 갑작스러운 위암 진단과 위를 모두 잘라내는 수술, 걸음조차 옮기지 못할 정도로 쇠잔하게 만든 항암치료는 그만이 아니라 가족과 주위 사람들을 긴장시켰다. 이렇게 그와 작별하는 것은 아닌가, 싶은 때도 있었다. 하지만 이제, 모든 걱정을 기우로 돌린 채 그는 건강을 되찾아갔다.

16

위암 수술에 이어 힘겨운 항암치료를 견디면서 생명, 죽음, 자연, 우주에 대한 그의 의식은 더 깊어졌다. 이를 본격적으로 다루어보기로 하고 시작한 대담에서 그가 화두처럼 던진 것은 '먼지'였다. 눈으로 확인할 수 있는 것들 중 가장 작은 것이라 할 수 있는 먼지. 의외였다. 나는 다음 말을 잇기 전에 몇 번이나 혼잣말을 되뇌었다.

'우주를 얘기하려는데 먼지를?'

<hr>

하창수 존재에 대한 탐구는 숙명인가요?

이외수 우리가 어디서 왔는지, 어디로 갈 것인지에 대해 우리는 지대한 관심을 가지고 있고, 오랫동안 탐구도 해왔습니다. 특히 종교는 이 문제와 직접적인 관계를 가지고 있어서 그들이 내놓는 답이 곧 그 종교의 정체성을 형성하지요. 그런데 그 답이란 게 재밌어요. 일반인들이 생각하면 전혀 답이 될 수 없을 것 같은 답이지요.

가령, 불교는 "어디서 왔는가?"와 "어디로 갈 것인가?"에 대해 아주 오랫동안 진지하게 물어왔고, 답을 찾기 위해 때로는 목숨을 걸고 매달립니다. 그렇게 목숨을 건 물음과 답이 화두(話頭)라는 형태로 이루어지는데, 이 화두란 게 그냥 봐선 전혀 명확하지가 않아요. 깨달음을 탐구하는 수도승과 깨달음에 이른 선승 사이에 이루어지는 선문답에는 분명 심오한 철학이 담겨 있지만, 말장난이라는 비난으로부터 자유롭지 못합니다. 당나라의 유명한 선승 조주선사는 한 승려로부터 "달마가 동쪽으로 온 까닭이 무엇입니까(祖師西來意)?"라는 물음을 받자 "뜰 앞의 잣나무(庭前栢樹子)"라고 즉답하죠. 조주선사의 '뜰 앞의 잣나무'가 어떻게 달마가 인도에서 중국으로 건너온 까닭이 될 수 있을까요? 설마 달마가 '뜰 앞의 잣나무'를 보기 위해 그 먼 길을 온 것은 아닐 테죠. (웃음) 화두나 선문답은 그 자체로 보면 요령부득, 애매모호 그 자체입니다. 이번엔 기독교를 볼까요? 기독교는 우리가 온 곳, 가야 하는 곳에 대해 명확하게 규정하고 있습니다. 바로 하느님입니다. 모든 것은 하느님으로부터 비롯되고, 하느님으로 귀결됩니다. 하느님이 우리도 만드시고, 우리가 사는 지구도 만드시고, 지구가 포함되어 있는 우주도 만드셨습니다. 명확하죠. 우리가 죽어서 가야 하는 곳 역시 하느님이 만든 '그 어떤

17

곳'이라는 건 충분히 유추가 가능한 일입니다. 그런데 모든 것이 하느님에게서 비롯되고 하느님으로 귀결된다는 것이 사실이 되려면 한 가지 전제가 따릅니다. 바로 '믿음'입니다. 하느님이 만물을 만들었고, 하느님이 만물을 주관한다는 믿음이 전제되어야 합니다.

—— 사실 기독교의 경전인 성경에 나오는 많은 이야기가 설화의 형태를 띠고 있습니다. 방금 말씀하신 '믿음'을 전제로 하지 않으면 도저히 사실이라고 믿을 수 없는 일들로 가득 찬 게 성경입니다. 특히 기독교는 서양인들의 의식과 문화의 저변을 형성해왔고 한때는 정치권력까지 장악하기도 했는데, 중세 이후 과학이 발달하면서 과학으로부터 가장 먼저 공격당한 게 바로 성경에 담긴 이야기들의 비과학성이었습니다.

—— 그렇죠. 입증할 수 있어야 하고 언제든 재현이 가능해야만 사실로 인정하는 과학의 입장에서 성경은 하자투성이였죠. 40일 동안 비가 내려 세상이 온통 물에 잠기고, 바다가 갈라지고, 태양에게 멈추라고 명령을 내리니 천체의 운행이 중단되고, 남녀관계를 갖지 않은 상태에서 신의 아들이 태어나고… '성경은 일점일획도 잘못 씌어진 것이 없다'는 무오설(無誤說)이 지배하는 이상 기독교와 비기독교 사이의 충돌이나 갈등은 불가피한 일이었죠. 인간의 역사에서 이런 충돌과 갈등이 참혹한 전쟁으로 비화한 예는 얼마든 찾아볼

수 있습니다.

—— 이 갈등은 현재진행형이죠.

—— 기독교가 전래되기 전의 우리는 누군가 잘못을 하거나 속임수를 쓰면 "하늘이 보고 있다. 어찌 하늘을 속이려 드느냐"는 말을 했습니다. 하늘만이 아닙니다. 산과 들, 강과 바다, 나무한 그루, 풀 한 포기, 마을과 집과 방과 부엌 같은 생활공간에도 모두 신이 깃들어 있다고 생각했어요. 천지신명(天地神明)이라는 말이 바로 그것입니다. 그런데 서양의 사회와 문화에 깊이 녹아 있는 기독교는 유일신(唯一神) 사상을 가지고 있습니다. 세상만물에서 신을 느끼는 문화와 '단 하나의 신'을 상정하는 문화 사이에는 분명한 차이가 있죠. 유일신 사상에서는 그 '유일한 존재'에 반하는 생각들을 가지면 절대 안 된다는 위협이 느껴집니다. 제게는 그래요.

19

—— 우리가 어디서 왔느냐도 중요하지만 어디로 가는가의 문제, 다시 말해 현실에서의 삶이 끝난 뒤의 세계가 과연 존재하는가, 존재한다면 어떤 곳인가 하는 문제는 말초적인 관심을 끌기도 하지만 현재의 삶에도 큰 영향을 미칩니다. 윤리나 세계관과도 무관하지 않으니까요.
종교는 죽은 뒤에 우리가 가게 되는 곳으로 대부분 두 가지 장소를 마련해놓죠. 천국 아니면 지옥. 부르는 이름은 서로 다를 수 있지만 개념은 거의 대동소이합니다. 그런데 저는 개인적으로 의문이 들어요. 죽은 뒤에 우리가 가게 될 곳이 과연 이런 것일까? 이렇게 단순한 것일까? 삶의 시작이든 마지막이든, 이렇게 간명하고 단순하지는 않을 거란 생각이 들어요.

—— 우주에는 수많은 형태와 형상이 존재합니다. 각양각색(各樣各色), 삼라만상(森羅萬象)이라는 단어로도 형용할 수 없을 정도로 온갖 모양이 있어요. 제가 자주 누에의 삶을 예로 드는데, 애벌레에서 번데기를 거쳐 성충이 되었다가 날개를 가진 존재가 되는 과정만 해도 단순하지 않거든요. 치밀하면서도 완전히 다른 방식으로 옮겨가는 이런 복잡성은 우주가 다양성의 공간이라는 사실을 상징합니다. 누에가 치르는 삶과 죽음의 과정은 "죽음이란 없다. 하나의 삶에서 다른 삶으로의 이행만이 존재할 뿐"이라는 것을 말해줍니다. 누에가 이렇다면 사람은 이보다 더 복잡하지 않을까, 라는 게 제 생각입니다. 죽으면 천국 아니면 지옥으로 간다… 이건 아닌 것 같아요.

—— 누에와 인간의 덩치만 봐도 비교가 되지 않을 거 같네요. (웃음) 그런데 여기서 문득 의문이 드는 게요, 크기와 생사(生死)의 복잡성 사이에 어떤 관계가 있을까요? 다시 말해, 크기가 큰 것은 크기가 작은 것보다 더 복잡한 생사의 시스템을 갖는 걸까요?

—— 그럴 수도 있고, 아닐 수도 있을 겁니다. 가령 가장 작은 것을

상징하는 '먼지'를 한번 생각해보죠. 우공이산(愚公移山)이라는 고사를 보면, 우공이라는 노인은 자신의 집을 가로막고 있는 산을 옮기기 위해 산의 흙을 퍼서 나르겠다고 생각합니다. 시간이 얼마나 걸리든 반드시 이뤄내겠다는 그의 결심에 신이 감동해서 산을 옮겨주죠. 이건 한낱 옛이야기에 불과하지만, 생각할 거리를 줍니다.

태산(泰山)이 아무리 높다고 해도 그 시작은 먼지 알갱이들의 결합체라고 할 수 있습니다. 이 논리를 적용하면 거대한 행성조차 수많은 먼지로 형성된 것이 되죠. 태산이나 행성을 쪼개나간다고 생각해봅시다. 쪼개고, 쪼개고, 또 쪼개다 보면, 결국 한 알갱이의 먼지가 남겠죠. 먼지는 무한(無限)의 다른 이름일지도 모릅니다.

하지만 우리는 먼지를 뭐라고 생각합니까? 먼지는 작은 것, 하찮은 것, 별거 아닌 것을 지칭하는 용어죠. 만약 먼지를 아주 거대한 것으로부터 최종적으로 분리되는 무엇, 아주 거대한 것을 이루는 최초의 무엇이라고 생각할 수 있다면, 먼지는 작은 것도 아니고, 하찮은 것도 아니고, 별거 아닌 것도 아닙니다. 먼지는 아주 중요하고 소중한 것이 됩니다. 태산만이, 행성만이, 우주만이 중요하고 소중한 게 아닙니다. 먼지가 존재하지 않는다면 그들이 존재할 수 있을까요?

우리는 먼지를 '먼지라는 이름의 우주'라고 부를 수도 있습니다. 이런 인식에 다다를 때 우리는 "작은 것 안에 큰 것이

21

들어 있다"는 신비로운 문장을 만들어낼 수 있고, 이 문장의
의미를 우리 가슴에 간직할 수 있습니다. 먼지가 하찮은 것
이 아니고, 쓸고 닦아내야 할 귀찮은 존재만이 아니라는 인
식에 도달하게 되면 세상에 대한, 세상에 존재하는 만물에
대한 태도가 바뀔 것입니다. 세상에는 진실로 하찮은 것이
존재하지 않는다는 사실을 자각하게 된다면 비로소 선(善)으
로 가득 차게 될 것입니다.

—— 먼지를 현미경으로 들여다보면 그 안에 또 다른 공간이 있
고, 그 공간에도 뭔가가 살고 있다는 걸 알게 되는데, 문자 그
대로 '먼지라는 우주'라고 할 수 있겠습니다.
—— 연못에서 물 한 방울을 갖고 와서 현미경의 유리판 위에 올
려놓으면 광대한 세계가 펼쳐집니다. 평면에 불과해 보이는
공간 속에서 다이빙을 하고, 그곳을 날아다니는 '뭔가'로 가
득해요. 먼지는 단지 '최소한의 것'을 상징적으로 지칭하는
말이지만, 실제 그 안에는 또 다른 '먼지'와도 같은 무수한 존
재가 살고 있죠.
—— 전자현미경으로 들여다봐야만 될 정도로 작은 것 안에도 공
간이 존재한다는 걸 과학잡지에서 읽은 적이 있습니다. 그렇
다면 "먼지도 우주다"라는 건 상징적인 의미만이 아니라 물
리적으로도 성립이 되는 말이죠. 하지만 이런 식의 '먼지 우
주론'보다는 '천국과 지옥'의 종교관이 여전히 대세이고 보

편적인 세계관입니다. 이런 것과 다른 개념의 공간이 있을까
요?

—— 가령 선계(仙界)라는 곳이 있어요.

—— 어떤 곳인가요?

—— 우리나라 고유의 풍류도(風流道)에서도 얘기하고, 중국의 도교
에서도 언급하는 곳인데, 천국과 지옥의 개념과는 다른 공간
입니다.

—— 비틀스나 히피로 상징되는 1960년대 이후 서구사회에 등장
한 '뉴에이지(New Age)'는 단순히 '새로운 시대'라는 의미를 넘
어, 그동안 소수에 의해 비밀스럽게 공유돼오던 신비주의에
대한 관심이 대중들 사이에 폭발적으로 일어난 하나의 현상
이었습니다. 동양에서는 보편적인 정서라고 할 수 있던 윤회
나 전생의 개념, 영계(靈界), 초자연현상 등에 대한 관심이 그
야말로 폭발적으로 일어났는데, 거기에도 지금 말씀하신 선
계라는 개념은 없었던 것 같습니다.

—— 그럴 겁니다. 선계는 우리 고유의 세계관, 사생관(死生觀), 우주
관과 관련돼 있기 때문이죠.

—— 어감에서 물리적 조건을 극복한 영적인 존재들이 사는 곳으
로 느껴집니다.

—— 영적 존재라고 하면 흔히 영혼이나 귀신처럼 육체를 가지지
않았거나 떠난 존재를 말하는데, 선계는 육체를 그대로 간직

23

한 채로 살아가는 공간입니다. 말하자면 거기에 사는 사람들은 초과학적·초자연적·초능력적 존재들이라고 봐야겠죠.

—— 혹시 고증할 수 있는 문헌 같은 게 있나요?

—— 《해동전도록(海東傳道錄)》에 보면, 서울에서 춘천으로 오다가 가평 어디쯤에서 선계로 빠져들어가 몇 년 살다 오니까 한 생애가 끝났더라, 같은 얘기들이 적혀 있지요.

—— 물리적인 죽음과도 상관없고, 들락날락할 수도 있는 공간인가요?

—— 그렇죠.

—— 천국과 지옥, 영계는 육체적으로 죽음을 맞은 뒤에 갈 수 있는 곳인데요, 그런 점에서 선계는 전혀 다른 개념의 공간이군요. 그렇다면 지금의 우리도 갈 수 있는 건가요?

—— 물론이죠. 살아 있는 육체로 드나들 수 있습니다. 하지만 쉽지는 않을 겁니다. 뭔가 특별한 수련을 쌓거나 수행이 있어야만 가능한 일이죠.

—— 선생님의 장편소설 《벽오금학도》에 등장하는 선계가 바로 그곳이군요?

—— 그렇습니다.

—— 그곳에 쉽게 들어갈 수는 없겠지만, 확인할 수 있는 방법이 있을까요?

—— 그곳 사람들은 우리가 사는 곳으로 나오기도 하고 나왔다가

다시 들어가기도 합니다. 우리가 만약 충분히 '밝은 눈'을 가지고 있다면 그곳 사람들을 알아볼 수가 있습니다. 그들 중에는 한동안 우리가 사는 이곳에서 우리와 함께 살아가는 이들도 있죠.

—— 도연명(陶淵明)*이 얘기한 무릉도원(武陵桃源)이 생각납니다. 배를 타고 가다가 문득 보니 복사꽃이 흐드러지게 핀 곳에 들어와 있었는데, 낙원과도 같은 그곳에서 며칠을 묵고 다시 배를 타고 나와 보니 엄청난 세월이 지났더라는….

—— 완전히 같다고는 할 수 없지만 유사하다고 할 수 있죠.

—— 그런 공간이 존재하는 이유를 무엇이라고 보십니까?

—— 그런 곳을 흔히 이상향(理想鄕)이라는 이름으로 부르지요. 이런 곳을 상상하는 일은 그다지 특별하지 않습니다. 동양만 아니라 서양에서도 이런 이상적인 공간은 고대의 신화에서 근대의 저술에 이르기까지 수없이 등장하죠. 그리스신화에 등장하는 이상향 아티카(Attica)는 플라톤의 《티마이오스》에 아틀란티스(Atlantis)라는 이름으로 등장하고, 16세기 영국의 토머스 모어는 그 유명한 유토피아(utopia)를 상상했죠. 이런 곳은 현실이나 속세에 대한 아쉬움, 변화에 대한 갈망, 더 나은 현

• 365~427. 중국 동진의 시인. 405년에 팽택현(彭澤縣)의 현령이 되었으나, 80여 일 뒤에 《귀거래사》를 남기고 관직에서 물러나 귀향했다. 자연을 노래한 시가 많으며, 당나라 이후 육조(六朝) 최고의 시인으로 불린다. 주요 작품으로 《오류선생전(伍柳先生傳)》과 《도화원기(桃花園記)》가 있다.

실, 고통이 존재하지 않고 건강과 행복으로 가득한 공간을 바라는 마음이 작용한 것이라고 할 수 있습니다. 비인간적인 사회, 자연과 공존하는 것이 아니라 파괴하는 삶이 현실이라는 인식에서 생겨나는 일종의 도피라고도 할 수 있죠. 제가 얘기한 선계도 일정부분 이런 공간들과 유사하기는 하지만, 상상의 세계가 아니라 실제로 존재하는 세계입니다. 믿거나 말거나겠지만요. (웃음)

—— 어떤 수련이나 수행을 하면 그 세계로 갈 수 있을까요? 흔히 "도를 통한다"고 일컬어지는 그런 수준의 경지가 필요한 건가요?

—— 수련의 정도나 수준도 중요하지만, 그것만으로는 안 됩니다. 중요한 것은 인연입니다. 그곳의 누군가와 연(緣)이 닿아 있어야 한다는 거죠. 연이란 건, 그곳 사람들이 원하는 사람이어야 한다는 뜻입니다. 전생과도 무관하지 않습니다. "전생에 수행자였다"는 것은 이런 의미를 포함하고 있습니다. 그런 사람이 수련의 경지가 높아졌을 때 자신의 자유의지에 의해 그곳과 이곳을 넘나들 수 있게 되죠.

—— 혹시 미확인비행물체(UFO)나 외계인과 무슨 관계가 있을까요? 그들이라면 왠지 그곳과 이곳을 들락거릴 것 같은데요? (웃음)

—— 수련의 깊이와 과학문명의 발달과는 아무런 상관이 없어요. 외계인들 중에도 수련을 열심히 해서 경지에 오른 존재

들이 있을지 모르지만요. (웃음) 도연명의 시에 UFO가 나오긴 해요.

—— 그래요?

—— 어느 날 연못가에 앉아 있는데 갑자기 하늘에서 광채를 띤 물체가 나타났다는 시구가 있죠. 읽어보면 UFO가 금방 연상이 되는데, 그게 만약 UFO였던 게 확실하다면 선계에 외계인들이 들락거렸을 수도 있을 겁니다. (웃음)

—— 동서양을 막론하고 UFO가 등장하는 오래된 벽화나 그림*은 비교적 잘 알려진 일이고,《조선왕조실록》에도 미확인비행물체라 유추할 수 있는 기록이 있기도 합니다. 광해군 1년 9월 25일자인데요, 거의 비슷한 시각 혹은 한두 시간 차이로 영월, 강릉, 속초, 고성, 원주, 춘천까지 강원도 일대에서 똑같은 현상을 보고하고 있죠.

1609년(광해군 1년) 8월 25일, 하늘은 청명하여 사방에 구름 한 점 없었다. 강원감사 이형욱은 그날 강원도 간성과 원주, 강릉, 춘천, 양양에서 동시에 이상한 물체를 보았다는 목격담을 보고한다. 이 내용들은 한 달 후인 1609년 9월 25일자《광해군일기》에 자세히 기록되어 있다.

• 구글에서 'UFO ancient pictures'를 검색하면 이와 관련된 수많은 자료가 나온다.

"간성군에서 8월 25일 사시 푸른 하늘에 쨍쨍하게 태양이 비치었고 사방에는 한 점의 구름도 없었는데, 우렛소리가 나면서 북쪽에서 남쪽으로 향해 갈 즈음에 사람들이 모두 우러러보니, 푸른 하늘에서 연기처럼 생긴 것이 두 곳에서 조금씩 나왔습니다. 형체는 햇무리와 같았고 움직이다가 한참 만에 멈추었으며, 우렛소리가 마치 북소리처럼 났습니다."

같은 시각인 사시(巳時, 오전 10시경), 원주와 강릉에서도 역시 이상한 물체가 목격된다.

"원주목에서는 8월 25일 사시 대낮에 붉은색으로 베처럼 생긴 것이 길게 흘러 남쪽에서 북쪽으로 갔는데, 천둥소리가 크게 나다가 잠시 뒤에 그쳤습니다."

"강릉부에서는 8월 25일 사시에 해가 환하고 맑았는데, 갑자기 어떤 물건이 하늘에 나타나 작은 소리를 냈습니다. 형체는 큰 호리병과 같은데 위는 뾰족하고 아래는 컸으며, 하늘 한가운데서부터 북방을 향하면서 마치 땅에 추락할 듯하였습니다. 아래로 떨어질 때 그 형상이 점차 커져 3~4장(丈) 정도였는데, 그 색은 매우 붉었고, 지나간 곳에는 연이어 흰 기운이 생겼다가 한참 만에 사라졌습니다. 이것이 사라진 뒤에는 천둥소리가 들렸는데, 그 소리가 천지(天地)를 진동했습니다."

동해안으로부터 좀 떨어진 춘천에서는 약 두 시간 후인 정오경에 이상한 물체가 나타난 것으로 보고된다.

"춘천부에서는 8월 25일 날씨가 청명하고 단지 동남쪽 하늘 사이에

조그만 구름이 잠시 나왔는데, 오시에 화광(火光)이 있었습니다. 모양은 큰 동이와 같았는데, 동남쪽에서 생겨나 북쪽을 향해 흘러갔습니다. 매우 크고 빠르기는 화살 같았는데 한참 뒤에 불처럼 생긴 것이 점차 소멸되고, 청백(靑白)의 연기가 팽창되듯 생겨나 곡선으로 나부끼며 한참 동안 흩어지지 않았습니다. 얼마 있다가 우레와 북 같은 소리가 천지를 진동시키다가 멈추었습니다."

—— 옛날 사람들은 하늘을 날아다니는 기이한 형태의 비행체를 '강철'이라고 불렀어요. 불덩어리와 같은 이게 지나가면 농사를 망치게 될 뿐 아니라 여러 가지 피해를 일으킨다고 했죠.

—— UFO가 출현하면 자기장이 워낙 강해서 일대의 전기가 끊기는 현상이 일어나는 걸 영화에서 본 적이 있습니다.

—— 개인적인 생각입니다만, 여기엔 일정부분 과장이 섞여 있는 듯싶습니다. 아니면 세월이 지나면서 UFO도 발달을 했는지, 보고되는 내용이 많이 달라지거든요. 가령, 1950년대 프랑스 도로변에 UFO가 나타났다는 보고에 따르면 가로수가 말라죽는 현상이 일어난 것으로 되어 있는데, 요즘의 보고들을 보면 UFO가 착륙한 것으로 추정되는 지역에서는 방사능을 포함해 어떤 유해물질도 검출되지 않았다고 합니다.

—— 어쩌다 보니 UFO 얘기가 나왔습니다만, 내친김에 몇 가지 짚고 넘어가죠. 몇 년 전까지만 해도 UFO 얘기를 하면 정신

우주

이름을 가진 모든 존재. 먼지는 먼지라는 이름의 우주고, 지구는 지구라는 이름의 우주다. 당연히 인간은 인간이라는 이름의 우주다.

먼지

사람에게는 작고 하찮고 보잘것없고 귀찮고 쓸모없는 존재다. 그러나 우주의 시작점이며 종착점이다. 자체동력 없이 우주 어디든 유영한다. 무엇에도 집착하지 않는다(방하착放下着). 어떤 사물에도 차별을 두지 않고, 지상과 천상의 모든 존재에 붙어 우주의 안팎을 이야기한다. 형상을 가진 물체는 모두 예비 먼지다.

화두(話頭)

불교에서 참선수행자가 깨달음을 얻기 위해 참구하는 문제. 그러나 글자에 속지 말라. 화(話) 자가 들어가지만 말에 얽매이지 말아야 하며, 두(頭) 자가 들어가지만 머리에 얽매이지 말아야 한다.

마음

옛 선사들은 "생각이 끊어진 자리에 도가 있다"고 했는데, 곧 생각이 끊어진 상태가 되어야 마음의 실체를 보게 된다는 뜻이다. 생각과 마음의 차이는 대상과 나의 결합 상태에 있다. 대상과 내가 이분화되어 있으면 생각, 합일되어 있으면 마음이다.

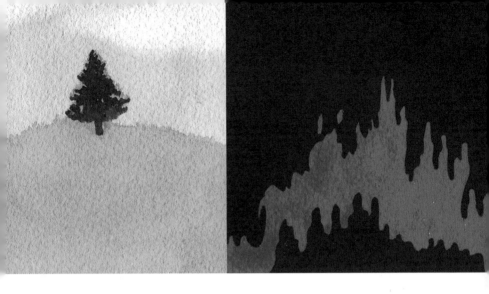

깨달음

바닷물을 다 퍼마셔보지 않고도 모든 바닷물이 짜다는 사실을 체득하는 경지. 담 너머로 지나가는 뿔만 보아도 순록인지 사슴인지 알아보는 경지. 모든 의문이 사라진 경지. 어떤 현상에도 여여(如如)하며, 어떤 법칙에도 여여한 경지. 쥐뿔도 없고 개뿔도 없다는 사실을 수긍하는 경지. 모든 해답 끝에 무릎을 탁 치는 경지. 그러나 본디 불립문자(不立文字), 말이나 글로는 전할 수 없다.

천국

사랑하는 사람과 함께 있는 모든 시간과 공간.

지옥

독재자들이 대통령으로 군림하는 모든 나라. 또는 인간성 더럽고 야비하고 폭력적인 놈들과 함께 있는 모든 시간.

천사

사람들은 누구나 자신에게 조건 없이 절대적으로 잘해주는 존재를 천사라고 부르고, 자신에게 나타나주기를 기다린다. 그러나 자신이 천사가 되어 다른 사람에게 나타나려는 노력은 기울이지 않는다.

나간 사람 취급을 받았습니다. 하지만 이즈음엔 사정이 많이 달라진 것 같습니다. 권위 있는 대학교수나 정통 과학자들 중에서 이른바 'UFO 전문가'라는 타이틀을 가진 분들이 강연이나 저서를 통해 UFO에 대한 자신의 생각과 연구 결과를 소신 있게 드러내고, 언론에서도 이분들의 얘기를 진지하게 다룬 기사나 보도를 볼 수 있습니다. UFO와 관련된 책들 가운데 맹성렬 교수의 《UFO 신드롬》이나 한국학과 교수인 최준식 선생과 옥스퍼드대학 동양학부에서 학생들을 가르치는 신학자 지영해 선생이 대담 형식으로 집필한 《외계지성체의 방문과 인류종말의 문제에 관하여》라는 책은 UFO와 외계인에 대한 제 생각의 폭을 굉장히 넓혀주었습니다. 고무적인 사실은 무엇보다 더 이상 이 주제가 음지에 묻혀 있지만은 않다는 겁니다.

—— UFO나 외계인 문제는 우리가 무시하고 경원해왔던, 심지어 정신병자의 짓거리로 취급해왔던 여러 가지 초자연현상을 상징적으로 드러내는 주제죠. 물질적이고 기계적인 과학이 현대사회의 지배적 이념 구실을 하면서 이런 현상들에 대한 관심은 미신적이고 전근대적이라는 질타를 받아왔는데, 다행스러운 일입니다. 하지만 좀 머쓱해지는 건 대학교수가 UFO를 말하고 과학자가 외계인을 얘기해야 그나마 귀를 기울인다는 겁니다. 저 같은 사람이 얘길 하면 "또 구라치고 있군" 하고 코웃음을 치거든요.

—— 요즘은 사정이 많이 달라진 것 같은데요?

—— 글쎄요, 이 책이 출간되고 나면 진짜 달라졌는지 알 수 있겠죠. (웃음)

—— 외계인이 어디에서 UFO를 타고 오는 것일까 하는 의문을 풀기 위해 지영해 교수는 '인접생명권'이라는 개념을 사용하고 있습니다. 우리가 살고 있는 곳을 바이오스피어(biosphere), 즉 생명권이라고 하는데, UFO가 광년(光年) 단위의 먼 우주로부터 날아오는 게 아니라 우리의 생명권과 인접해 있는 '어떤 생명권'에서 온다고 추정할 수도 있다는 겁니다. 다시 말해, 외계인들이 우리와 가까운 곳에 살고 있다는 거죠. 선생님이 말씀하신 선계가 우리 가까이에 있듯이 말이죠.

—— 북극에 외계인들의 기지가 있다고들 얘기하기도 하죠. 바닷속 얘기도 하고요. 지구의 내부가 비어 있다는 지구공동설(地球空洞說)을 주장하는 사람들은 그곳이 외계인들의 거주지라고 말하기도 하잖아요. 그렇지만 개인적으로 선계는 이런 곳과는 다르다고 말하고 싶은데, 유사성을 완전히 배제하는 건 아닙니다.

우리 고유의 풍류도(風流道)를 바탕으로 쓴 이외수 선생의 장편소설 《벽오금학도》에 선계의 모습이나 풍경을 짐작해볼 수 있는 부분이 있다. 바로 제5장(초판 103~115쪽)인데, 소설의 주요 캐릭터 중 하나인

33

'아이'가 꿈에서 보는 듯 경험하게 되는 곳이 바로 그곳이다. 일부를 옮겨보자.

아이는 마치 모태 속에 들어앉아 있을 때처럼 평화롭고 온화한 상태로 돌아와 있었다. 그것이 본래의 상태였다. 막연한 슬픔 같은 것이 꿈의 여운처럼 잠시 아이의 의식 속에 남아 있다가 사라졌다. 어디선가 푸득푸득 새의 날갯짓 소리가 들려왔다. 귀에 익은 소리 같았다. 눈을 뜨니 하늘이 보였다. 눈부신 구름들이 한가롭게 떠 있었다. 금빛 날개를 가진 새들이 아이의 주위를 호위하듯 선회하고 있었다. 처음 보는 새들이었다.

아이는 주위를 찬찬히 훑어보았다. 낯선 강변이었다. 모든 사물들이 비 갠 날 아침 햇빛 속에 젖어 있는 것처럼 신선하고 청결해 보였다. 이따금 명주실처럼 부드러운 바람이 얼굴을 스치고 지나갔다. 그때마다 잘 디잔 물비늘이 은어떼처럼 수면 위를 반짝거리며 쓸려다니고 있었다. 끊임없이 꽃향기가 맡아져왔다. 주변에 꽃나무들이 숲을 이루고 있었다. 더러는 선홍빛 과일들이 주렁주렁 매달려 있는 나무들도 있었다. 과일들은 모두 잘 영글어서 햇빛을 영롱하게 반사하고 있었으므로 마치 과일마다에 불빛이 하나씩 켜져 있는 듯한 느낌을 불러일으켰다. 이상하게도 모든 것들이 낯설었으나 매우 친숙한 느낌이 들었다. 아주 오래전부터 여기서 살고 있었던 것 같은 느낌이었다. 하지만 전혀 기억해낼 수가 없었다. 아이는 악몽에서 깨어나 본래의 상태로 되돌아와 있는 것이 아니라 또 다른 악몽 속으로 옮겨와 있는 것이나 아닐까 하는 의구심에 잠시 사로잡혀 있었다. 그러나 악몽이라고 하기에는 너무도 아름다웠으며 공포심을 유발할 만한 분위기라고는 그 어디에서도 찾아볼 수가 없었다. 오직 평온만이 충만해 있을 뿐이었다. 여기가 저 승일지도 모른다는 생각이 들었다. 그때였다. 바로 곁에서 인기척이 들려왔다.

"기분이 어떠냐?"

백발노인 하나가 곁에 다가와 있었다. 인자해 보이는 얼굴이었다. 하얀 도포를 걸치고 있었다. 역시 낯선 모습이었으나 오래전부터 매우 친숙하게 지내온 사이 같았다. 모든 것들이 그런 느낌이었다.

"여기가 저승인가요?"

아이가 노인에게 물었다.

"너는 지금 선계에 들어와 있느니라. 지금까지 살고 있던 시공과는 약간 성질이 다른 시공이지. 너는 기억이 잘 나지 않겠지만 하마터면 물에 빠져 목숨을 잃을 뻔했는데 그쪽 세상에서 지은 인연에 의해 무덕선인(無德仙人)께서 너를 구해 이쪽 세상으로 데리고 오셨느니라. 그쪽 세상의 평범한 생명체를 이쪽 세상으로 고스란히 옮겨다 적응시킬 수 있는 능력을 가지신 분은 그리 흔치가 않지. 허나 네 적응력은 이쪽 시간으로 겨우 사흘이 고작이니라. 이쪽 세상에서는 자신이 아름답다고 느끼기만 하면 그 어떤 대상이든 완전 합일이 가능한데, 우리는 그것을 편재(遍在)라고 일컫느니라. 두루 퍼져 있다는 뜻이지. 우주만물 중에서 아무리 하찮은 것이라 하더라도 각기 나름대로 마음이라고 하는 것을 가지고 있는데, 이는 곧 우주를 비추는 거울이며 우리가 태어난 곳으로 되돌아갈 통로이니라. 마을로 가면 무선낭(舞仙娘)이 네게 편재를 가르쳐줄 것인즉, 우주와 네가 둘이 아님을 알게 될 것이니라. 사흘후 무덕선인께서 너를 저쪽 세상으로 다시 데려다주신다 하셨으니 아무 걱정 말고 그때까지 무선낭의 집에서 머물도록 하여라. 무선낭은 먼 전생의 어느 다른 시공에서 네게 마음의 빚을 진 적이 있으니 마땅히 그 인연이 너를 거기에 머물도록 하는 것이라고 무덕선인께서 말씀하셨느니라. 그분은 쌓으신 공덕이 한량없어서 수많은 우주공간 속을 그 어디든 자유자재로 넘나들 수 있는 분이시란다."

마을로 가는 도중 하늘을 쳐다보니 금빛 날개를 가진 새들이 줄곧 머리 위를 선회하면서 뒤따라오고 있었다. 학처럼 생긴 새들이었다. 금학(金鶴)이라고 노인이 설명해주었다.

"너는 지금까지 그쪽 세상에서 겪은 일들을 꿈속처럼 생각하고 있겠지만, 그쪽 세상도 이쪽 세상도 모두 꿈이 아닌 실재이니라. 너는 그쪽 세상에서 백학(白鶴)만을 보아왔을 것이다. 백학이 천년을 살면 몸 전체가 검어져서 현학(玄鶴)이 되고, 현학이 천년을 살면 몸 전체가 밝아져서 금학이 되느니라."

아이는 전혀 자신의 체중을 느낄 수 없었다. 무중력상태 같았다. 마음만 먹으면 구름처럼 새하얗게 흩어져서 떠다닐 수도 있을 듯한 느낌이었다. 자갈을 하나 집어들었다. 전혀 무게가 느껴지지 않았다. 당연한 것 같았다. 무게란 사물들이 가지고 있던 일종의 속임수처럼 느껴졌다. 부피도 높이도 길이도 넓이도 마찬가지일 것 같았다. 아이는 어느 순간 문득 자신이 자갈을 만지고 있는 것이 아니라 자갈이 자신을 만지고 있는 듯한 착각 속에 빠져들었다. 손바닥에 가만히 힘을 주어보았다. 자갈의 감촉이 느껴지기는 하는데 전혀 견고한 물질이 아닌 것처럼 생각되어졌다. 금방이라도 스르르 녹아서 손바닥 속으로 스며들어 가버릴 듯한 느낌이었다. 너무도 생생한 느낌이었다. 그러나 아이는 그 느낌을 떨쳐버리듯 멀리로 돌팔매를 날렸다.

노인은 아이를 데리고 숲을 지나고 개울을 건너고 언덕을 넘었다. 거대한 오동나무숲이 나타났다. 오동나무숲은 너무나 거대해서 마치 암록빛 산이 자라고 있는 듯한 느낌을 불러일으켰다.

―― 선계를 얘기할 때 가장 난감한 부분 중 하나가 그곳에 사는 사람들의 나이입니다. 우리 식으로 말하면 대부분 몇백 살씩 드신 분들인데, 이걸 누가 믿겠어요. 과학의 시대에 말이죠. (웃음) 그런데 나이만큼이나 측량 불가능한 게 그분들의 지혜입니다. 통칭해서 그분들을 도인(道人)이라고 부르긴 하지만, 흔히 도인이라고 할 때의 개념과는 많이 다릅니다. 물리적인 제약을 초월한 것만이 아니라 모든 정신의 문제, 마음의 문제에 걸림이 없거든요.

우리가 도인을 이해하기 쉽지 않은 이유는 그들이 추구하는 것들이 우리의 가치관에 부합하는 게 아니기 때문입니다. 일단, 우리는 우리 자신이 행복해지기를 원하고 그걸 추구합니다. 돈이든, 명예든, 지식이든, 지혜든… 그런 걸 얻게 되면 우리는 행복해질 거라고 믿죠. 현실적 삶을 살아가는 우리로

선 당연한 일이지만 한편으론 한계이기도 합니다.

그런데 그분들은 행복의 궁극을 추구합니다. 돈이나 명예나 지식, 하다못해 지혜조차 세속적 갈망의 대상일 뿐이라고 생각합니다. 그런 걸 가진다고 궁극적인 행복에 이를 수는 없으니까요. 중요한 건 '가지는' 것이 아니라 '버리는' 것입니다. 만약 우리 중의 누군가가 "갈망을 버린 곳에 행복이 있다"라고 말하고 그것에 따라 살아간다면 그의 삶은 '행복의 궁극'에 기반을 두었다고 할 수 있어요. 말하자면 그는 도인입니다. 이상향으로서 무릉도원은 궁극적인 행복이 실현된 공간이고, 이건 지금 우리가 사는 세계와 마찬가지로 현실적인 공간이라고 저는 확신합니다. 실재하는 삶이란 거죠.

UFO와 관련해서 얘기하자면, 최근 들어 UFO가 출현했다는 보고가 늘어나는 현상은 어쩌면 UFO를 타고 다니는 존재들이 스스로를 우리에게 인식시키려는 것이 아닌가 하는 생각이 드는데, 마찬가지로 선계에서도 그런 세계가 존재한다는 것을 우리에게 인식시켜서 자연스러운 삶과 점점 멀어지고 있는 우리에게 어떤 각성을 유도합니다. 가령, 영국(詠國)*을 다녀온 청산거사(靑山居士)**의 기록을 보면, 그곳 사람들의 미

---

* 선계로 추정되는 곳.
** 신라시대 화랑도에 뿌리를 두고 있는 우리 고유의 수련법인 국선도(國仙道)를 현대적으로 개창(改創)한 인물. 1980년대 군사정권과 마찰을 빚어 고문을 당하고 그 후유증으로 사망했다는 설과 풀려난 후 속세를 떠났다는 설이 있다.

래 계획으로 "지상에 존재하는 모든 무기를 녹여서 농기구로 쓴다"는 것이 적혀 있습니다. 무기를 녹여 농기구로 쓴다는 건 곧 전쟁을 반대한다는 얘기죠.

—— 지금 하신 말씀은 노자의 《도덕경》과도 유사하네요. "천하에 도가 있으면 달리는 말이 거름을 주고, 천하에 도가 없으면 말은 성 밖에서 새끼를 낳는다"는 대목이 그것인데, 말이 농사를 짓는 데 사용되는 것과 전투에 끌려나가는 것으로 세상에 도가 있고 없고를 논합니다. 병장기(兵仗器)를 녹여 농기구로 쓴다는 것과 같은 얘기지요. 그런데 선계의 존재들이 이쪽으로 건너와서 우리한테 학습을 시켜주면 효과가 좀 더 빠르지 않을까요?

—— 우리가 알아차리지 못했을 뿐 예로부터 수없이 가르침을 주었다고 할 수 있습니다. 예수의 희생과 부처의 자비는 더없이 큰 학습자료가 아니겠습니까. 그런데도 전쟁은 끊이지 않았고, 증오와 질시가 난무하는 세계를 만들었습니다. 끔찍한 건 적의 목을 치면서 신의 의지를 명분으로 내세웠다는 겁니다. 가난한 사람들을 외면하고 부자들을 위한 정치를 하면서도 민주주의를 말하고 평등과 자유를 외치는 위정자들도 다를 바 없죠. "나의 신을 믿지 않으니 벌을 받아야 한다"는 논리나 "게으르니 못사는 것"이라는 논리가 지배적인 사회에 "당신 자신이 곧 신"이라든가 "부자의 주머니를 헐면 세상에

39

가난한 사람은 있을 수 없다"는 가르침이 먹혀들기 힘들죠.

—— 가르침이 없었던 게 아니라 새겨듣지도 않고 실행하려고도
하지 않았다는 거군요.

—— 쉽게 알아듣기는커녕 어렵게라도 알아들으려 하지 않으니
"인간에겐 희망이 없다"는 말까지 나오는 겁니다. 예수를 믿
지 않는 사람조차 "예수까지 왔다 갔는데도 이 모양"이라고
자조합니다. 이제는 부처가 왔다 간 이유도 모르겠고, 예수가
왔다 간 까닭도 모르겠어요. "그분들이 왔다 갔는데도 이 모
양인데, 안 왔으면 오죽했겠느냐"는 우스갯소리에 웃다 보면
섬뜩해져요.

40　—— 그분들의 가르침은 무엇이었습니까?

—— 한마디로 본성(本性)입니다. "본성이 무엇인가"를 묻고 그것을
찾으라는 겁니다. "본성이란 이런이런 것이다"라고 가르쳐준
다고 알아지는 게 아닙니다. 스스로 묻고 지켜보고 깨닫는
것이지요. 그분들의 삶이 그랬습니다. 보리수 아래 피골이 상
접하도록 틀고앉았던 것도, 십자가에 못 박혀 고난을 감수한
것도, 모두 본성을 찾으라는 강렬한 말씀이었어요. 우리가 어
디서 왔는가, 우리는 어디로 가는가, 라는 질문을 하는 것 역
시 본성을 찾기 위한 방법입니다.

—— 한 학승이 조주선사에게 "개에게도 불성이 있습니까?"라고
물은 일화가 생각납니다. 조주선사는 처음엔 "없다"고 대답

했는데, 학승이 "일체 중생에게 다 불성이 있다는데 왜 개에
게만 없습니까?"고 다시 묻자, "그럼 있다"라고 대답하죠. 이
걸 어떻게 받아들여야 합니까?

—— 학승에겐 불성, 즉 본성의 있고 없음을 찾는 일이 중요하지
만, 조주선사에겐 불성의 있고 없음은 문제가 되지 않죠. 모
든 걸림으로부터 자유로운 상태라는 얘기입니다. 본성에 대
한 더 깊은 탐구, 본성과는 다른 탐구에 들어간 사람이라고
봐야겠죠. 한편으론, 본성의 탐구는 있고 없음의 탐구가 아니
라 그것이 무엇인가를 탐구하는 거라는 뜻이기도 합니다.
"당연히 있다, 당연히 있는 그것은 무엇인가?"라고 물어야
한다는 것을 그렇게 알려준 것이라고 볼 수 있어요.   **41**

—— 삼라만상에 모두 본성이 있다면, 그 본성은 저마다 다르겠지
요?

—— 신의 본성에서 먼지의 본성까지, 본성은 하나입니다.

—— 같다는 거군요.

—— 깨달은 분들의 말씀입니다. (웃음)

—— 같다고 하는 그 본성은 무엇이라고, 어떤 것이라고 얘기할
수 있습니까?

—— 사랑이라고 얘기할 수도 있고, 선이라고 얘기할 수도 있고,
자비라고도 얘기할 수 있습니다. 지금 말한 사랑이나 선이나
자비는 변화나 작용에 의해 만들어지는 현상과는 다릅니다.

이와 반대되는 개념, 즉 증오나 악은 현상입니다. 변화하고 작용하는 현상은 본성이 아니죠. 흔히 "진리는 영원불변하다"라고 말할 때, 진리에 해당하는 것이 바로 본성입니다.

사실 진리나 본성에는 반대개념이 존재하지 않습니다. 증오는 사랑의 반대말이 아니라, 본성에 따르지 않아서 생겨나는 '미워하는' 현상입니다. 가령 사랑하지 않는 것 자체는 사랑이라는 본성을 잊어버린 상태라고 보면 됩니다. 그러니 현상이죠. 사랑이나 선이나 자비와 마찬가지로 '아름답다'는 것 역시 반대개념이 존재하지 않는 본성에 해당합니다. '추하다' '더럽다' '나쁘다'는 표현이 쓰이지만, 이 말들은 현상을 지칭하고 설명하기 위해 만들어진 개념이지 '아름답다'의 반대말이 아닙니다.

지금까지 언급한 사랑, 선, 자비, 아름다움은 그 자체로 '가득 차 있는 무(無)'입니다. 그래서 이것들과 상반된 게 존재하지 않죠. 있음(有)은 없음의 반대개념이 아니라 변화와 작용에 의해 만들어지는 현상을 말합니다.

—— 쉽지 않은데요. 선악, 미추, 유무는 서로 반대되는 개념으로 알고 있어서 마치 두 가지 본성이 존재하는 듯 느껴지거든요. 그래서 본성이 착하다고 하기도 하고, 본성이 악하다고 말하기도 하죠.

—— 본성에 대해 제대로 알지 못해서 그렇게 말하는 것입니다.

본성은 작용에 의해 변하는 것이 아닙니다. 본성을 잊었다든가 외면했다든가 잃어버렸다고 생각할 수는 있지만, 본성이 바뀌는 일은 없어요. 부처에게 있는 불성은 저잣거리의 우리에게도 있습니다.

이렇게 생각할 수는 있습니다. 아름다움과 추함은 원래 하나다, 추함까지 미(美)라고 할 수 있다, 라고요. 비유하자면, 해가 떠 있는 동안에는 나무의 그림자까지 나무의 실체로 보아야 한다는 것과 같습니다. 나무 따로 그림자 따로가 아니라는 거죠. 이렇게 본다면 부속되는 것, 상반되는 것 모두가 본성 안에 포섭이 되죠. 그러면 바람도, 하늘도, 구름도 모두 나무라는 존재의 일부가 됩니다. 나무라는 이름의 절대─한 존재가 하나의 절대가 되는 거죠. 그래서 "나무는 우주다"라는 말이 성립됩니다. "먼지는 우주다"도 맞는 얘기지요.

─── 전체와 일부는 따로 존재하지 않고 연결되어 있다는 점에서 하나의 본질, 하나의 본성을 이룬다는 뜻으로 해석이 됩니다.
─── 연결을 끊는 것, 따로 존재하는 듯 느껴지는 것은 이기성 때문입니다. 최신 과학에서 얘기하는 프랙탈(fractal)* 개념을 보

• 일부 작은 조각이 전체와 비슷한 기하학적 형태를 띠는 자기 유사성을 의미하는 것으로, 불규칙하며 혼란스러워 보이는 현상을 배후에서 지배하는 규칙도 찾아낼 수 있는 중요한 개념이다. 현대과학의 카오스(혼돈) 이론에도 이 개념을 이용하면 질서가 나타난다.

면, 하나의 개체나 단위가 연속성을 가지고 전체와 유사한 형태를 보이는데, 이 연속성을 의식하지 못하면 결국 부분은 부분이고 전체는 전체라는 잘못된 인식에 떨어지고 마는 겁니다. 이때 우리 의식의 눈을 가리는 게 바로 '나'입니다. '이기적 자아'에 가려서 진짜 나, 전체로서의 나를 볼 수가 없는 것이죠. 본성을 깨닫지 못한다는 건 바로 이 얘기입니다.

—— 자기를 이롭게 한다는 이기(利己)가 실은 자신을 해롭게 하는 구실을 하게 되는군요. (웃음)

—— 나한테 이롭다는 것이 아니라 나한테만 이롭다는 거니까요. 나한테'만' 이로운 건 결국 나 이외의 것에는 해롭다는 뜻이 되고, 결국 나조차 이롭게 할 수 없는 게 되어버리죠.

—— 그러면 이기성에서 벗어나 본성을 깨우치기 위해서 맨 먼저 해야 할 일은 무엇인가요?

—— 부분과 순간에 얽매이지 않는 겁니다. 전체와 영원을 항상 의식하는 거죠.

—— 부분과 순간에 묶이지 않으려면 어떻게 해야 합니까?

—— 나를 없애야죠.

—— 나를 없앤다고요?

—— 내가 알고 있는 나를 없애야 합니다. '나'라고 알고 있는 나를 없애야 해요. 그래야만 나로 돌아갈 수 있습니다. 나로 돌아가는 것이 본성을 자각하는 거죠.

—— 우문일 수도 있는데, 부처나 예수 같은 깨달은 사람의 경우
에도 '나'를 버려야 하나요? 그렇다면 깨달음을 버려야 한다
는 얘기가 되는데 말이죠.

—— 그 양반들은 이미 버렸죠. 이전의 '나'를 버려서 본래의 나를
깨친 사람들이에요. "나를 버린다"는 말은, 온갖 변화와 작용
의 원인이며 결과물인 존재 자체를 버린다는 뜻입니다. 오직
본성만이 남고, 본성을 살아가는 거죠. 이름만 예수고, 이름
만 부처일 뿐, 실상은 같은 존재입니다.

—— 본성을 자각하면 어떻게 됩니까?

—— 우주와 합일된 존재가 되는 거죠. 나의 본성과 우주의 본성
이 다르지 않기 때문에, 나의 본성을 자각하고 그 본성을 살
아가게 되면 우주의 본성과 합일되어 우주적 존재로 살아가
게 됩니다. 겉모양은 똑같아요. 살아가는 공간도 똑같고, 호
흡하는 공기도 다르지 않아요. 이 당연함을 알아야 합니다.
본성을 깨닫기 전이나 깨달은 뒤나 우리가 우주적 존재라는
'사실'은 달라지지 않아요. 깨닫기 전에는 깨닫지 못해서 우
주적 존재임에도 불구하고 우주적 존재로 살아가지 못하는
겁니다.

45

—— 창고에 쌀가마니가 가득 들어차 있는 걸 몰라서 동냥하러 온
동네를 돌아다니는 것과 같군요. (웃음)

—— 동네 사람들이 그러겠죠. 너희 집 쌀은 놔두고 왜 손을 벌리

느냐? 그런데 정작 이 사람은 그게 무슨 말인지를 모른단 말이죠. (웃음) 본성을 자각하게 되면 어떻게 되느냐고 물었죠? 선가(禪家)에 이런 재미난 이야기가 있어요.

옛날 어느 절에 새로 주지스님이 와서 마을에 잔치를 열었어요. 큰스님이 주지로 왔다는 소문에 신도들뿐 아니라 동네 사람들이 아주 많이 모였죠. 주지스님이 덕담을 하면서 사람들 사이를 돌아다니다가 한 노인과 마주쳤어요. 스님은 뭔가 이상한 느낌을 받게 됩니다. 그래서 노인에게 "어디 사시는 누구십니까?"라고 묻죠. 그런데 노인의 대답에 스님은 얼어붙고 맙니다.

"나는 500년 전에 이 절에서 주지를 지낸 사람이오. 어느 날 한 신도가 나한테 와서 질문을 했는데 대답을 잘못 하는 바람에 그 자리에서 여우가 되고 말았지요. 그렇게 백여우가 된 뒤로 마을 뒷산 토굴에서 살고 있다오. 오늘 훌륭한 스님이 주지로 오셨다는 얘기를 듣고 예전에 잘못 대답한 질문을 물어보려 잠깐 내려온 거요. 부디 바른 대답을 해주길 바라오."

의아한 마음으로 주지스님이 노인에게 어떤 질문이었냐고 묻자, 노인은 예전 신도로부터 들은 그대로 묻습니다.

"대각견성(大覺見性)을 하게 되면 인과(因果)에 떨어지지 않습니까?"

—— 주지스님의 대답이 무척 궁금하네요. 그런데 노인은 500년 전에 어떤 대답을 했기에 백여우로 변한 겁니까?

—— '않는다'는 거였어요. "대각견성을 하게 되면 윤회에 떨어지지 않는다!" 그게 노인이 주지일 때 한 대답입니다.

—— 그렇다면, 대각견성을 해도 인과에서 벗어날 수 없다는 얘깁니까?

—— 이렇게 대답을 했어야죠. "인과에 떨어지지 않을 수도 있다."•

(웃음)

이 이야기의 골자는 '화두의 덫에 걸리지 않는 것'입니다. 한편으론 자유자재(自由自在)를 의미하기도 하고요. '~수 있는 것'은 '~수 없기도 한 것'이죠. 그래서 걸리지 않는 겁니다. 그런데 노인은 주지일 때 화두의 덫에 걸려버린 거예요.

이 이야기가 전하는 메시지를 한 단어로 표현하면 무한(無限)입니다. "대각견성을 하게 되면 윤회에 빠지지 않을 수도 있

• 〈벽암록〉 〈종용록〉과 함께 선과 관련된 일화를 모아놓은 주요 선화집의 하나인 당나라 무문혜개 선사가 편찬한 〈무문관〉 제2칙에 나오는 일화. 백장회해 선사는 설법 중에 한 노인으로부터 "수행을 깊이 한 사람은 인과에 떨어지지 않습니까?"라는 질문을 받게 되는데, 질문이 기괴하여 사연을 캐보니 예전에 노인이 주지였을 때 누군가로부터 똑같은 질문을 받고 "그렇다. 인과에 떨어지지 않는다[不落因果불락인과]"라고 대답을 했다가 백여우로 변해 5백생을 살았다는 얘기를 듣게 된다. 백장선사는 이 노인의 질문에 대해 "인과에 어둡지 않게 된다[不昧因果불매인과]"라고 답을 해준다. 이 선화에서 '수행을 깊이 한 사람은 인과에 떨어지지 않는 게 아니라 인과에 어둡지 않게 된다'는 백장선사의 답이 이 일화에 대한 일반적 해석인데, 이외수 선생은 이를 독특하게 "인과에 떨어지지 않을 수도 있다"고 풀이한다.

다"는 것은 무한에 대한 의식을 만들어주는 대답입니다. 걸리는 순간 멈추게 되고, 멈춰버리면 유한(有限)이죠. 무한과 연결되어 있지 않으면 올바른 해답이라고 할 수 없어요.

—— 주지스님은 노인에게 "윤회에 떨어지지 않을 수도 있다"라고 대답했겠군요. (웃음)

—— 그렇죠. (웃음)

—— 그러고 보니 예전에 선생님께 들은 이야기가 생각나네요. 무공방(無孔房)*에서 9년을 수행한 어느 스님이 "깨달음을 얻었다!"고 외치며 너무도 기뻐서 방을 쏜살같이 나와 마당으로 달려나가다가 뾰족하게 튀어나온 나뭇가지에 가슴이 찔려 죽었다는…. 노인과 주지스님의 이야기에서 백여우는 영특함이 지나쳐 스스로 덫에 치인 노인을 상징한다는 생각이 듭니다.

—— 이야기의 끝은, 노인이 "고맙다"는 인사를 하고 홀연히 자리를 뜬 뒤에 주지스님이 스님들을 시켜 뒷산에 굴이 있는지 찾아보게 했는데, 진짜 굴도 있거니와 굴 앞에 백여우 한 마리가 죽어 있더라는 겁니다. 실제 있었던 이야기일 '수도' 있

• 불교의 수행자가 깨달음을 얻기 위해 스스로를 유폐시키는 참선의 공간. 깨달음을 얻기 전에는 나가지 않는다는 결의를 세우고, 하루 한 끼의 식사와 용변을 모두 방 안에서 해결한다.

겠죠? (웃음)

"~수 있다"는 말에는 중요한 의미 하나가 숨어 있어요. 바로 인연입니다. "인연이 있다면 어떤 일이 일어난다, 누군가와 만난다"와 "인연이 없으면 어떤 일이 일어나지 않는다, 누군가와 만나지 못한다"는 두 가지 상황을 동시에 담고 있는 말이 "~수 있다"는 거죠. 기회는 인연의 다른 말입니다. 세상엔 우연이란 건 없어요.

깨달음도 마찬가지입니다. 우연히 깨닫는 건 없어요. 살을 깎는 노력과 수없이 무너지는 마음을 다시 일으켜 세운 끝에 깨달음에 닿는 것도 억겁토록 쌓인 인연의 결과입니다. 수없이 많은 전생에서 간난신고(艱難辛苦)를 견뎌내지 않고 현생에서 깨달음을 이루는 건 엉터리없는 얘기입니다. 부처님도 수천 번의 윤회를 통해 마침내 깨달음에 이르지 않았습니까?

—— 선계에 살고 있는 사람들 말씀 때 인연을 얘기하셨는데, 수련의 정도나 깊이가 우선이지 않나요?

—— 그런 경지에 이르기 위해서도 인연이 작용해야 한다는 뜻입니다.

—— 그쪽 분들이 우리가 사는 세상으로 건너와 살거나 머문다는 얘기도 하셨는데, 우리가 그분들을 알아볼 수가 있을까요?

—— 여기에도 인연이 작용해야겠죠. (웃음) 인연의 출발은 공부입니다. 공부를 하면 인연이 시작되는 겁니다. 공부를 하지 않고 합격하기를 바라면 안 되죠.

—— 도(道) 공부를 말씀하는 거겠죠?

—— 그렇습니다.

—— 우리가 학교에서 배우는 공부와는 다를 텐데, 도 공부라는
건 어떤 공부를 말하는 겁니까?

—— 제도권 교육은 사회 체제를 유지하기 위한 공부를 시킵니다.
그 이상도 그 이하도 아니에요. 이상적인 인간을 탐구하거나
그런 인간이 되기 위한 공부가 아니죠. 체제에 맞는 인간, 사
회제도를 잘 따르고 거기에 맞춰나갈 수 있는 인간이 되기
위한 공부입니다. 그래서 성적이 좋은 사람, 머리가 우수한
사람이 공부를 잘하는 사람이 되고, 훌륭한 사람으로 대접받
죠.

제가 학생들을 만나면 "머리 좋은 사람이 되지 말고 마음 좋
은 사람이 되라, 머리 좋은 사람이 많은 세상보다 마음 좋은
사람이 많은 세상이 좋은 세상이다"라고 합니다. 하지만 스
스로 머리 좋다고 생각하는 학생은 이 말에 피식 웃어요. 앞
으로 사회에 나가 좋은 일자리도 얻고 돈도 많이 벌고 지위
도 높아질 텐데 괜히 마음 따위에 신경을 쓰다가는 낭패를
본다고 생각하는 거죠. 그런 태도를 영리하다고 말하는 사람
도 적지 않아요. '나쁜 사회'는 범죄자가 우글거리는 사회가
아닙니다. 머리 좋은 사람들이 득세하는 사회가 바로 나쁜
사회예요.

—— 그런 사람들이 곧잘 범죄자가 되기도 하죠.

—— 아름다운 세상은 마음 좋은 사람이 많은 세상입니다. 살기
좋은 세상을 만드는 사람들은 머리 좋은 사람들이 아니라 마
음 좋은 사람들이에요. 선계에 있는 이들이 바로 그런 사람
들이죠. 마음공부라는 게 바로 이것입니다. 마음 좋은 사람이
많아지면 그곳이 바로 선계가 되는 거죠.

우리가 하는 공부 중에 마음 좋은 사람을 만드는 공부에 해
당되는 게 인문학이라고 하는 것입니다. 문학공부 하고 철학
공부 하고 예술공부 하는 것이 마음공부 하는 것입니다. 그
런데 요즈음 '장사가 안 된다'고 대학들이 없애려고 하는 게
이런 쪽 학과잖아요. 우리 사회가 나쁜 사회로 가고 있다는
증거입니다.

사회체제를 유지한다는 것도 일종의 속임수입니다. 사회가
어떻게 경제적인 측면으로만 규정될 수 있나요. 국민의 행복
지수가 높은 사회가 경제적으로 부유한 국가가 아니라는 사
실이 입증하고 있지 않습니까? 머리 좋은 사람들에게 속지
말아야 합니다. 머리 좋은 사람들이 살기 좋은 세상을 만든
다면 그건 자기들만 살기 좋은 세상일 겁니다. 머리 좋은 사
람들은 편리한 도구를 만들어서 사람이 살기 좋게 만든다지
만, '문명의 이기'란 것들이 대부분 '문명의 흉기'이기도 하잖
아요.

마음 좋은 사람들은 굳이 뭘 만들어내지 않아요. 물리적으로

51

뭘 만들기보다는 우리 마음 안에 본성으로 존재하는 것을 소중하게 생각하도록 만듭니다. 사랑을 하게 만들고, 그리움에 젖게 만들고, 아름다움을 볼 수 있게 만들고, 남을 위해 정성을 다하도록 만듭니다. 머리 좋은 사람들이 만들어내는 것들 중에는 한순간에 사라지는 이득, 소수에게만 이득이 되는 게 많아요.

—— 그러고 보니 머리 좋은 사람들은 자신의 머리만 믿고 다른 건 잘 믿지 않는 경향이 있는 것 같습니다. 그 사람들한테 인연 얘기를 하면 왠지 코웃음을 칠 것 같네요. (웃음) 마음공부를 시작하는 데도 인연이 필요한가요?

—— 물론 이번 생에서 마음공부를 처음 시작하게 되는 경우도 있겠지만, 마음공부란 건 한 생애로 끝나는 것이 아니라 윤회를 거듭하면서 끊이지 않고 하는 것이라는 점에서 전생의 인연이 작용한다고 봐야 합니다. 가령, 전생에 마음공부를 하려다가 시작하지 못한 사람이 있다면, 시작하지 못한 게 안타까움으로 남아 있다면, 그 사람은 마음공부를 시작하게 되겠죠. 이게 인연입니다.

—— 생각해보면 좀 아찔한데요? 본성에 대한 탐구, 마음에 대한 공부와 인연을 맺지 못하면, 부자로 살고 명예를 누리며 살고 장수할 수는 있지만 우주적 차원에서 보자면 결국 공허한

삶을 거듭해서 사는 게 되니까요. 끊임없이 윤회와 환생을 반복하면서도 본성과는 먼 삶을 살아간다고 생각하면, 그저 안타까운 게 아니라 무섭기까지 합니다.

—— 그런데 우주의 조화는 절묘해서, 그런 삶을 계속 사는 것도 마음공부와 큰 인연을 만들어내는 계기가 될 수 있습니다. 비유하자면, 큰 잘못을 저질렀을 때 큰 후회를 할 수 있는 것과 같습니다. 마음과 먼 삶을 계속 살아간다는 건 마음에 아주 가까이 다가가고 있다는 뜻이기도 하죠. 《주역》에서 물극즉반(物極則反)이라 하지 않았습니까. 한 극이 다하는 곳에서 다른 한 극이 시작된다고요. 윤회를 거듭하면서 마음공부를 계속하는 것도 인연이지만, 가장 멀리까지 멀어졌다가 되돌아오는 것도 인연입니다. 인연은 "우주만물이 어떤 식으로든 연결되어 있다"는 것을 가리키는 말이죠. 참 대단한 오지랖이지 않습니까? (웃음)

—— 부처가 모든 것을 인연으로 풀어낸 것이 이해가 되네요.

—— 그런데 인연이 결정적으로 작용하는 때가 있습니다. 가령, 마음공부도 일종의 학습(學習)이라 자칫하면 습관(習慣)이 되어버리는 경우가 있어요. 흔히 "습이 된다"는 말이 뜻하는 것처럼 굳어져버리는 겁니다. 마음공부도 습이 되어버리면 발전이 없어요. 그 자리에서 맴을 돌게 되죠. 이 경우에 딱 맞는 인연이 찾아지면 습에서 빠져나와 점핑을 하게 됩니다. 한 단계 훌쩍 도약하는 거죠.

—— 인연이란 건 결국 윤회를 전제로 해야 성립이 되는데요, '생은 이번 한 번으로 끝'이라는 생각을 가진 사람들은 전생이나 후생, 윤회를 믿지 않으니까 인연이라고 해봐야 이번 생에서 맺어졌다가 끝나는 거라고 여기겠죠.

—— 초자연현상과 관련된 일들이 대부분 그렇지만 윤회 문제 역시 증명할 길이 없어요. 그냥 죽어봐야 알겠죠. (웃음)

—— 이 문제는 나중에 좀 더 자세하게 다뤄보기로 하고… 죽음 얘기가 나왔으니까 여쭤보고 싶은 게 있습니다. 선생님은 가끔 '임사체험'에 대한 선생님의 개인적인 경험을 얘기하셨는데요. 죽음과 유사한 상태에 빠지게 될 때 뭔가를 본다는데 그건 그저 그런 느낌이 든다는 건가요, 아니면 어떤 영상을 보게 되는 건가요? 그리고 지나간 시간을 선택해서 본다든가 하는 것도 가능합니까?

—— 단지 뭔가를 보았다는 느낌이 아니라 영화를 보는 것에 가깝습니다. 꿈을 예로 들면 그건 느낌이 아니라 영상을 본 것과 같지 않습니까. 그리고 일종의 슬라이드 같은 게 있어요. 슬라이드를 끼우고 보면 보입니다. 정확하게 몇 년 몇 월 며칠까지. 이것은 시간과 공간의 제약을 받지 않는다는 얘기지요.

—— 혹시 특별한 사람만 볼 수 있는 건 아닐까요?

—— 그렇지는 않은 거 같습니다. 특별할 것 없는 저 같은 사람도 보질 않습니까. (웃음)

―― 임사체험에 관한 책들을 읽어보면, 삶과 죽음의 경계를 넘어 갔던 사람들 대부분이 조금씩 차이는 있지만 상당한 공통점 이 있는 얘기들을 하고 있습니다. 최근 대장균성 박테리아 뇌막염으로 응급실에 실려갔다가 뇌사상태에 빠진 뒤 일주 일 후 기적적으로 깨어난 하버드 신경외과 의사가 자신이 겪 은 임사체험으로 사후의 세계를 기록한《나는 천국을 보았 다》라는 책이 베스트셀러가 되었습니다. 놀라운 건 그가 권 위 있는 뇌과학자인 데다 그 경험을 하기 전에는 임사체험 자체를 뇌의 화학적 작용에 불과하다고 일축해온 사람이었 다는 사실입니다. 직접 경험한 분으로서 임사체험을 통해 우 리가 얻을 수 있는 게 무엇이라고 생각합니까?

55

―― 임사체험을 비롯해서 대부분의 신비로운 초자연적 현상들을 과학에서는, 특히 뇌과학에서는 뇌의 착각으로 해석합니다. 여기에 대해서는 저 자신이 반박할 만한 과학적 지식도 없고 증거도 가지고 있지 않습니다. 다만 체험이라는 단어를 좀 확장해서 이해했으면 좋겠어요. 환각 또한 체험이라고 이해 해달라는 뜻은 아닙니다. 수많은 사람들이 공통적으로 "목격 하고 경험했다"고 진술하고 있다면, 적어도 그것이 무엇을 의미하는지를 진지하게 들여다보는 자세는 가져야 한다는 겁니다. 관습과 통념 때문에 우리는 중요한 사실 하나를 영 원히 놓치게 되는 거니까요.

제가 한 체험 가운데 꼭 말씀드리고 싶은 것은 '설정'입니다.

우리는 보통 "태어나고 죽는 건 마음대로 되지 않는다"는 생각을 합니다. 하지만 제가 보기엔 이건 오해입니다. 우리는 태어나기 전에 자신의 지나온 전생들을 모두 참고해서 '최대한 완벽하게 이번 생을 설정한 뒤에 태어난다'는 것입니다. 제가 슬라이드를 통해 확인한 바로는 그렇습니다.

—— 그 설정을 우리는 왜 기억하지 못하는 거죠?

—— 비유하자면, 기억을 한다면 해답지를 보고 문제를 푸는 게 되겠죠. 그건 문제를 푸는 게 아니라 해답과 맞춰보는 거지요. 무엇보다 우리가 설정한 것을 잊는 것은, 그걸 기억하고 있을 때 불편하기 때문입니다. "이렇게 한번 살아보고 싶다"는 의지를 관철시키는 데 걸림돌이 될 테니까요.

—— 오스트리아의 철학자이며 과학자였던 루돌프 슈타이너는 영학(靈學)이라고도 불리는 인지학(人智學)을 통해 영적 세계에 대한 방대한 자료와 이론을 발표했습니다. 상당수가 임사체험 같은 초자연적 현상들에 대한 경험을 바탕으로 씌어진 것인데, 거기에 보면 영적 세계에도 다양한 층위가 존재해서 각 층위마다 해야 할 공부가 따로 있고 그 공부를 마치면 다음 층위로 나아간다고 얘기하고 있습니다.

—— 중요한 것은 영적 세계에 대한 체험이란 철저히 비(非)물리적이라는 사실입니다. 그 세계 자체가 물리적이지 않으니까요. 가령, 기둥이 다이아몬드나 금 같은 귀금속으로 장식되어 있

56

다든가, 의자가 있는데 그것도 보석으로 되어 있다든가 하는 얘기들을 그대로 받아들이면 안 됩니다. 물리적으로 보석이 있을 수가 없거든요. 꿈과 같다고 보면 됩니다. 보석이라는 것도 그렇습니다. 그쪽 세계를 체험하는 사람의 가치관에 따라 그것이 보석으로 보일 수도 있고 다른 것으로 보일 수도 있는 거죠.

—— 이해가 됩니다. 지금의 현실에서도 가치관에 따라 중요하게 생각하는 것이 다를 수 있으니까요. 누구는 보석을 귀중하게 생각하지만, 누구는 책을 더 귀중하게 생각하고요. (웃음)

—— 임사체험자들마다 진술에서 조금씩 차이가 나는 건 그 때문입니다. 사소한 것들에서도 그렇죠. 어떤 사람은 외나무다리를 아슬아슬하게 건넜다고 하는데 어떤 사람은 굉장히 튼튼한 콘크리트 다리를 건너갔다고 말해요. 어떤 사람은 자신이 키우던 개를 데리고 가다가 나무 아래로 떨어뜨리고 말았다는 얘기를 하는가 하면, 누군가는 연을 날리고 있었는데 실이 끊어져 날아가버렸다고 하기도 하죠. 현생에서의 삶이 작용한다고 볼 수 있습니다. 자신의 삶을 그런 방식으로 보여주는 겁니다.

—— 어떤 마음공부를 했느냐에 따라 좀 더 다른 차원의 체험을 할 수도 있겠군요.

—— 그렇죠.

57

—— 아무리 비물질적인 세계라 하더라도 그곳에서 비밀스러운 뭔가를 가지고 올 수도 있지 않나요?

—— 제가 생각하기에, 그렇게 할 수 있다면 우리 세계가 획기적으로 변할 것 같아요. 비유해서 말하자면, 그곳에 있는 어떤 물건을 하나 갖고 오면 우리 세계에서 그야말로 '대박'이 날 수도 있을 겁니다. 그런데 이상하게 그런 생각 자체가 들지 않아요. 뭘 갖고 가야겠다는 생각보다는 "아, 이런 거구나" 하는 느낌만 소중하게 간직하게 되는 거죠. 어쩌면 어떤 비밀을 갖고 온다 해도 우리 세계가 그다지 금방 바뀌는 일은 없을 겁니다. 사실 위대한 사람들의 지혜로운 생각조차 처음엔 엄청난 핍박과 외면을 받지 않았습니까? 아무리 위대한 것이라도 그것이 보편적으로 받아들여지는 데는 시간이 필요합니다.

—— 사실 그런 걸 갖고 온다고 해도 믿지 않으면 아무 소용이 없겠죠. "웃기고 있네"라고 해버리면 정말 우스워져버릴 것 같아요. 체험의 의미는 우선 체험자의 삶에 영향을 미치는 것으로 소임을 다했다고 봐야 할 듯싶습니다. "이제부터 더 아름다운 삶, 훌륭한 삶을 살아야겠다"고 마음먹는다면, 그 자체로 세상이 변했다고 볼 수 있지 않을까 싶네요.

—— 한 사람이 바뀌면 전부가 바뀌는 거죠. 아니, 바뀔 '수도' 있는 거죠. (웃음) 임사체험과 같은 것은 내용을 바꾸는 것이라기보다는 형식이나 방식을 바꾸는 것이라고 봐야 합니다. 삶에 대한 태도와 방식이 바뀌면 내용이 바뀌게 되는 거죠.

—— 그렇군요. 누군가 삶의 태도가 바뀐 걸 확인하게 된다면 가까운 사람부터 "뭐지?" 하고 묻게 될 것 같아요.

—— 그런 의문이 변화의 단초가 되는 건 확실합니다. 그러다가 마침내 지구 전체가 바뀌겠죠. 이런 식으로 삶의 태도를 바꾸는 것이 '그곳'에만 있는 뭔가를 가져와서 우리 세계에 알려주는 것보다 더 낫지 않을까요?

—— '그곳'에만 있는 뭔가를 가져와서 나를 위해서만 쓸 수도 있지 않을까, 하는 생각이 들기도 합니다. 그러면 정말 아무 소용도 없겠죠.

—— 그야말로 '나쁜 놈'이죠, '나뿐인 놈'. (웃음)

—— 영화로도 만들어진, 현대 SF의 선구와도 같은 작가 필립 K. 딕의 소설 《페이첵》을 보면, 미래로 갔다가 돌아온 뒤 음모에 빠져 도망자 신세가 된 주인공이 미래에서 본 로또 번호를 기억해서 당첨이 되는 에피소드가 나옵니다. 그걸 보면서 '와, 대박이다' 하는 생각을 했었는데… 역시 '나뿐인 놈'이겠죠? (웃음)

—— 사실 우주 전체는 끝없이 이어지는 물음표들이 결집된 거대한 물음표입니다. 우리의 삶은 이 끝없이 이어지는 물음표를 느낌표로 바꾸는 작업이라고 볼 수 있습니다. 느낌표는 뭔가 강력한 깨달음이 얻어졌을 때 생겨나죠. 물음이 오면 그 물음을 자각하고, 궁리하고, 마침내 깨달음에 이르러 느낌표를

59

얻어내야 합니다. 물음은 쌍방향입니다. 상대가 내게 물어올 수도 있지만, 우리 스스로 물음을 끌어올 수도 있습니다. 중요한 건 그 물음으로부터 무엇을 얻어내는가 하는 거죠.

가령 "먼지는 내게 뭘 묻고 있는가?" 하고 한번 물어봅시다. 먼지가 이렇게 물을 수도 있습니다. "너는 먼지가 되지 않을 자신이 있나?" 이 물음에 "자신 있다"라고 대답할 수가 없어요. 모든 물질은 결국 먼지로 돌아갑니다. 우리의 살도, 우리의 뼈도 흙 속에서 서서히 분해되어 마침내 먼지가 될 겁니다. "너는 먼지가 되지 않을 자신이 있나?"라는 질문으로부터 영원불변한 대답을 찾아낼 수 있다면 눈부신 느낌표 하나를 얻게 될 것입니다. 아침에 이 느낌표를 얻는다면, 공자가 말했듯 저녁에 죽어도 좋겠죠.* (웃음)

—— 왜 아침이 아니고 저녁까지 가는지…. (웃음)

—— 한나절쯤은 도를 얻은 기쁨을 즐겨야 하지 않을까요? (웃음) 저녁이라고 한 건 아마도 대구(對句)를 맞추려고 한 것 같습니다. 대구를 잘 맞춰야 고수에 들었죠. "하늘이 푸르니 새가 더 희어 보인다" 하는 식으로.

• 조문도석사가의(朝聞道夕死可矣). 공자가 《논어》 〈이인편(里仁篇)〉에서 한 말로, '아침에 도를 들을 수 있다면 저녁에 죽어도 좋다'는 뜻. 공자가 죽음을 앞둔 친구에게 육체의 생명이 다하는 것보다 정신적인 깨달음이 더 소중하다는 뜻을 전한 것으로 보지만, 공자 자신의 절실한 도의 추구라는 소원을 피력한 것으로 보는 것이 일반적인 견해다.

—— 먼지 얘기를 하셨는데, 모든 물질적 존재가 결국 먼지가 된다는 건 현상적으로도 맞는 이야기입니다. 그런데 여기엔 뭔가 철학적 의미가 내포되어 있을 듯싶습니다.

—— 먼지에 대한 새로운 인식은 우리에게 가치의 수정을 요구합니다. 먼지는 가장 하찮은 것, 가장 낮은 것, 가장 값싼 것을 상징하는 존재죠. 세상만물이 결국 먼지로 화하게 된다는 건 신분이 높은 사람이든 낮은 사람이든, 돈이 많은 사람이든 가난한 사람이든, 많이 배운 사람이든 배운 것 없는 사람이든, 모두가 동일하다는 것을 의미합니다. 우주 안에서 공평한 존재라는 거죠. 먼지로 화하는 상황은 누구도 피할 수 없는, 우주적 존재로서 거쳐야 할 통과의례입니다.

환원하고 환원하면 우주만물이 결국 먼지에 불과합니다. 가장 하찮게 여겼고 보잘것없이 생각해온 그것이 가장 자유로운 존재라는 사실은 우리로 하여금 자의식을 내려놓게 만듭니다. 먼지는 자의식이 철저히 배제된 상태로 떠돌지요. 바람이 부는 대로 흘러가는, 정착하려는 의지가 완전히 사라진 자유방임 그 자체입니다. 그 누구도 먼지처럼, 먼지의 이런 자유로운 속성을 살아가고 있지 않아요. 그런 점에서 먼지는 엄청난 스승입니다.

만물이 먼지로 화하는 방향을 바꾸어놓으면, 먼지는 모든 것의 시작이 됩니다. 먼지가 모여서 가스층을 이루고, 소용돌이를 일으키고, 열을 내고, 핵이 만들어지고, 분열하고, 폭발하고, 존재하지 않던 원소들이 만들어지고, 결합하고… 그러다 마침내 별이 됩니다. 항성이 생기고, 행성이 생기고, 위성이 생기고… 그렇게 우주가 만들어집니다. 이 광대무변한 우주의 시작이 먼지였습니다. 먼지는 최초의 우주이면서, 또한 지금도 '먼지라는 우주'로 존재합니다.

—— 먼지에게 이런 멋진 면모가 있었다니, 놀랍습니다.

—— 제가 존재를 이루는 요소들을 얘기할 때 곧잘 초를 예로 드는데요, 초를 살펴보면 존재의 면모를 잘 파악할 수 있습니다. 초는 알다시피 파라핀(paraffin) 덩어리입니다. 초의 몸체를 이루는 이것이 초의 물질적 요소입니다. 이게 정(精)입니다. 그다음에 심지가 있어요. 초가 어떤 목적에 의해 만들어졌는가를 결정해주는 것이 심지입니다. 심지는 초의 의지에 해당합니다. 파라핀이라는 물질적 존재보다 한 단계 높은 차원의 것이지요. 이것이 기(氣)입니다. 마지막으로 심지에 불이 붙어 어둠에 갇혀 있던 주위의 실체를 드러나게 해주는 것이 영적 에너지, 즉 신(神)에 해당합니다. 초의 사명은 자신을 드러내는 것이 아니라 다른 것을 밝히는 일입니다. 자신이 아니라 타인, 부분이 아니라 전체를 위해 자신을 불태우는 것, 자신을 희생하는 것이 초입니다.

—— 초의 비유를 먼지에 적용하라는 말씀이군요.

—— 그렇습니다. 먼지 역시 정-기-신으로 이루어진 존재입니다. 우주만물은 모두가 정기신(精氣神)으로 이루어져 있죠. 먼지는

결코 '먼지'만으로 머물다가 사라지지 않습니다. 세균을 날라다주는 매개체가 되기도 하고, 황사처럼 중국에서 황해를 건너 우리에게로 와서 토양의 성질을 바꾸기도 합니다. 좋은 것이냐 나쁜 것이냐, 이로운 것이냐 해로운 것이냐는 판단은 생각과 상황에 따라 달라질 수 있어요. 먼지가 없으면 해질 녘 붉게 물든 아름다운 노을을 볼 수가 없죠. (웃음)

—— 앞서 얘기해주신 물음표와 느낌표의 차원에서 보면, 하찮은 존재일 뿐이었던 먼지가 어떤 깨달음의 느낌표를 주는 것 같기도 합니다.

—— 우리는 앎의 단계를 넘어서 느끼는 단계로 나아가야 하고, 느낌의 단계를 넘어 깨닫는 단계로 들어가야 합니다. 그러기 위해서는 일단 만물에게 의문부호를 달아줄 필요가 있어요. 묻는다는 건 깊이 들어간다는 뜻이거든요. 한 번 물을 때마다 더 깊은 곳으로 들어가게 됩니다. 우리가 알고 있는 먼지는 어떤 것인가? 우리가 알고 있는 먼지가 다인가? 먼지는 그저 청소할 때 닦아내야 할 존재일 뿐인가? 쓸모없는, 비경제적인, 돈도 안 되는 존재일 뿐인가?

—— 일단은 우리 대부분이 먼지를 그렇게 생각하고 있죠.

—— 그래요. 만약 먼지에 대한 우리의 인식이 부족하거나 잘못된 거라면, 먼지에게도 안타깝고 우리에게도 애석한 일이 아닐 수 없습니다. "과연 우리가 알고 있는 먼지에 대한 인식이 먼

63

지가 갖고 있는 전부인가?"라고 의문부호를 끌어오면 뭔가 다른 게 보일 수도 있어요. 가령 '티끌 모아 태산'이라는 속담을 봅시다. 티끌은 높고 많음을 상징하는 태산의 시작이라는 의미입니다. 태산의 자리에 인간을 넣어도 되고, 우주를 넣어도 의미가 통합니다. 앞서 얘기한 "세상만물이 결국 먼지로 시작하고, 먼지로 돌아간다"는 말로 귀결되죠. 그런 점에서 이름 붙여진 모든 것이 '예비 먼지'라 해도 무방합니다.

먼지는 대단히 작기 때문에 먼지의 중요성이 인식되면 우리가 가진 '크기'에 대한 관념이 무화돼버릴 겁니다. 먼지가 우주의 근원 물질이라는 점에서 우리가 가진 '가치'에 대한 관념이 깨져버렸듯이 말이죠. 먼지는 이렇게 우리가 가진 가치와 크기에 대한 고정관념을 깹니다. 이렇게 된 이상 가치와 크기에 대한 우리의 생각은 수정돼야 해요. "작은 것이 그보다 더 큰 것을 함유하고 있다"는 얘기가 되는데, 이건 물리학의 법칙을 넘어서는 개념입니다. 물리학의 법칙이 만들어질 때, 그것은 세상의 모든 물질적 관계를 아우른다고 생각되었죠. 나아가 정신조차 물질이라는 이데올로기가 생겨났습니다. 영혼 따위는 아예 거들떠보지도 않게 되었고요. 그런 건 뇌가 일으키는 화학작용에 불과하다고 생각한 겁니다. 이런 유물론적 과학에서 먼지는 한낱 먼지일 뿐이죠.

먼지에 대한 새로운 자각은 우리로 하여금 부끄러움을 느끼게 합니다. 먼지는 불교 수행의 가장 큰 덕목 중 하나인 '놓아버린다'는 일을 가장 적나라하게 보여주는 예가 됩니다. 모든 욕구를 놓아버린 상태, 모든 고통이 내려진 상태, 고통에 근거하고 고통에서 비롯되는 것들 일체가 사라진 상태가 바로 먼지니까요. 이렇게 되면 먼지는 수행자들을 부끄러움에 빠뜨리고 각성을 일으키는 소재가 됩니다. 먼지에는 어떤 모터도 달려 있지 않지만 어디든 갈 수 있습니다. 먼지는 어떤 고급 연료를 사용하지 않고도 수천 킬로미터를 날아갈 수 있습니다.

── 남을 해코지하지도 않고요. (웃음)

── 그렇죠. 그냥 자연과 조화할 뿐입니다. 바람 부는 대로 떠돌고, 물결치는 대로 흘러갑니다.

── 때로는 가만히 있고요. (웃음)

── 선사(禪師)처럼. (웃음)

── 먼지가 참 우아하고 멋있는 존재였군요. 가만 보면 완벽한 존재이기도 하고요.

── 사실 우주물리학자들도 먼지를 만만하게 보진 않아요. 언젠가는 별이 될 수 있다는 걸 그들이 누구보다 잘 알고 있으니까요. '우주먼지'의 가치는 값으로 헤아릴 수 없습니다.

우주먼지 얘기가 나왔으니, 박테리아 얘기를 하고 넘어가야 할 것 같은데요. 박테리아는 눈에 보이지 않을 정도로 작기 때문에 먼지에 붙어서 살 수도 있고 이동할 수도 있습니다. 실제로 지구에 사는 상당수의 박테리아가 우주 어느 곳으로

전생

사전적으로는 이 세상에 오기 전의 생애를 말한다. 그러나 부처님의 말을 빌면 깨달음을 얻기 전의 모든 삶이 전생이다. .

고통

대개 육체적 고통, 정신적 고통, 영적 고통으로 나뉜다. 하지만 짐승에 가까운 인간들은 정신적 고통이나 영적 고통을 느끼지 못하는 경우도 있다.

행복

모든 대상에게서 충만한 아름다움과 사랑을 느낄 때 생성되는 감정.

불행

어떤 것에도 아름다움과 사랑을 느끼지 못하는 상태.

선

남의 아픔이 내 아픔이 되고 남의 기쁨이 내 기쁨이 되는 마음의 바탕.

악

남의 아픔이 내 기쁨이 되고 남의 기쁨이 내 불만이 되는 감정의 바탕.

시간

시계라는 3차원 숙주에 기생하는 4차원 벌레. 따라서 시계가 절명해도 시간은 흐른다.

죽음

인간은 물질적 요소와 정신적 요소와 영적 요소로 이루어져 있다. 죽음이 도래하면 물질적 요소는 활동을 멈춘다. 그러나 정신적 요소와 영적 요소는 활동을 멈추지 않는다. 죽음은 소멸이 아니라 탄생이다. 삶의 종식이 아니라 또 다른 삶으로의 연장이다. 차원이동, 지금까지 영위하던 시공에서 다른 시공으로 이동하는 일이다. 지구에서 빌렸던 물질적 요소는 지구에 반납하고 우주로부터 빌렸던 정신과 영혼의 요소만 간직한 채 비물질적 세계로 떠나는 일이다. 육신을 가진 존재로서 겪어야 했던 일체의 고통과 번뇌와 근심과 슬픔에서 해방된다. 중력이 있는 자아에서 중력이 없는 자아로 변환된다. 3차원적 시간과 공간의 제약을 받지 않는 자유로움도 누리게 된다.

과학

지금까지 논리적으로 밝혀지지 않았거나 데이터로 정리되지 않은 영적·정신적 현상들을 모두 미결서류에 철해서 연구를 보류해두는 형이하학의 대표학문.

불가사의

사람의 생각으로는 미루어 헤아릴 수 없는 것. 사람의 힘이 미치지 못하고 상상조차 할 수 없는 오묘한 것을 불가사의라 한다. 하지만 먼지 한 점 속에 수만 권의 책을 쓰고도 남을 지식이 들어 있으며, 존재하는 모든 것이 무한우주에 닿아 있으니, 어찌 인간의 식견으로 그것을 헤아릴 수 있으랴. 고개를 들어 하늘에 존재하는 모든 것이 불가사의하고, 고개를 숙여 땅에 존재하는 모든 것이 불가사의하도다.

부터 왔다고 하죠. 지구로 날아든 혜성의 파편에 묻어서 왔을 텐데, 서식지는 결국 한 톨의 먼지였을 겁니다. 먼지도 박테리아도 우주복을 입지 않고도 우주를 넘나들 수 있어요. (웃음)

—— 먼지는 그렇다 치고, 박테리아는 생명체인데 공간이 달라지면 죽지 않을까요?

—— 그럴 수도 있겠죠. 하지만 박테리아보다 더 작은 존재인 바이러스의 경우는 아예 죽음이란 것 자체가 없습니다. 이유는 상황이나 조건에 따라 자신을 무생물체로 바꿀 수 있기 때문이죠. 가령, TMV라고 흔히 쓰는 담배모자이크바이러스(tobacco mosaic virus)는 조건이 맞지 않으면 결정체가 됩니다. 물에 타면 녹아버려요. 그 물이 담뱃잎에 닿으면 다시 살아나고요. 시간과 공간을 완벽하게 초월하는 거죠.

여기서 우리가 하나 배울 수 있는 건, 보통 초월이라고 하면 홀연히 다른 공간으로 가버리는 걸 뜻하는데, 용해되는 것역시 초월이라는 겁니다. 그 자리에 녹아버리는 것이죠. 녹으면 없어진다고 생각하는데, 아닙니다. 녹는다는 건 녹은 상태로 '존재'하는 거죠. 존재의 상태를 변화시키는 겁니다. 그런 상태로 존재하는 게 가장 합당하니까요. 만약 우리의 죽음도 우주에 '녹아버리는' 것이라고 생각하면 어떨까요?

—— 조건이 맞을 때 다시 '육체'를 가지고 태어나는 건가요?

—— 그런 식으로 의문부호를 또 하나 달아주는 거죠.

—— 먼지는 목적을 가지고 있을까요?

—— 아무 데로나 떠돌아다니는 것처럼 보이는 걸 보면 나그네처럼 떠도는 게 목적일 수도 있겠죠. "먼지의 목적지는 먼지 자신이다"라고 하면 어떨까요? (웃음)

—— 일리 있는데요. "우리의 목적지는 우리 자신이다!"

—— 물질변환에 대해서는 과학자들에게 깊이 연구해보라고 권유하고 싶어요. 생태적 조건이 달라지면 일시적으로 자신의 존재 상태를 바꿔서 생존을 멈췄다가 조건이 맞게 되면 다시 생존을 재개하는 생명체가 적지 않을 것 같다는 생각이 듭니다.

—— 그런 생각을 하게 된 계기가 있을 것 같은데, 얘기해주실 수 있나요?

69

—— 그 얘기를 하려면 채널링(channeling)* 얘기를 꺼내야 하는데, 워낙 욕을 많이 먹은지라….

—— 채널링은 동서양을 막론하고 빈번하게 이루어져왔고 지금도 계속되고 있는 일이거니와, 1980년대에는 미국 의회에서 기금을 마련해 지원을 한 예도 있습니다. 물론 무슨 일에든 비난하는 사람들은 있기 마련이죠. 물질변환에 대한 관심이 유발된 계기가 무엇인가요?

• 변형된 의식 상태에서 신을 비롯한 비물질적 차원의 존재와 소통하는 현상. 우주나 영혼과의 교신.

—— '달 친구'*들과 채널링을 하고 있을 때였는데, 우리 메신저 앞으로 뭔가 빠르게 지나갔어요. 메신저가 달 친구에게 물었더니 자신들도 잘 알지 못하는 존재라고 했습니다. "말이 되지 않는다, 당신들은 우리보다 과학이 앞서 있고 무엇보다 당신들이 살고 있는 곳에 존재하는 건데 왜 모르느냐?"고 물었죠. 그들의 답변을 요약하면 이렇습니다. "지구 식으로 얘기하면 새와 같은 것이다. 잡아서 해부를 통해 연구를 하려 해도 잡을 수가 없다. 잡을 수 없는 결정적인 이유는 물질변환을 하기 때문이다. 날아다니던 것이 갑자기 암석이 되어버린다. 암석이 되어버리면 다른 암석과 구별을 할 수가 없다." 놀라운 얘기였는데, 상상력이 발동하더군요. 혹시 지구에도 물질변환을 일으키는 존재가 있지 않을까? 불가능할까? 이렇게 의문부호를 달기 시작했습니다. 과학자들이 느낌표를 만들어주면 좋겠어요.

—— 선생님 얘기를 들으니까 나사(NASA, 미국 항공우주국)에서 갑자기 아폴로계획을 중단시킨 사건을 토대로 만들어진 〈아폴로 18호〉라는 영화가 생각납니다. 나사에서는 '18호'를 발사시킨 일이 없다고 발표했지만, 실제로 비행 연습을 한 우주인들이 있었고 모두 의문의 사고로 목숨을 잃었는데, 작가는

* 이외수 선생의 채널링 대상은 달에 사는 지성체로, 이 선생은 그들을 통칭해서 '달 친구'라고 부른다.

집요한 추적 끝에 '18호'가 달로 날아가긴 했지만 밝혀지지 않은 어떤 사고로 인해 지구로 귀환하지 못했다는 것을 밝혀 냈죠. 물론 나사는 이를 부인했지만요. 아무튼 〈아폴로 18호〉에서 우주인들이 지구로 귀환하지 못하게 만든 게 바로 '휙 지나간 것처럼 느껴지는 어떤 물체 내지 생명체'였습니다.

—— '달 친구'들한테 한번 물어봐야겠군요. (웃음)

—— 티베트에 전해지는 이야기들을 보면, 도력 높은 스님들은 공기 중에서 금속을 꺼낸다는 얘기도 있습니다. 이것도 일종의 물질변환이 아닐까 싶은데요. 이런 게 사실이라면, 어떻게 가능할까요?

71

—— 공기 중에 존재하는 다양한 원소들의 조우라고 할까요, 의지의 교환이라 할까요, 그렇게 설명할 수도 있을 것 같네요. 그런 의지의 교환을 가능하게 할 정도로 도력이 높다면 말이죠.

—— 화학적 반응을 '의지'로 해석할 수도 있겠군요.

—— 의미 있는 해석입니다. 가령 우리는 모두 화학적으로 동일해요. 하지만 하는 일도 다르고, 생각도 다르고, 비전도 다릅니다. 여기에 의문부호 하나를 달아보죠. 이 다름은 무엇 때문일까요? "의지가 다르기 때문이다." 이 정도 답이면 느낌표를 달 수 있을까요?

의지는 정신적 에너지입니다. 이 정신적 에너지가 육체 에너지와 결합하고 작용하면 뭔가가 생기겠죠. 그렇게 생각이 만들어지고, 우리가 하는 일이 생겨난다고 볼 수도 있습니다.

어떤 사람은 "비는 소리부터 내린다"고 하고, 어떤 사람은 "비는 냄새로 온다"고 합니다. 한 사람은 비가 어딘가에 닿아서 생겨나는 소리로부터 비를 인식하고, 다른 한 사람은 비가 땅바닥에 닿을 때 풀썩 일어나는 먼지 냄새를 통해 비를 인식합니다. 이 인식의 차이는 어디에서 오는 것일까요? 서로 같은 '화학작용'이 서로 다른 '인식'을 만들어내는 비밀은 어디에 있는 걸까요?

—— 먼지에 대한 또 다른 의미가 하나 생겼군요. 먼지는 참 대단한 존재입니다. (웃음)

—— 우리가 만약 오감을 아주 미세한 수준까지 작동시킨다면 세상만물과 대화를 나눌 수 있을 겁니다. 이렇게 되었을 때 일어나는 '패러다임의 변화'는 어마어마할 텐데, 서로 미워하고 반목하고 싸우는 일이 완전히 사라지게 될지도 모릅니다.

—— 대화를 통해 공감을 끌어낸다면 불가능하지 않겠죠. 먼지와 대화를 나눈다고 상상하는 것만으로 재밌습니다.

—— 우리가 일상 중에 가장 많이 마주치는 게 바로 먼지입니다. 가장 작으니까 그 수도 가장 많겠죠. 사실 어디에나 먼지가 있습니다. 사람들을 괴롭히는 게 이 때문이죠. 그들에게 먼지는 없애야만 할 존재들입니다. 책상 같은 가구나 방바닥은 물론이고 핸드폰 화면에도, 안경알에도, TV 화면에도 먼지

들이 있죠. 책에도 먼지는 엄청 많아요. 집안만 아니라 바깥에도 수없이 많은 먼지가 떠다닙니다. 햇살이 비치면 먼지들이 자욱하게 보이지 않습니까? 만약 대화를 시도한다면 대화 상대는 온 세상에 널려 있겠죠.

―― 우리와 가장 빈번하게 접촉하는 존재를 너무 무시해왔다는 생각이 드네요.

―― 아무런 사유도 없이 그저 닦아버리기만 했어요. 먼지를 닦아버리는 게 습(習)이 된 겁니다. 우리가 사유하지 않는다는 의미지요. 부담스럽고 귀찮은 존재일 뿐이었던 거예요. 이 먼지의 진정한 가치를 알려면 사유하고, 느끼고, 깨닫는 과정을 거쳐야 합니다. 이런 과정을 거치면 경제적 가치가 생겨날지도 모릅니다. 한 줄의 시가 될 수도 있고요. 한 장의 지폐가 되고 한 줄의 시가 되는 것은 하나씩 느낌표를 다는 일입니다. 얼마나 위대한 일입니까?

―― 김광석의 〈먼지가 되어〉*라는 노래가 생각나는군요. 그 노래에 이런 가사가 있습니다. "작은 가슴 모두 모두어 시를 써봐도 모자란 당신 / 먼지가 되어 날아가야지, 바람에 날려 당신 곁으로…"

―― 저보다 먼저 먼지의 가치를 발견한 사람이 있었군요. (웃음)

* 김광석의 노래로 알려진 〈먼지가 되어〉는 원래 이미키가 1987년 발매한 앨범 〈지성과 사랑〉에 수록된 발라드 곡으로, 이후 함께 작업했던 이윤수가 리메이크했고, 다시 김광석이 불러 인기를 모았다.

중요한 것은 고정관념을 깨는 일입니다. 이런 식으로 고정관념이 깨지기 시작하면 세상에 하찮은 것은 존재하지 않게 됩니다. 사실 이건 "세상에 필요하지 않은 존재는 없다"는 여러 종교의 가르침과 일치하는 부분이기도 합니다.

—— 세포분열을 통해 개체수를 늘리는 것도 아니고, 교미를 해서 증식하는 것도 아닌데, 세상에서 가장 많은 존재라는 것도 생각해보면 놀라워요.

—— 그럴 수밖에 없는 게, 세상 모든 존재가 먼지로 귀의하지 않습니까? 우리도 마찬가지지만, 언젠가는 지구도 먼지로 돌아갈 것이고, 우주가 먼지로 가득 차게 될 거라는 이야기도 상상할 수 있고요.

—— 그러고 보면 생멸(生滅) 자체가 없어지네요.

—— 생과 멸이란 눈 깜짝할 순간에 일어났다 사라지는 하나의 현상일 뿐입니다. 먼지로부터 얻어낼 수 있는 위대한 철학이죠. 먼지로부터 얻어낼 수 있는 의미 있는 철학 중 또 하나는 호불호(好不好)가 따로 있지 않다는 겁니다. 좋은 일과 나쁜 일, 해가 되는 일과 득이 되는 일은 같은 현상을 서로 다른 시각에서 보기 때문이라는 거죠.

—— 구체적으로 설명해준다면요?

—— 제가 노래 부르는 걸 좋아해서 아예 집에다 노래방기기를 설치해놓고 틈날 때마다 노래를 부릅니다. 그런데 어느 날 고

장이 났어요. 기사를 불렀죠. 기사가 살펴보더니, 마이크를 연결하는 잭에 먼지가 끼어서 고장을 일으켰다고 하더군요. 기계는 보통 먼지와 앙숙이죠. 먼지가 끼면 기계의 성능이 떨어지기도 하고 아예 망가지기도 하잖아요. 보세요, 먼지는 노래방기기에 고장을 일으켰습니다. 기계나 기계의 주인에 겐 나쁜 일이죠. 그런데 그걸 고치기 위해 기사가 방문했어요. 먼지는 기사에게 일거리를 주었습니다. 기사의 생활을 가능하게 해준 거지요. (웃음)

—— 먼지의 어원이 궁금합니다. 먼지는 순우리말인데, 어디서 유래한 걸까요?

—— "이게 뭔지 모르겠군" 할 때 '뭔지'가 변해서 '먼지'가 된 거 아닐까요? (웃음) '멋'하고도 관계가 있을지 모르겠네요. '멋있다'고 하는 건 '멋이 있다'는 거고, 그 말은 '무엇이 있다'라는 데서 생겨났거든요. 무엇이 있어야 멋이 있는 거죠. 이렇게 보면 먼지는 "무엇이 있는지 모르겠다"는 뜻의 '무언지?'가 변한 것인지도 모르겠어요.

—— 신이 우리를 사랑해서 엄청난 도를 닦을 수 있는 자료를 주었는데, 인간이 "이게 뭔지요?" 하고 물으니까 신이 잠깐 고민하다가 "그래, 그냥 뭔지로 하면 되겠다"고 대답한 뒤부터 먼지가 된 것으로…. (웃음)

—— 좀 전에 잠깐 얘기했지만, 먼지를 통해 확실히 우리가 알 수

있는 건 존재의 양태는 바뀌거나 이동하기는 하지만 사라지지는 않는다는 겁니다. 가령, 진공청소기로 먼지를 빨아들이면 방바닥에 있던 먼지는 사라지지만 먼지 자체가 없어진 것은 아니죠. 다만 진공청소기 안으로 이동한 겁니다. 모양은 먼지뭉치가 되었겠군요. 구름은 어떤가요? 파란 하늘에 낱낱이 흩어져 있던 구름들이 어느 순간 한데 모여서 거대한 먹장구름을 이룹니다. 모양이 변한 거죠. 그러다가 포화 상태가 되면 비가 되어 내리겠죠. 구름은 없어졌습니다. 하지만 구름을 이루고 있던 요소들은 비가 되어 지상으로 내려왔습니다. 엄밀한 의미에서 없어진 것이 아니지요. 이런 식의 논리를 인간에 적용하면 어떻게 될까요? 일단 의문부호를 달아둡시다.

—— 먼지의 패턴을 살펴보면 물질적 실체 자체가 결코 사라지지 않는다는 걸 알 수 있는데, 이걸 인간에 적용했을 때 문제가 되는 건 인간이 가진 비(非)물질적 요소인 정신이나 영혼입니다. 육체가 먼지화되어 실질적으로는 사라지지 않는다 해도, 육체에 깃들어 있던 정신이나 영혼은 어디로 가는 걸까요? 이 문제는 "육체라는 물질적 요소에 정신이나 영혼 같은 비물질적 요소가 어떻게 깃들 수 있는가?"와도 연결되어 있습니다.

—— 앞서 말한 "삼라만상은 모두 정-기-신으로 이루어져 있다"는 것을 잊지 마시기 바랍니다. 먼지든 인간이든 우주든 정-

기-신으로 이루어져 있습니다. 정-기-신은 존재의 패턴입니다. 아까 제가 '의지'라는 표현을 썼는데, 이것 또한 먼지에게도 있고 우리에게도 있습니다. 육체와 정신/영혼의 관계는 물질적 요소에 비물질적 요소가 깃들어 산다는 식으로 해석해선 안 됩니다. 둘이 하나의 '존재'를 이루는 거지요.

—— 온전한 형태를 이루고 있을 때는 정-기-신의 존재 방식을 이해할 것 같은데, 형태가 깨졌을 때 어떻게 되는지는 이해가 가질 않습니다.

—— 먼지가 바닥에서 진공청소기 안으로 옮겨가듯 '차원의 이동'이 일어납니다. 우리의 죽음이 바로 차원의 이동입니다. 누에의 한살이에서 얘기했듯, 알의 죽음은 애벌레의 삶의 시작이고, 애벌레의 죽음은 나방의 삶의 시작입니다. 고치라는 1차원적 삶에서 평면운동을 하는 2차원적 삶으로 이행하고, 마침내 날개를 달고 하늘을 나는 3차원적 삶을 살게 되죠. 생명체의 죽음은 또 다른 차원으로 이동하는 겁니다. 우리는 3차원만 알고 있고 4차원이 어떤 시공간인지를 알지 못합니다. 그러니 4차원으로 이행한다고 해도 그게 어떤 건지 알 수가 없죠. 이건 고치 속에선 결코 평면에서의 삶을 알지 못하고, 평면에선 공간에서의 삶을 알지 못하는 것과 같습니다.

—— 4차원은 흔히 시간이 더해진 시공간이라고 추정하죠.

—— 만약 그 추정이 사실이라면, 그때 시간은 우리가 지금 시계

77

로 측정하는 시간의 개념과는 다를 겁니다. 지금 우리에게 시간은 오직 직진만 하는 것으로 인식될 뿐이죠. 과거로 돌아갈 수 없으니까요. 그런데 4차원 공간으로 이행되면 시간의 직진성에 구애받지 않게 됩니다. 지금 우리가 말하는 과거와 미래가 하나의 시공간을 이루어서 과거로도 미래로도 이동이 가능해지죠. 저는 우리가 꾸는 꿈이 바로 시간의 개념이 무화된 4차원적 공간에 대한 우리의 경험이 적용된 거라고 봅니다.

—— 우리의 경험이라고요?

—— 전생에서의 경험을 말합니다. 꿈을 예로 들어보지요. 우리는 꿈을 꿀 때 시간의 제약을 받지 않습니다. 그리고 현실에서 우리가 경험하지 못한 사태에 직면하기도 합니다. 그런데도 우리의 느낌은 마치 경험자라도 되는 듯 생생합니다. 가령 높은 곳에서 추락한다고 해봅시다. 우리는 현실에서 추락해본 경험이 없어서 그것이 어떤 느낌을 주는지 정확히 알지 못합니다. 그런데 우리는 추락할 때 추락하는 느낌을 고스란히 느끼죠. 공포감이든 기묘한 희열이든, 아니면 또 다른 느낌이든. 이것이 바로 다른 차원에서의 경험이 작용하는 것으로 보는 이유입니다.

—— 먼지 얘기로 다시 돌아가면, 한 가지 의문이 듭니다. 먼지가 모여서 이루어지는 것이 다양하다는 사실입니다. 이런 의문

부호를 하나 달아볼게요. "왜 어떤 것은 사람이 되고, 어떤 것은 나무가 되고, 어떤 것은 행성이 되는가? 종이가 되는 건 뭐고, CD가 되는 건 뭔가?"

—— 이건 성질의 문제입니다. 동양에서는 크게 찬 성질과 더운 성질, 즉 음(陰)과 양(陽)으로 대별하죠. 그다음, 다섯 가지 분화가 이루어집니다. 나무와 같은 성질, 불과 같은 성질, 쇠와 같은 성질, 흙과 같은 성질, 물과 같은 성질. 바로 목(木), 화(火), 금(金), 토(土), 수(水) – 오행(五行)입니다. 하나의 사물은 오행의 배합에 의해 이루어지는데, 어떤 성질이 더 많이 들어가 있는가에 따라 사물의 형태와 기운, 즉 특성이 나뉩니다. 순수 고밀도의 목기, 화기, 금기, 토기, 수기로 이루어진 것은 없습니다. 어떤 기운은 승하고 어떤 기운은 약하죠. 음양도 마찬가지입니다. 극단적으로 한쪽만 있는 것은 없습니다.

—— 음양오행이 어떤 비율로 섞이는가에 따라 베개가 되기도 하고 컴퓨터가 되기도 한다는 거군요. 이 비율을 계산해낼 수 있다면 뭔가 재미난 일이 벌어질 것 같습니다.

—— 서양의 과학은 원소의 비율로 사물의 특징을 찾아내는데, 동양에서 음양오행으로 사물의 특성을 찾아내는 것과 직접적으로 비교할 수 있을지는 모르겠지만, 왠지 두 가지 탐색에 차이보다는 공통점이 더 많을 것 같아요. 동서양의 사상과 철학, 문화와 과학이 손을 잡게 된다면 아마도 더 좋은 결과를 얻을 수 있지 않을까 싶습니다. 한의학과 서양의학의 협

진이 이루어지는 의과대학이 좋은 사례라고 할 수 있겠죠.

—— 재미있는 사실은, 먼지를 현미경으로 보면 더 작은 것들을
확인할 수 있다는 겁니다.

—— 먼지는 현미경을 사용하지 않았을 때 우리가 육안으로 확인
할 수 있는 가장 작은 크기의 물질입니다. 그런데 실은 그 안
에 먼지보다 작은 것들이 들어가 있죠. 만약 지금의 현미경
보다 더 뛰어난 현미경이 개발된다면, 지금의 현미경으로 볼
수 있는 것 가운데 가장 작은 것보다 더 작은 걸 볼 수 있게
될 겁니다. 이 사실은 '먼지라는 우주'란 말이 단지 먼지라는
개체의 독립성을 상징하는 것만이 아니라, 물리적으로도 하
나의 '우주'와 같은 구실을 한다는 의미가 되죠. 먼지 안에 먼
지보다 작은 우주가 있고, 그 안에 또 더 작은 것들이 서식하
는 우주가 있고, 그 안에 또…. 양쪽에 거울을 갖다 놓으면 작
은 거울들이 마치 터널처럼 계속 생겨나는 것과 같이, 작은
우주들이 무한히 계속 존재하게 됩니다. 여기에서 우리가 알
게 되는 사실은 "작은 것은 작은 것대로 크다"는 것입니다.

—— "작은 것은 작은 것대로 크다." 크기는 작지만 큰 것이 가지
고 있는 구조를 모두 갖추고 있다는 뜻인가요?

—— 그렇습니다. 현미경의 발명은 작은 것 안에 얼마나 많은 것
이 들어 있는지를 알게 했습니다. 작은 것이 작은 것이 아니
라는 생각을 하게 만들었죠. 현미경과는 정반대인 망원경이

발명되었을 때도 재미난 에피소드가 있어요. 갈릴레이가 망원경을 만들었을 때, 이탈리아 정부는 비상 체제에 돌입했다고 해요.

—— 왜요?

—— 먼 곳이 당겨져서 가까이 보이니까, 적군도 당겨올 것 같았던 거죠. (웃음) 망원경을 이용하면 침공이 순식간에 이루어지겠구나, 생각했던 겁니다.

—— "작은 것은 작은 것대로 크다"는 것이 먼지를 우주라고 부를 수 있는 결정적인 근거가 되지 않을까요?

—— 한없이 축소해 들어가도 끝이 없다는 것과 한없이 확대를 해도 끝이 없다는 것은 '무한(無限)'이라는 의미에서 동일합니다. 굳이 이름을 붙이자면 소우주와 대우주가 될 텐데, 무한한 축소와 무한한 확대는 방향만 다를 뿐 끝이 없다는 개념을 공유합니다. 방향과 크기를 제외하면 다양성이나 변화의 양상은 동일하거든요. 더구나 작은 것으로 무한히 들어가도, 큰 것으로 무한히 들어가도, 우리의 시각으로는 감지할 수 없다는 점 역시 동일합니다. 현미경이나 망원경이라는 기계장치를 이용하지 않으면 확인되지 않는다는 건, 더 정밀한 현미경과 망원경이 개발되면 얼마든 더 작은 것도 더 큰 것도 볼 수 있다는 얘기가 되죠. '확인 가능'과 '확인 불가능'이 같은 얘기가 되어버려요. 어마어마하게 큰 것과 어마어마하게 작은 것이 똑같아지는 경지, 이 경지를 부를 수 있는 말이

81

무엇일까요?

—— 또 하나의 의문부호가 생겨났군요. 앞서 먼지를 앎의 수준, 느낌의 수준, 깨달음의 수준에서 각각 분석해주셨는데, 이것을 활용한다면 먼지 외에도 가령 지금 이 방 안에 있는 많은 사물도 역시 앎의 단계, 느낌의 단계, 깨달음의 단계로 나누어서 이해할 수 있는 거겠죠?

—— 그렇습니다, 모든 것이 가능합니다.

—— 여기 있는 컴퓨터를 예로 든다면 어떻게 될까요?

—— 컴퓨터를 앎의 단계에서 분석하면 정보를 가져다주는 기기, 영화 보고 싶으면 영화를 보게 하고 문서를 작성하고 싶으면 문서 작성을 하게 해주는 장치가 되겠죠. 이를 위해선 전기적 장치가 필요하고, 다양한 정보를 내장하고 있든가 정보에 접근할 수 있는 프로그램을 갖추어야 하고, 그런 기능을 수행하고 처리 속도를 효율적으로 높이는 시스템 등등이 필요할 겁니다. 손으로 계산하던 시대에서 주판을 쓰는 시대로 넘어가고, 다시 계산기를 쓰는 시대로 넘어가고, 그러다 컴퓨터의 시대로 넘어왔다는 것도 역시 앎의 단계에서 컴퓨터를 이해하는 수준이라고 하겠습니다.

느낌의 단계에서 컴퓨터는 무엇일까요? 우선 컴퓨터를 통해 사람을 만날 수 있습니다. 컴퓨터 밖 세상과 방식은 다르지만 컴퓨터는 사람과 만나고 이야기하고 소통하게 합니다. 때로는 컴퓨터 밖 세상에서는 상상하기 힘들 정도로 다양한 사람들과 교류하지요. 이로 인해 여러 가지 감정의 동요가 일어나기도 하고, 감정의 변화가 생활에 활력을 가져다주기도 하지만 우울증을 유발하기도 합니다. 상대하는 건 컴퓨터 한 대밖에 없는데 말이죠. (웃음) 컴퓨터를 하면서 자부심이나 자존감을 느끼기도 하고 열등감이나 패배감이나 자괴감을 느끼기도 한다는 건 앎의 단계를 넘어선 일입니다.

실질적으로 우리는 느낌의 단계와 가장 광범위하게 관계합니다. 컴퓨터를 통해 만나게 된 사람들과 나누는 대화가 삶에 영향을 미치고, 그들과의 교류를 통해 사회를 형성하는 데 더 많이 기여하게 되기도 하죠. 사기를 당해서 낭패를 보기도 하고, 아름다운 사람을 만나 삶의 큰 즐거움을 맛보기도 합니다. 이것이 깊어졌을 때 일어나는 일들이 바로 깨달음의 단계에서 생각할 수 있는 컴퓨터와 관련되어 있겠죠. 지식보다는 지혜를 찾는 데 컴퓨터가 사용됩니다. 발효되고 숙성된 지식을 가진 사람을 컴퓨터에서 만났다고 하면 컴퓨터는 수행의 장(場)이 됩니다. 실제로 수행자들이 컴퓨터를 하고 있고, 그들은 컴퓨터를 자신의 도(道)를 전하는 매체로 활용하기도 하죠.

깨달음의 단계에서 컴퓨터를 보면 엄연히 하나의 기계장치를 넘어서는 무엇이 됩니다. 기계론적 과학자들이 인간을 하나의 기계장치로 보잖아요. 그런데 '정신을 가진 기계장치'

라는 표현을 씁니다. 이건 결국 기계장치가 아니라는 얘기죠. 인간 외에 정신을 가진 기계는 없으니까요. 이와 마찬가지입니다. 모든 매체는 어떻게 생각하느냐에 따라 고정된 개념을 뛰어넘는 '존재'가 될 수 있습니다.

먼지에서 보았듯이, 앎의 단계에선 닦아 없애야 할 존재에 불과했지만, 깨달음의 단계에서 먼지는 우리에게 '무한'을 가르쳐주는 훌륭한 스승이 되었습니다. 컴퓨터 역시 그렇습니다. 똑같이 자판을 두들기지만 앎의 단계에서 컴퓨터를 사용하고 있는 사람과 깨달음의 단계에서 사용하는 사람 사이에는 쓴 글에 차이가 있습니다. 누가 험악한 댓글을 쓰고 누가 용기를 주는 댓글을 쓰는지, '악플'을 달면서 희열을 느끼는 게 누구고 정확한 비판과 따뜻한 격려가 담긴 댓글을 쓰는 게 누구인지는 자명합니다. 깨달음의 단계에서 컴퓨터는 자신의 의지를 통해 인간의 본성을 펼치는 도구가 됩니다.

언젠가 컴퓨터는 거의 인간화될 겁니다. 지금도 컴퓨터는 상당부분 인간을 대신하고 있죠. 지능만이 아니라 만약 형태까지도 인간을 닮아버린다면 어떻게 될까요? 사고의 패턴을 명확하게 읽어내서 인간과 거의 구별되지 않게 되면, 어떤 점에서 컴퓨터가 인간을 능가하는 존재가 될 거라는 건 쉽게 상상할 수 있는 일입니다. 인간에겐 꽤 많은 결점이 있으니까요. 무엇보다 먹어야 생명을 유지하고, 그 생명에도 한계가 있지 않습니까. 이쯤 되면 인간은 어쩌면 재래식 컴퓨터 취급을 당할지도 몰라요.

《2001 스페이스 오디세이》*라는 소설을 보면, 달을 탐사하고 있는 우주선 내에서 연쇄살인이 일어납니다. 주인공이 밝혀낸 바에 따르면, 인간이 자신의 임무 수행에 방해가 된다고 생각한 컴퓨터가 살해범이었어요. 컴퓨터는 혼자서 얼마든 작업을 수행할 수 있다고 판단하고 인간이 불필요한 존재라는 결론을 내린 뒤 한 사람씩 제거한 거죠.

—— 사과를 예로 든다면, 뉴턴의 사과는 어떤 사과입니까?

—— 깨달음의 사과라고 봐야겠죠.

—— 앎의 단계에서 사과를 본 게 아닌가요?

—— 앎은 내 머릿속에 소장돼 있는 겁니다. 하지만 깨달음은 만물에 적용되죠. 뉴턴의 사과는 만유인력을 찾아내게 해줬잖아요. (웃음) 생활의 편리를 도모하거나 개인적인 생활에 쓰이는 정도면 앎에 해당합니다. 상식이나 지식의 범주에 머물러 있으니까요. 깨달음의 경우는 원리와 맞아떨어집니다. 그래서 간명하죠, 공식처럼. 아인슈타인의 $E=mc^2$은 우주만물의 상대성을 짧은 공식 하나로 표현하잖아요. 아인슈타인은 도

---

* 《2001: A Space Odyssey》. 1968년 스탠리 큐브릭에 의해 SF영화로 먼저 만들어졌고, 영화 개봉 직후 스탠리 큐브릭과 시나리오를 공동으로 집필했던 작가 아서 C. 클라크에 의해 소설로 출간되었다. 소설과 영화는 내용상 약간 차이가 있지만, 대체로 인간의 진화와 기술, 인공지능과 우주 생활을 다루고 있다.

85

— 먼지와의 대화

인이에요. $E=mc^2$은 화두죠.

—— 본성과 관련이 있습니까?

—— 당연하죠. 현상은 복잡다단해도 본성은 딱 하나, 간명한 어구 하나로 표현 가능합니다.

—— 아인슈타인에서 시작해 그를 극복하려고 애쓰는 스티븐 호킹이 찾는 것도 결국 우주 전체를 설명할 수 있는 하나의 원리, 하나의 방정식이라고 하더군요. 과학자가 아니면 이 방정식을 찾을 수 없는 걸까요?

—— 글쎄요, 예술가들이 훨씬 빨리 찾지 않을까요? 제 생각엔 이미 찾아냈다고 여겨지지만.

—— 뭐죠?

—— 사랑.

—— 아, 사랑!

—— 물론 찾는 사람들에 따라 고유한 방식이 있겠죠. 목사님들은 목사님대로의 방식이 있을 거고, 스님들은 스님대로, 과학자들은 과학자대로…. 부처님은 연꽃 하나를 들어 보였죠. 가섭이 빙그레 웃었고. 그게 뭘까요?

—— 앎에서 느낌으로, 느낌에서 깨달음으로 가는 데 필요한 의문부호군요. (웃음) 깨달음에 이르는 방법 같은 게 있을까요?

—— 눈이 옵니다. 생각합니다. 대기 중에 있던 수증기가 상승해서 찬 공기를 만나 먼지와 결합하고, 그러다 얼어서 하강하는 것이다, 이건 아는 거죠. 그런데 "아아, 눈 온다", 이러면 느끼

는 겁니다. 여기서 "자다가 깨어나 / 생각하니 / 내가 하얀 눈을 덮어쓴 / 지붕 밑에서 자고 있었구나 / 아침마다 창문을 열면 하얀 세상 / 건너편 산도 마을의 집들도 길도 / 하얀 눈으로 덮여 있다는 것은 알고 있는데 / 정작 내가 그 눈 밑에서 자고 있었다는 사실은 / 모르고 있었으니!"* 같은 시를 쓸 수 있다면 깨달음의 눈(眼)으로 눈(雪)을 본 거죠.

—— 힘겨운 수행이 따라야겠지만, 일상에서 깨달음의 눈으로 만물을 보는 데 도움이 되는 방법, 연습 같은 게 있을까요?

—— 예술을 가까이하면 됩니다. 어떤 수행자들은 시서예악(詩書禮樂)을 잡기(雜技)라고 해서 수행에 방해가 되는 것으로 여기죠. 잡스러운 기술에 빠지면 수행을 그르친다는 겁니다. 그런데 유독 우리 고유의 풍류(風流) 사상은 시서예악이야말로 도에 이르는 지름길이라고 장려하거든요. 예술은 인간이 구현할 수 있는 가장 가치 있고 아름다운 행위예요. 예술은 묘하게도 앎에서 느낌으로 가게 하는 데도 유용하고, 느낌에서 깨달음으로 가는 데도 유용합니다.

—— 먼지는 어떤 예술적 용도를 가지고 있을까요?

—— 안도현 시인의 유명한 시 있잖아요. "연탄재 함부로 발로 차지 마라 / 너는 누구에게 한 번이라도 뜨거운 사람이었느냐."

---

* 이오덕의 시 〈하얀 눈 덮어쓰고〉 중 첫 연 1~9행.

이건 감동적인 먼지의 시편입니다. 단원 김홍도나 추사 김정희 같은 옛사람들도 먼지의 예술적 혜택을 받았어요. 먹을 썼으니까요. 먹은 숯가루로 만들어지죠.

아침에 창문을 열어놓으면 햇빛이 비칩니다. 햇빛 속에는 먼지들이 보이죠. 먼지는 방 안의 기류를 반영합니다. 심지어 주인의 게으름까지 반영하죠. (웃음)

—— 먼지가 없으면 알 수 없는 게 많군요.

—— 거울에 앉은 먼지도 마찬가집니다. 주인의 성실성이 드러나죠. 먼지가 껴야만 닦아내게 되고, 닦아내면 깨끗하다는 사실을 인식할 수 있게 됩니다. 먼지는 자신을 드러내는 것이 목적이 아니라 자신을 통해 상대를 드러나게 해주는 게 목적이죠.

—— 늘 깨끗하면 '깨끗하다'는 것 자체를 모르죠. 앞으로 먼지를 사랑해야겠습니다.

—— 그게 바로 깨달음입니다. (웃음)

—— 천체망원경으로 우주를 보면 별들이 먼지처럼 보이는데요, 실제로 별들이 먼지 크기일 리는 없겠죠. 그런데 현미경으로 먼지를 들여다보면 천체망원경으로 봤을 때의 우주공간이 나타납니다. 이게 시사하는 바가 있을 것 같은데요?

—— 우선은 먼지 속에도 하늘이 있고 땅이 있고 우주가 있다는 물리적 사실을 확인시켜줍니다. 먼지처럼 작은 것 안에 무수한 생명이 존재한다는 사실은 생사(生死)에 대한 우리의 고정

관념을 깹니다. 그 무수한 생명이 먼지처럼 작은 공간 속에서 생성과 소멸을 반복하기 때문이죠. 먼지가 먼지보다 작은 생명들의 생멸이 이루어지는 공간이라면, 우주는 우주보다 작은 생명들의 생멸이 이루어지는 공간입니다. 만약 먼지 안의 어떤 생명체가 죽는다면 그 안의 어떤 곳으로 '스며들' 것입니다. 우주공간 속의 우리 역시 죽으면 이 우주의 어떤 곳으로 '스며들지' 않을까요? 먼지는 바로 생멸의 닫힌 관념을 열어주는 구실을 합니다. 먼지 자체도 우주지만, 의식을 확장하면 더 큰 우주를 판단할 수 있게 해주는 거죠.

거듭 얘기하지만, 무한은 작은 것으로도 무한하고 큰 것으로도 무한합니다. 우주의 순환을 무한이 가능한 원리로 보고, 그 원리를 81자로 축약해놓은 《천부경(天符經)》*을 보면 "시작도 없고 끝도 없다"고 합니다. 수학자 뫼비우스가 제시한 '뫼비우스의 띠'와 같은 원리입니다. 어느 것이 안이고 어느 것이 밖인지 알 수 없는 것, 안이었다가 밖이 되고 밖이었다가는 안이 되는… 모든 것이 동일선상에 놓이게 되는 거죠. 차원의 무한 연장이라고 봐도 됩니다.

• 대종교의 경전 중 하나로, 환인이 환웅에게 전해 지금까지 내려온 것으로 알려져 있다. 1917년 단군교에서 언급하며 유포하기 시작했으며, 1920년경 전병훈의 《정신철학통편》과 1921년 단군교의 기관지 《단탁》에 의해서 세상에 처음 알려졌다. 대종교에서는 1975년이 되어서야 기본 경전으로 정식 채택했는데, 단군 시기의 가르침이 담긴 경전이라는 주장과는 달리 한국사학계에서는 위작으로 보고 있다. 전문 81자로, 난해한 숫자와 교리를 담고 있어 여러 가지 해석이 나오고 있다.

4차원의 시간은 우리가 알고 있는 시간이 '초월된 상태'의 시간입니다. 우리가 알고 있는 과거와 미래는 동일한 시간 속에 놓이게 됩니다. 뫼비우스의 띠를 달리는 거죠. 과거로 간다고 생각했는데 미래로 연결되고, 거꾸로 미래를 향해 가기 시작했는데 과거에 와 있는 겁니다. 시간의 한계가 무너져버리면 동시에 공간의 한계도 무너집니다. 직진하는 시간 속에서 지어진 어떤 집을 생각해보면, 미래로 가더라도 과거와 연결되어 있으니 그 집은 있는 겁니까, 없는 겁니까? (웃음)

—— 있다고도 할 수 있고, 없다고도 할 수 있겠군요.

—— 있다고 할 수도 없고, 없다고 할 수도 없죠. (웃음)

—— 4차원에서는 이것이 올바른 시스템일 테지만, 3차원 시공간에서 살고 있는 우리가 이런 개념을 끌고 오게 되면 혼돈에 빠지지 않을까요?

—— 일단 헝클어지겠죠. 고정관념의 와해는 일시적 아노미 현상을 초래할 수도 있습니다. 인류 전체가 치매에 걸린 듯 말이죠. (웃음) 앞뒤가 바뀌고, 기억이 질서를 상실하고, 시간이 무작위로 선택되니까요. 하지만 모든 혼돈은 질서의 양태를 가지고 있어요. 앞서 프랙탈 얘기에서 보았듯, 한 부분을 떼놓고 보면 전체와 유사한 모양을 하고 있습니다. 혼돈은 전체적 질서의 한 양상일 뿐이고, 그것 역시 질서입니다.

—— 시간 얘기를 하게 되면 '타임머신'을 빼놓을 수 없는데요. 타임머신에서 가장 큰 관심사는 과거(혹은 미래)로 돌아가서 자신(혹은 타인)의 삶에 관여하게 되면 미래(혹은 과거)의 삶이 바뀌게 될까, 하는 것입니다. 소설이나 영화를 보면 "실제 일어난 일을 결정적으로는 바꿀 수 없다"는 게 일종의 결론입니다. 가령, A의 죽음이 유발되는 어떤 사건을 일어나지 않게 해도 다른 사건이 발생해 그 시간에 A는 여전히 죽게 되는 거죠. 요컨대, 타임머신이 존재한다 하더라도 이미 일어난 일은 바꿀 수 없다는 얘기가 됩니다. 다소 윤리적인 해석이 가미되었다고 볼 수도 있는데, 어떻게 생각하십니까?

—— 실제 일어난 일이란 건 현상입니다. 본질을 바꾸지 않으면 **91** 현상을 바꿀 수가 없어요. 본질을 바꾼다는 건 차원을 바꾼다는 겁니다. 우리가 흔히 '달리 생각해보라'는 뜻으로 "차원을 바꿔서 생각해봐"라고 말하잖아요. 이 말에는 상당한 의미가 내포되어 있습니다. 차원은 우리가 바꾸려 한다고 바뀌는 게 아닙니다. 이행만이 다른 차원으로 갈 수 있는 거의 유일한 조건이죠. 죽음을 통해 이행하든가, 깊은 수행을 통해 이행하든가.

—— 차원이 바뀌지 않으면 현상이 바뀌지 않는다는 건 무슨 뜻입니까?

—— 세상에 있는 모든 시계를 고장내도 시간은 흘러갑니다. 이것이 3차원에서의 일이죠. 3차원에서 시간은 동일한 패턴 안에

서의 변화와 흐름을 만들어내는 매체니까요.

—— 상상으로밖에 할 수 없는 일이지만, 4차원으로 가면 어떤 일을 예상할 수 있을까요?

—— 시간으로 창조하게 되겠죠, 무엇인가를.

—— 예를 들면요?

—— 3차원 공간에서 우리는 입체로 무엇인가를 만들어냅니다. '나'는 이미 입체화되어 있고, 입체화된 모든 것과 함께 삽니다. 이와 마찬가지로 4차원에선 시간으로 창조된 모든 것과 생활하게 되는 거죠.

—— 높은 차원은 낮은 차원을 포함하고 있는 거 아닌가요? 2차원이 1차원을 포함하고 있고, 3차원은 2차원을 포함하고 있지 않습니까. 2차원적 면은 수많은 1차원적 점으로 이뤄져 있고, 3차원 입체는 2차원의 결합체죠. 이런 식으로 4차원도 3차원을 포함하고 있는 상황이라면, 거기서도 여전히 3차원적 창조가 가능하지 않나요?

—— 이것이 바로 차원에 대한 오해입니다. 3차원 입체 공간에는 개념상으로만 1차원과 2차원이 존재합니다. 점과 면은 실제로 존재하는 것이 아니라 입체의 형태에서 발견되는 차원일 뿐입니다. "1차원과 2차원조차 입체화되어 있다"고 표현하는 게 옳습니다.

— 3차원에 존재하는 1차원과 2차원은 그렇게 구현된 것일 뿐
이라는 말씀인가요?

— 1차원의 점, 2차원의 면에 대해 이해하고 있다, 라고 생각하
면 됩니다. 1차원화시켜서 이해하고, 2차원화시켜서 이해하
는 거죠. 하지만 만들어내는 것은 해당 차원의 것을 사용합
니다. 우리가 무엇을 만들 때 점이나 면을 사용하는 게 아닙
니다. 다시 말하지만, 3차원 공간에는 1차원과 2차원이 존재
하지 않습니다. 우리가 점이라고 생각하는 것, 면이라고 생각
하는 것을 보세요. 그건 실은 입체입니다. 먼지 안에 공간이
존재하는 건 바로 3차원이기 때문이죠.

— 아, 그럼 4차원에는 오직 시간만이 존재하겠군요. 거기에서
3차원의 형체란 단지 이해할 수 있을 뿐이고요. 그러니 시간
만으로 뭔가를 만들어낼 수밖에 없겠네요. 이건 그야말로 꿈
과 아주 유사한 것 같습니다. 형체를 볼 수는 있지만 형체가
실제로 존재하지는 않는 시공간이 꿈이잖아요.

— 한 차원에서는 그 상위 차원이나 하위 차원을 드러낼 수도
없고 이용할 수도 없어요. 실제로 차원을 초월한 사람들, 통
칭해서 고수라는 인격체들도 자신이 체험한 것을 구현하려
고 하면 결국 3차원화되고 말아요.

— 그들로부터 다른 차원의 이야기를 들을 수는 있지만, 그 얘
기들도 결국 3차원의 언어와 상황으로만 이해할 수 있을 뿐
이라는 말씀이군요.

93

—— 한 차원 낮춰 표현할 수밖에 없고, 그것을 통해 높은 차원을 인식하거나 이해할 수 있을 뿐입니다. 그래서 그런 인식이나 이해할 생각이 없는 사람들에게 그건 코미디에 불과하죠. 낮은 차원의 것에 대해서도 마찬가지입니다. "저것은 점이다, 선이다, 면이다"라고 할 때 그 모두가 3차원적 용어죠. 그 용어를 통해 점과 선과 면을 '이해'하는 겁니다. 거듭 말하지만 우리가 점을 찍고, 선을 그리고, 면을 만들어놓아도, 실제로 그건 입체죠.

—— 4차원에서의 시간이 우리가 살고 있는 3차원에서 말하는 시간과 다르다는 건 계속 말씀하셨는데, 좀 구체적으로 어떻게 다른지 설명해주실 수 있나요?

—— 저는 그것을 '시간의 옆구리'라고 부르곤 합니다. 시간에 옆구리가 있다, 이해가 되십니까? 4차원에서는 시간의 밑변도 있고, 시간의 높이도 있을 겁니다. (웃음)

—— 3차원의 공간에서 영계나 선계를 다녀온다고 하면, 그 행위는 어떻게 됩니까? 여전히 3차원적이라고 할 수는 없을 것 같습니다만.

—— 다른 차원으로 갔다가 3차원으로 돌아온 겁니다. 분명히 차원 이동을 한 거죠. 우리가 꿈을 꾸는 동안 다른 차원으로 이동했다가 꿈에서 깨어나면 우리 차원으로 돌아오는 것과 거의 같습니다. 꿈을 꾸지 않고는 꿈으로 갈 수 없지 않습니

까? 그쪽 차원으로 가지 않고 그쪽 차원에 있을 수는 없는 거죠.

—— 그런데 꿈에서 깨어나 꿈의 차원을 설명하려면 어쩔 수 없이 우리가 가진 시간과 공간과 용어와 상황을 빌려서 설명할 수밖에 없다?

—— 그런 차원의 이동을 일러 "시간의 옆구리로 들어갔다"고 하는 겁니다. 그런데 '시간의 옆구리'는 우리가 가진 말과 상황으로 설명한 거예요. 시간도 우리 차원에서 쓰는 말이고 우리 차원에 존재하는 상황이고, 옆구리 역시 우리 차원의 말이고 상황입니다. 하지만 '시간의 옆구리'라고 하면 우리 차원에는 없는 말이고 상황이죠. 우리 차원에 있는 말과 상황을 빌려 우리 차원에 없는 상황을 만들어내는 것, 이것을 가장 활발하게 하는 장르가 바로 예술입니다. 문학과 미술과 음악은 끊임없이 '시간의 옆구리'를 이야기해왔습니다.

—— 그래서 깨달음의 단계에 이르려면 예술과 가까워지라고 한 거군요.

—— 가령, 유체이탈의 상태에서 받은 느낌을 표현한다고 할 때, 보통 사람들이 표현하는 것보다 예술가들이 표현하는 게 훨씬 '다른 차원'에 가까울 겁니다. 물론 자신이 경험한 상황을 설명하는 데는 그리 큰 차이가 없겠죠. 나의 육체로부터 분리되어 허공에 떠 있다든가, 무게감을 느낄 수 없다든가 하는 것은 예술가가 아니어도 얼마든 설명할 수 있을 겁니다.

95

하지만 유체이탈의 상태에서 느껴지는 미묘한 감정의 변화나 면밀한 관찰을 통해 얻어지는 정보를 설명해내는 데는 아무래도 예술가들이 탁월할 듯싶어요.

——— 초자연현상에 대해 부정적인 생각을 가진 사람들은 오히려 "예술로 사기를 치고 있어"라고 할 것 같은데요? (웃음) 유체이탈 얘기를 하셨는데, 우리 차원으로 다시 돌아올 때는 어떤 느낌입니까?

——— 마치 시간이 톱니바퀴가 된 듯 이쪽 시간과 저쪽 시간이 합체되는 느낌이에요. 그런 느낌이 들면 저절로 "아, 이게 시간이 분리되었다가 합해지는 거구나" 하는 인식이 들죠. 제가 '시간의 옆구리'라는 표현을 쓰는 건 이 때문입니다. 시간에 옆구리가 있어서 거기로 슬쩍 들어갔다가 나온 것 같은 느낌이 들거든요.

——— 유체이탈의 상태에서 돌아오지 못한 경우도 있다고 들었습니다. 일본의 젊은 명상가 무묘앙에오(無明庵回小)는 유체이탈을 하기 전에 "돌아오지 않겠다"고 선언하고는 정말 돌아오지 않은 것으로 유명합니다.

——— 의식이 하는 일이기 때문에 유체가 이탈된 상태에서 의식의 끈을 놓치게 되면 자칫 우리 차원으로 돌아오지 못하죠. 물론 무묘앙에오처럼 의지적으로 귀환을 거부하는 경우도 그렇고요.

—— 이때 '의식'은 구체적으로 어떤 겁니까?

—— 말하자면 "지금의 나는 지상의 나와 결합해야 된다"라는 생각을 뜻합니다. 다른 생각을 하면 자칫 빗나가게 되는 거죠. 사실 유체에서 이탈이 되면 두 개의 '나'가 합일되어야 한다는 생각을 자연스럽게 하게 됩니다. 그래서 여간해선 이탈된 상태로 남게 되진 않지요. 하지만 이탈된 상태에 지나치게 빠져들면 합일의 지점을 놓칠 수도 있다는 겁니다. 요컨대 "합일해야 된다는 것만 생각해야 되는구나. 딴생각 하면 옆길로 샐 수도 있구나" 하는 인식이 생기면 그걸 잘 챙겨야 해요.

—— 임사체험자들의 얘기를 들어보면, 그곳이 너무 좋아서 돌아
오고 싶지 않다는 생각이 든다고 합니다. 극심한 고통에 시달리던 환자의 경우에는 아픔이 전혀 느껴지지 않고, 마음의 고통을 겪고 있던 사람도 완전한 평온과 안식을 얻은 것 같은 느낌이 들고요.

—— 유체(有體)라는 게 '몸을 갖고 있는 상태'를 말하잖아요? 실제로 고통은 육신을 가진 상태에서 일어나는 것이기 때문에, 유체를 떠나는 순간 일체의 고통이 사라지죠. 하지만 대부분 남은 삶에 대한 운명을 자각하고 다시 살던 곳으로 돌아오게 되어 있습니다. 잠깐이지만 유체를 이탈해 고통에서 벗어난 경험이 오히려 '고통의 의미'를 알게 해주는 역할을 한다고 볼 수 있죠.

97

—— 제가 아는 한 분은 암환자였지만 비교적 젊었는데 중환자실에서 쇼크가 와 마지막 응급처치를 받는 상황에까지 이르렀다가 극적으로 깨어났어요. 나중에 얘기를 들려주는데 임사체험을 한 것 같은 느낌이 들었습니다. 그분이 고통도 사라지고 너무도 안락한 상태에 이르렀을 때 갑자기 "아, 이렇게 가버리면, 가족들이 너무 당황스러워하겠다"는 생각이 들었는데, 그 순간 다시 고통이 밀려들었다고 하더군요. 눈을 떠보니 중환자실이더라고.

—— 제 경우에는, 장인께서 암으로 병원에 입원해 있을 때 제가 문병을 갔는데 마침 코마(coma) 상태에 빠졌다가 깨어나셨어요. 제가 "가시니까 참 좋죠?" 하고 물으니까, 장인어른이 그러시더군요. "나는 사위가 있으니까 거기 가서도 좋고 여기 돌아와도 좋아." 그래서 제가 "그냥 지상에서 오래 살고 싶다고 그러시면 연장을 시켜줄 수도 있을 텐데, 떼를 좀 쓰시지 그랬어요?" 하고 농담을 건넸더니 화를 버럭 내시는 거예요. "그 좋은 데를 왜 못 가게 하느냐"면서요. (웃음) 고통과 근심의 근원인 육체로부터 벗어났다는 것만으로도 홀가분해지는 건 사실입니다. 하지만 그런 경험을 통해 한 가지만은 확실히 배우게 되죠. 언젠가는 육신을 떠나게 되고 그러면 고통으로부터 벗어난다는 것 말입니다. 그걸 미리 당겨올 필요는 없겠죠.

—— "죽음은 다른 차원으로 넘어가는 일"이라고 줄곧 말씀하셨

는데, 임사체험은 결국 그런 차원의 이동에 대한 소중한 경험이란 생각이 듭니다.

—— 그런 경험이 왜 일어나게 되는지도 곰곰이 생각해봐야겠지만, 어쨌든 그런 경험을 하게 된다는 건 어마어마하게 운이 좋은 일이라고 봐야겠죠. (웃음)

—— 혹시 먼지가 가진 자유로움과 다른 차원으로 건너가서 느끼는 자유로움을 비교할 수 있을까요?

—— 예전에 사람들이 저한테 다시 태어나면 뭐가 되고 싶으냐고 물으면 "먼지가 되고 싶다"고 그랬어요. 먼지의 자유로움이 부러웠거든요. 고통도 없고, 아주 편안해 보이잖아요. 한가롭고. 그런데 문득 '먼지에겐 의식이 있을까?' 하는 생각이 들면서 '어떤 즐거움이 있지?'라는 의문이 들었어요. '달 친구'들과 채널링을 할 때였는데, 그들에겐 정치도 없고, 예술도 없고, 축제 같은 것도 없다는 얘기를 듣고 제가 물었습니다. "당신들은 무슨 즐거움으로 사느냐?" 그랬더니 답이 이래요. "존재 자체가 행복이다." 얼마나 부럽던지요. 생각해보면 그들과 먼지 사이에는 차이가 없어요. 먼지는 물질(육체)을 가지고 있는 상태에서 즐거움과 행복을 누리는 전범(典範)과도 같은 존재라고 할 수 있습니다. 하지만 다른 차원으로 넘어간다는 건 일단 육신이 사라진다는 점에서 전혀 다른 일이라 할 수 있겠죠.

99

—— 물리적으로 육체를 가지고 있는 상태에서 먼지가 갖는 지복
을 우리가 느낄 수 있을까요?

—— 수행을 통해 먼지와 같은 존재가 되어야죠.

—— 먼지와 같은 인식을 갖게 되면, 먼지화가 완벽하게 이루어진
사람이라면, 어느 정도 수준이라고 얘기할 수 있을까요?

—— 도인 수준이라고 봐야겠죠. 자유자재, 무소불위. (웃음)

—— 먼지와 신을 견준다면?

—— 먼지가 전능하지는 않죠. 전지전능이 신의 가장 큰 특성이라
면, 먼지는 스스로 의지를 가지고 뭔가를 만들거나 없애진
못해요.

100

—— 지금까지 먼지에 대해 계속 얘기를 해왔는데요. 먼지의 의미
랄까, 먼지를 통해 우리가 얻을 수 있는 지혜라면 무엇이 있
을까에 대해 고민을 해봤습니다. 이 대목에서 문득 떠오르는
그림이 하나 있는데, 선생님의 장편소설 《칼》의 마지막에 그
려져 있는 도표입니다.

내가 《칼》이라는 장편소설을 처음 읽은 건 30여 년 전인 1980년대
초중반 군복무 시절이었다. 전방부대 소총수로 근무하고 있던 나는
이유를 알 수 없는 허무감에 빠져 있었다. 예전처럼 군대가 무조건
춥고 배고픈 곳은 아니었지만, 정신이 느끼는 허기와 한기는 견디기
어려웠다. 그 무렵 신병이 하나 들어왔는데, 그의 더플백에서 나온

여러 가지 '물건' 중에 특이한 게 하나 있었으니, 바로 이외수 선생의 《칼》이었다. 소일거리가 없기도 했지만 한번 손에 쥐면 놓을 수가 없었던 그 소설은 책장이 너덜너덜 해질 때까지 소대원들의 손을 돌고 돌았다. 입대하기 전에도 여러 권 이외수 선생의 소설을 읽은 나는 반가운 마음으로 《칼》을 펼쳤고, 깊숙이 빠져들어갔다.

그런데 다 읽고 나서, 한 가지 걸리는 게 있었다. 마치 체기처럼 명치끝에 걸려 내려가지 않는 그것, 바로 소설의 마지막에 그려져 있는 도표였다. 나는 그 도표를 공책에 옮겨 그린 뒤 틈만 나면 보고 또 보았다. 어떤 때는 확연히 이해가 되는 듯했지만, 어떤 때는 마치 귀신에 홀린 듯 아무런 생각이 들지 않고 아득하기만 했다.

제대를 하면서 가능하면 군대에 대한 모든 기억을 잊고 싶었던 나는 한동안 나를 몰두하게 만들었던 그 '도표'마저 잊었다.

101

그렇게 30년이 지난 어느 날, 《칼》을 다시 읽을 계기가 내게 주어졌다. H출판사에서 《칼》을 재출간하면서 내게 뒤표지에 실릴 글을 부탁한 거였다. 덕분에 나는 소설을 다시 읽었다. 그리고 그 도표와도 다시 마주쳤다.

—— 지금까지 이야기해온 먼지를 혹시 이 도표를 통해 설명해줄 수 있을까요?

—— 우선 도표 전체를 간략하게나마 설명하는 게 순서일 것 같네요. 도표는 왼쪽에서 오른쪽으로 진행하는 것으로 보이지만, 실제 이 도표는 원을 그리며 순환하는 구조를 가지고 있습니다. 그러니까 맨 왼쪽의 원과 맨 오른쪽의 원이 맞물려 전체적으로 큰 원을 그리는 거죠. 편의상 도표의 왼쪽부터 설명을 하겠습니다.

맨 왼쪽에는 사람(人)이 있습니다. 우리 자신, 인간입니다. 그다음이 큰(大) 것 안에 작은(小) 것이 있는 구조입니다. '대우주 안에 소우주'라고 할 수 있죠. 그다음은 이와 정반대로 작은 것 안에 큰 것이 있는 구조입니다. '소우주 안에 대우주'지요. 그다음이 선(善)으로 가득 찬 단계입니다. 그다음은 아무것도 없는 무(無)의 상태입니다. 그다음 단계는 신(神)인데, 이때의 신은 '귀신', 즉 혼령을 뜻합니다. 그다음 단계가 '무언가로 가득 찬' 무(無)의 상태입니다. 두 단계 앞의 무의 상태와 기본적으로는 같지만 '무언가로 가득 차 있다'는 것이 다릅니다. 그다음이 소문자로 이뤄진 god인데, 완전한 깨달음에 이른 상태입니다. 부처나 예수 같은 신성한 존재들, 소크라테스 같은 우주의 철리(哲理)를 깨친 철학자, 견성(見性)한 선사, 초월의 의미를 발견하고 실천한 예술가들이 여기에 속한다고 보면 됩니다. 그리고 맨 오른쪽에 있는 단계가 대문자로 이뤄진

GOD로, 우주만물을 창조하고 관장하는 존재입니다.

현상학적으로 보면, 먼지는 도표의 두 번째, 그러니까 '대우주 안에 있는 소우주'로 볼 수 있습니다. 하지만 실제 본성적인 요소로서의 먼지는 세 번째 단계, 즉 '소우주 안에 있는 대우주'로 봐야 합니다.

—— 도표 안의 그림들이 무엇을 의미하고 상징하는지, 우선 먼지의 현상학적 위치와 본성적 요소로서의 먼지가 속하는 두 번째와 세 번째 단계에 대한 설명을 좀 더 구체적으로 들어보고 싶습니다.

—— 우리가 가진 일반적인 인식의 수준으로는 "작은 것 안에는 큰 것이 들어갈 수 없다. 큰 것 안에 작은 것이 들어갈 수 있을 뿐이다"라고 생각합니다. 우리가 학교에서 배우는 공부는 이것을 정확한 판단이라고 가르치죠. 이것이 도표의 두 번째 단계인 '대우주 안에 소우주'입니다. 하지만 이런 기계적인 과학, 수학적 사고방식은 고정관념으로 굳어집니다. 물리적 현상 안에서는 맞는 논리죠. 큰 항아리 안에 작은 항아리가 들어가고, 작은 항아리에는 큰 항아리가 들어갈 수 없습니다. 하지만 본성이라는 측면에서는 어긋나는 인식입니다. 먼지에 대한 이야기에서 거듭 되풀이했지만, 작은 것 안에 큰 의미가 얼마든 들어갈 수 있습니다. 먼지처럼 작은 것 안에 물리적으로는 비교할 수 없는 크기의 우주가 지닌 가치와 의미

가 담길 수 있으니까요. 이것을 형상화한 것이 바로 세 번째 단계, '소우주 안에 대우주'입니다.

—— 다음 단계에는 착할 선(善) 자가 담겨 있습니다. 무슨 뜻이죠?
—— 문자 그대로 선으로 가득 찬 단계를 말합니다. 앞 단계의 "작은 것이 큰 의미를 가지고 있고 가치가 있다"는 걸 진정으로 깨닫게 되면 그는 선으로 가득 찬 사람이 될 수밖에 없습니다. 세상에 하찮은 존재란 없으니까요. 먼지 안에 우주의 가치와 의미가 담겨 있다는 사실을 자각한 사람의 눈에 보잘것없는 존재가 있을 리 없잖아요. 그 사람의 측정치 안에서 의미 없는 존재, 불필요한 존재란 없습니다. 모든 사람이 보잘것없다고, 작고 무가치하다고 하는 것들도 그의 눈에는 사랑스럽고 의미 있고 무한한 가치를 지닌 존재로 보입니다. 그가 바로 선으로 가득 찬 사람이죠.

이때의 선은 우리가 흔히 말하는 '선'과는 거리가 있을 수도 있습니다. "사람은 착하게 살아야 한다"는 명제 안에는 일정 부분 강제된 요소가 들어 있어요. 누군가를 괴롭혀서는 안 된다, 그래서 착해야 한다, 누군가에게 모범이 되어야 한다, 그러려면 착해야 한다… 이런 '착함'은 진심에서 우러나온 선이 아닐 수도 있습니다. "남을 위해 목숨을 내어줄 수 있는가?"라는 물음을 받았을 때 결코 멈칫거림이 없는 선, 차별과 차이가 존재하지 않음은 물론이고 먼지처럼 작은 것 안에 우주의 본성이 들어 있다는 자각이 없다면 이루어질 수 없는 선이 바로 '선으로 가득 찬'이라고 말할 때의 선입니다. 예수는 "당신의 겉옷을 원하면 속옷까지 벗어주라"고 했고, 세상 모든 죄를 대신해 십자가에서 죽음을 맞았습니다. 선으로 가득 찬 단계에 이른 사람만이 할 수 있는 일이죠.

—— 그다음은 아무것도 존재하지 않는 무의 상태입니다.

—— 무, 즉 '없음'에도 두 가지가 있습니다. 물리적으로 무는 '가지고 있지 않은 상태'를 뜻합니다. 핸드폰을 가진 사람과 안 가진 사람이 있다고 하면 가지지 않은 사람은 핸드폰 무(無)가 되고, 가진 사람은 핸드폰 유(有)가 됩니다.

실존주의 작가나 철학자들의 이야기는 여기서 한 걸음 나아갑니다. 그들에게 '존재함'은 단순한 물리적 실재(實在) 이상의 의미를 지닙니다. 그들은 개인의 자유와 책임, 각자의 주관성을 중요하게 생각하는데, 따라서 한 사람 한 사람은 그 자신으로 유일하며, 자신의 행동과 운명의 주인이라고 생각합니다.

실존주의의 대표적 철학자인 하이데거는 기존의 철학에서 오직 부인과 부정의 도구로만 사용되던 '무'의 개념을 철학 안으로 끌어들여 진지하게 논의하기 시작했는데요. 하지만 그에게 무는, "불안이 무를 계시한다"라는 그의 말에 잘 나타나 있듯이, 존재 자체가 사라진 상태, 즉 죽음을 의미합니다.

인간은 누구도 대신 죽어줄 수도 죽지 않을 수도 없기 때문에 거기에 불안을 느낄 수밖에 없다고 말하죠. 단지 물리적 없음으로 치부되던 무에 실존적 의미를 더해주긴 했지만, 따지고 보면 물리적 없음과 크게 다를 바 없습니다.

그러나 더 깊이 들어가면 "존재 자체가 곧 무"라는 각성에 도달하게 됩니다. 물리적 있음과 없음, 물리적 유무를 구분하는 것이 무의미해지는 경지죠. 여기서의 무는 수학적으로 존재를 1로 보고 무를 0으로 보는 개념이 아니라, 0도 없고 1도 없는 상태를 의미합니다.

—— 1과 0으로 나눠서 보면, 엄밀한 의미에서는 0도 존재하는 게 되는데, 이 도표상의 무는 그런 존재 자체가 없는 상태를 말하는 거군요.

—— 그렇죠. 굳이 1과 0을 사용해 얘기하자면, 무는 1과 0 사이입니다. 그 사이가 무라는 거죠.

—— 수학적으로 1과 0 사이에는 0.1도 있고 0.2도 있지 않나요?

—— 0.1과 0.2를 상정한다면 무는 그 사이, 즉 0.1과 0.2 사이입니다.

—— 다시 수학적으로 말하면, 그 사이에 있는 0.01과 0.02 사이가 무겠군요. 0.02와 0.03 사이, 0.03과 0.04 사이….

—— 이런 건 결국 현상학적으로 무를 따지는 것인데, 보다 본질적으로 접근하면 이런 모든 현상, 변화를 통해 일어나는 근거 자체가 사라진 상태가 무입니다.

—— 이 무의 단계에서 생사는 존재합니까?

—— 존재하죠. 생사를 초월하는 것은 다음 단계에서 이루어집
니다.

—— 신(神)의 단계에서는 삶과 죽음이 존재하지 않는 건가요?

—— 앞에서도 말했지만, 이때의 신은 우주를 관장하는 전지전능
한 존재로서의 신이 아니라 귀신의 신 자를 쓰는 신입니다.
정확히 말하면 물질적 존재를 벗어나는 단계를 말하죠. 이
단계에서 상층계(上層界)와 연결이 됩니다. 비물질계와의 교류
가 가능한 단계죠.

—— 자세한 건 뒤에 다시 논의하기로 하고, 그다음 단계에 대해
설명해주셨으면 합니다. 두 단계 앞의 무(無)와 동일한데 원
안에 작은 원들이 빼곡하게 차 있군요.

—— 이 단계가 바로 '무언가로 가득 찬' 무입니다. 이 단계를 지나
면 영어 소문자로 이루어진 god의 단계에 이르는데, 인간으
로선 최종적인 단계라고 할 수 있죠.

—— 다음 단계인 영어 대문자 GOD와는 어떻게 다릅니까?

—— 완전한 깨달음에 이르긴 했지만, 우주 전체를 통괄하는 존재
는 아닌 거죠. 우주의 중심에는 아직 들어가지 못한 상태니
까요. 그래서 우주를 창조하거나 관장하지는 못하는 겁니다.
그 존재가 바로 도표 맨 오른쪽에 있는 대문자 GOD입니다.

107

—— 도표는 맨 처음 인(人)으로부터 대문자 GOD까지 모두 아홉 단계로 되어 있습니다. 이 아홉 단계를 모두 이행하는 것은 물론이려니와 한 단계를 건너가는 것도 엄두가 나지 않는 까마득한 수행의 길이란 생각이 듭니다.

—— 왼쪽 끝과 오른쪽 끝을 원으로 연결해놓으면 좀 수월해 보일 것 같은데요? (웃음) 이 아홉 단계를 한 생애에서 모두 이룰 수는 없겠죠. 억겁의 환생을 거듭하면서 한 단계 한 단계 올라가야 할 겁니다. 하지만 이 도표를 보고 뭔가 느껴지는 게 있다면 단계를 밟아 올라가는 시간이 획기적으로 줄어들지 않을까 싶어요.

—— 그런데 무척 궁금한 게 있습니다. 인간으로서 과연 GOD의 단계에까지 도달할 수 있는가 하는 겁니다. 가능할까요?

—— 논리적으로는 도달할 수 있습니다. 하지만 여기엔 우리가 헤아리기 힘든 깊은 비의(秘意)가 있을 것 같아요. 그건 저로서도 짐작하기 힘들고요. 어쨌든 수행이나 의지를 통해 도달할 수 있는 최대치는 god의 단계라고 보면 됩니다.

—— 이 도표를 세속 종교들, 가령 기독교나 불교 같은 데서 어느 정도나 받아들일까요?

—— 그들의 교리라는 게 있으니 쉽게 받아들여지는 않을 테지만, 진지하고 꾸준한 수행을 요한다는 점에서는 완전히 배제할 것 같진 않습니다. 그리고 도표의 각 단계들이 갖는 의미

를 열린 마음으로 본다면 이 도표가 세속 종교들의 교리와 그리 크게 상충하지는 않으리라고 생각합니다.

—— 제가 제대로 이해를 했는지는 모르지만, 이 도표가 지닌 가장 큰 의미는 수행을 통해 우주의 본성을 깨닫고 그 본성대로 살아가는 것이라는 생각이 드는데, 그렇다면 세속 종교들이 추구하는 교리에 어긋날 일이 아닐 것 같습니다.

—— 예수의 마음과 그분이 행한 선행을 닮아가는 것이 어떻게 단지 기독교인만의 일이고, 부처의 마음과 그분이 행한 자비를 실천하는 삶이 어떻게 단지 불교도만의 일이겠습니까. 인간의 역사에서 종교로 인해 일어난 전쟁이 무수히 많았고 규모도 엄청났고 그만큼 극도의 살육이 있었습니다. 지금도 인류의 평화를 위협하는 가장 격렬한 전쟁의 불씨는 종교가 안고 있습니다. 그런데 이때의 종교가 과연 신의 본성, 우주의 본성, 인간의 본성에 얼마나 입각해 있을까요? 제 눈에는 교리에 대한 고집스러운 해석만이 보입니다. 신도들이 자신이 믿는 종교의 성전(聖典) 속 문장을 줄줄 외우기만 할 뿐 실천하려는 마음은 내지 않거나, 인간의 세속적 욕망에 따라 해석된 의미를 '신의 의지'로 오도해 삶의 바탕으로 삼는다면 과연 우리에게 희망이란 게 있을까요?

그런 말이 있지 않습니까. "예수는 기독교인이 아니었고, 부처는 불교도가 아니었다." 예수가 죽은 후에 예수를 받드는 종교가 기독교가 되고, 부처가 죽은 후에 부처를 근거로 삼

109

는 종교가 불교가 된 겁니다. 예수나 부처나 끝없이 우주의 본성을 살피고 인류를 위해 최선의 삶을 산 구도자, 수행자였습니다.

── 예수와 부처를 지금 말씀하신 것처럼 구도자이며 수행자로 본다면, 도표상의 각 단계를 거쳐 적어도 여덟 번째 단계까지 이른 전범이란 생각이 듭니다. 예수의 탄생에서 죽음까지, 부처의 탄생에서 죽음까지, 그분들의 생애를 돌이켜보면 제 눈에도 도표와 충돌하는 부분이 있을 것 같지 않네요. 더구나 그분들은 한 번의 생에서 모든 단계를 이루었다는 점에서 우리에게 엄청난 희망을 줍니다.

── 그렇습니다. 세 번째 단계인 "소우주 안에 대우주가 있다"는 인식이 출발점이나 마찬가지인데, 이 인식을 명확하게 할 수 있다면 그 이후의 단계들이 지닌 의미를 파악하고 그것을 바탕으로 살아가는 데는 예수와 부처의 삶이 아주 중요한 지표가 될 수 있죠.

── 오늘부터 "소우주 안에 대우주가 있다"는 것을 가슴에 각인하도록 노력하겠습니다.

── 그 단계는 고속도로의 인터체인지와 같아요. 길을 갈아타는 겁니다. 그동안 우리가 달려온 도로에서 새로운 길로 옮겨타야 하는 거죠. 인식의 전환이라고 할 수 있습니다. 코페르니쿠스적 전환*이 필요해요. 도표의 세 번째 단계가 그 전환을

이루는 시작점입니다.

—— 인류는 아직도 두 번째 단계 "대우주 안에 소우주가 있다"는 물리적 인식에 머물러 있다고 볼 수 있겠네요.

—— 우주 전체의 역사에 비한다면 인류의 역사란 게 보잘것없이 짧지만 인류의 역사만을 놓고 보면 결코 짧지 않은 시간인데 인식의 수준이 이 정도에 머물러 있다는 건 기이한 일입니다. 하지만 우리가 잊지 말아야 할 것은, 이성이 가장 발달되었다고 하는 근현대에 이런 인식의 고착이 더욱 심해졌다는 사실이에요. 현대과학의 발달은 물리적 현상과 변화에만 집중되었고, 급기야 물질이 '신'이 되어버렸습니다. 인간도 좀 복잡하긴 하지만 어쨌든 기계장치에 불과하다는 인식이 굳어진 이상 "소우주 안에 대우주가 있다"는 건 정신 나간 소리가 될 수밖에 없죠. 그들에게 먼지처럼 작은 존재 안에 우주의 본성이 간직되어 있다는 얘기는 아무리 잘 봐줘도 '예술적 망상'에 지나지 않습니다.

—— 과학시대 이전에 존재했던 이런 인식들은 '원시적 망상'이었고요. (웃음) 이번 대담집이 "소우주 안에 대우주가 있다"는 인식을 가져다주는 책, 그 단계로 이행하게 해주는 책이 되

• 독일의 철학자 칸트가 이전의 철학설에 상대해 자기가 주장한 철학적 관점, 곧 인식이론을 코페르니쿠스의 지동설에 비유한 말이다. 인식은 대상에 주관이 따르는 것으로서 성립된다고 하던 것을, 오히려 주관의 선천적 형식이 대상의 인식을 성립한다고 주장했다.

었으면 좋겠습니다.

—— 이걸 발판으로 네 번째 단계, 다섯 번째 단계로 도약하고, 여섯 번째와 일곱 번째 단계를 거쳐 마침내 성현(聖賢)에 이르는…. 쉽지는 않겠지만 불가능한 일도 아닙니다.

—— 이 도표로 마지막 문장을 대신한 선생님의 장편소설 《칼》이 세상에 처음 나오고 30년이 더 지났습니다.

—— 초판이 1982년에 나왔으니 그렇게 되었죠.

—— 제가 읽은 건 책이 나오고 한두 해 뒤였는데, 그때 도표에 이런 의미가 있다는 걸 일찍이 알았다면 지금쯤 뭔가 좀 달라졌을 것 같은데, 안타깝습니다. (웃음) 그런데 왜 도표만 제시하고 지금과 같은 설명을 하지 않았나요?

—— 글쎄요, 그때 설명해놓았다면 하 선생이 이해했을까요? (웃음)

—— 그때는 유물론적 과학 신봉자였으니까 "문학적 망상이군!" 하고 일축해버렸을지도 모르겠네요. (웃음) 그러고 보면 "모든 것에는 때가 있다"는 말이 맞다는 생각이 듭니다. 그런데 선생님이 직접 만나본 분들 중에 "소우주 안에 대우주가 있다"는 인식을 가지고 거기에 일치하는 삶을 살았거나 살고 계신 분이 있나요?

—— 가장 대표적인 분을 꼽는다면 천상병 선생입니다. 그분을 상징적으로 드러내는 말이 "이쁘다, 이쁘다, 다 이쁘다"인데, 작은 것 안에 헤아릴 수 없이 큰 것이 들어 있다는 인식

에 이르면 모든 게 아름답게 보인다는 의미가 들어 있는 말입니다.

—— 천상병 선생님으로부터 그런 느낌을 받게 된 계기가 있겠죠?

—— 제가 책이 나와서 서울로 인터뷰를 하러 갔을 때였는데, 오랜만에 천상병 선생님을 뵈었습니다. 절 보시고는 대뜸 "외수야, 외수야. 맥주 한 병 사라. 맥주 한 병 사라" 그러시더라고요. 그래서 광화문에 있는 '시인통신'*이라는 카페로 모셨습니다.

당시 '시인통신'에는 천상병 선생님용 맥주 두 병이 늘 비치돼 있었어요. (웃음) 그걸 꺼내드리니까 그 맥주를 저한테 따라주시는 겁니다. 당신도 한 잔 따르시고. 그러더니 "외수야, 외수야. 나이 육십이 되니까, 육십이 되니까, 세상이 다 달라 보여"라고 하셨어요. 순간적으로 '뭐지? 법문인가?' 하는 생각이 들더군요. 심상치 않은 말씀을 하실 거라는 짐작이 들었습니다. 제가 자세를 바로잡고 "어떻게 달라 보이십니까?" 하고 여쭸더니 "미웠던 게 다 이뻐 보여" 하시는 겁니다. 그 자리에서 벌떡 일어나 선생님께 큰절을 올렸어요. "선생님, 감사합니다" 그러면서요. 그날의 감회를 나중에 '목화솜 같

113

• 한귀남 시인이 운영하던 카페로, 교보문고 뒤편 종로 피맛골에 있었다. 공간은 협소했지만 2009년 청진동 재개발로 사라지기 전까지 문화예술인들이 많이 드나드는 곳으로 유명했다.

은 맥주거품'이라는 구절이 들어간 시로 쓴 적이 있습니다.

—— 《괜찮다, 괜찮다, 다 괜찮다》《요놈, 요놈, 요 이쁜 놈》이라는
책이 생각나는데, 이 말씀들 안에 천상병 선생님의 마음과
삶이 담겨 있군요.
—— 천상병 선생님이 그 말씀을 하신 에피소드가 있어요. 어느 날
제가 "선생님, 예전에 고문한 사람들 만나면 알아보시겠어
요?" 하고 물었는데, "알지. 알지. 알지" 그러시더라고요. 그래
서 제가 "만나면 기분이 어떠실 거 같아요?"라고 물었죠. 그
때 선생님이 그러셨어요. "아, 괜찮다, 괜찮다, 다 괜찮다."

도인 천상병과 술 한 잔을

_ 이외수

고문처럼 쓰라리던 사랑도 저물어가네

귀천(歸天)을 노래하던 시인의 마을

모든 풍경들이 석양으로 기울어지고

육십이 넘으니 비로소 세상이 달라 보인다는

법문을 들었네

흐린 세상 흐린 세월

대저 다른 것이 무엇인가 여쭈어보았더니

이제 세상에는 싫은 것이 하나도 없다는 말씀

불현듯 맑아지던 내 귀를 의심치 말라

따라주신 맥주잔 가득

목화송이 같은 구름 한줌도 눈부시던 날이여

삶의 신비에 대하여

"보이지 않지만 실재하는 세계가 있다.
공중부양에서 차원이동까지."

이외수 선생과 내가 바둑을 두고 있을 때였다. 한창 전투가 벌어진 바둑판 위로 손가락 한 마디쯤 되는 담배꽁초가 떨어졌다. 마치 바둑판 위에서 구경을 하고 있던 누군가가 일부러 툭 던진 것 같았다. 불이 붙은 담배꽁초가 바둑판으로 떨어지는 순간 선생과 나는 동시에 고개를 들어 허공을 바라보았다. 아무도 없었다. (누군가 있었다면 나는 아마도 기절을 했을지도 모른다.)

나는 얼어붙었고, 잠시 뒤 선생은 묘하게 웃었다. 나는 "어떻게 된 일입니까?" 하고 물었고, 그는 "가끔 있는 일이야" 하고 대수롭지 않게 말했다. 나는 며칠 동안 잠을 설쳤다. 과학에 기반을 둔 사고에 익숙해 있던 내게는 끊임없는 회의와 갈등의 시간이었다.

중국 최고(最古)의 신화집이면서 기서(奇書)인 《산해경》에서 곽박은 이렇게 이야기한다. "사물은 그 자체가 이상한 것이 아니고 나의 생각을 거쳐서야 이상해지는 것이기에, 이상함은 결국 나에게 있는 것이지 사물이 이상한 것은 아니다."

이 장에서는 기괴하고 별난 이야기들이 나온다. 부디 믿을 것인가 말 것인가로 보지 마시길. 마음의 경계를 풀고 삶의 신비를 함께 찾아나서주길 바란다.

초등학교 6학년 때 가장 친한 친구가 사고로 세상을 떠났다. 전날 집 앞에서 손을 흔들며 헤어진 것이 마지막이었다. 다음 날 학교에 갔을 때 선생님에게서 친구의 사고 소식을 들었지만, 더 이상 그를 만날 수 없다는 사실이 얼마나 슬픈 일인지를 그날은 알지 못했다.

하루가 지나고, 또 하루가 지나고, 다시 하루가 지났을 때, 그가 보이지 않는다는 사실이 무서워지기 시작했다. 열두 살의 아이가 울 수 있다고 믿을 수 없을 만큼의 눈물을 흘렸다. 너무 울어 한동안 눈앞이 보이지 않았던 기억이 난다.

세월이 약이라는 말은 틀리지 않았다. 중학교에 입학하자 친구는 거짓말처럼 잊혀졌다. 그렇게 3년이 흘렀다. 그리고 고향을 떠나 대도시의 고등학교에 진학했다. 1학년이 시작되고 둘째 날, 화장실을 다녀오며 다른 반 교실 앞 복도를 지나던 나는 온몸에 소름이 돋았다. 4년 전에 세상을 떠난 친구가 내게 다가오고 있는 거였다. 키가 많이 자랐지만 모습은 하나도 변하지 않았다. 하지만 그는 나를 알아보지 못했다. 당연한 일이었다. 그는 이미 세상에 없는 사람이었다.

나는 내 앞으로 다가오는 학생의 얼굴을 똑바로 쳐다볼 수 없었다. 4년 전에 사라졌던 무서움이 기다렸다는 듯 밀려들었다. 나는 그를 지나치며 재빨리 교복에 붙은 명찰을 살폈다. 머릿속이 하얗게 변해 버렸다. 이름이 같았다.

그날 이후로 나는 그의 반 교실 앞 복도를 이용할 수 없었다. 그가 정말 4년 전에 죽은 그 친구가 맞는지를 확인할 용기가 그때 내겐 없었다. 그렇게 한 해가 지나고 2학년이 되었을 때, 어릴 때 죽은 내 친구와 이름이 같고 빼다 박은 듯 닮았던 그 학생은 충청도 어느 도시고 전학을 갔다. 그가 떠난 뒤, 나는 세상을 떠난 내 친구를 마음에서 영원히 지울 없다는 사실을 알았다.

40대로 접어든 1999년 2월, 나는 B시에서 약국을 운영하는 한 남자로부터 전화를 받았다. 생면부지의 사람이었다. 그는 나를 만나서 나눌 얘기가 있다고 했다. 무슨 얘기냐고 물었지만, 전화로는 하기 힘든 이야기라고만 했다. 주소와 전화번호를 받아적긴 했지만, 네 권짜리 장편소설을 출간하느라 몸이 만신창이가 되어 있던 나는 낯선 사람의 뜬금없는 제의를 받아들일 상태가 아니었다.

그렇게 며칠이 지난 뒤, 걸을 때마다 통증이 일어 화장실도 겨우 다녀올 정도로 악화된 허리로 운전대를 잡았다. 아내가 동행했다. 춘천을 떠나 올림픽대로를 타고 약국이 있는 B시의 재래시장까지 가는 세 시간 남짓 동안 나는 내내 후회했다.

약국에 들어선 나를 반갑게 맞이하던 남자의 투명하도록 하얀 얼굴과 내 손을 그러잡던 따뜻한 손의 온기는 20년 가까이나 지난 지금도 생생하다. 그는 내게 들려주고 싶다던 얘기를 하기 전, "허리가 몹시 안 좋군요"라고 말하며 의자에 나를 앉히고는 눈을 감아보라고 했다. 나는 이상한 기분이 들었지만 고분고분 따랐다. 오래 걸리진 않았다. 3~4분 남짓 흐르는 동안 정수리에서 차가운 기운이 쑥쑥 빠져나가는 것 같은 느낌이 들었다. 그리고 눈을 떠보라는 얘기를 들었을 때 끊어질 듯 아프던 허리에 전혀 통증이 느껴지지 않는다는 걸 알았다.

그것이 시작이었다. 이후 7년여 동안 그와 나는 100여 차례 만났다. 만나서 우리가 한 일은 죽은 혼령을 불러내 대화를 나누는 것이 전부였다. 그는 귀신을 보는 사람이었다. 우리가 불러낸 혼령 중에는 초등학교 때 내가 가장 사랑했던 친구도 있었다.

2005년 늦은 가을, 출판사 볼일을 보고 동대문 인근을 지나던 중에 휴대전화가 울렸다. 폴더를 여니 문자메시지가 들어와 있었다. 부고였다. 나는 얼어붙고 말았다. 세상을 떠난 사람은 바로 그였다. 기막히게도, 그의 시신이 안치된 곳은 E대학병원 영안실이었다. 내가 문자메시지를 확인한 곳이 그 병원 앞이었다. 나는 곧바로 영안실로 향했다. 막 빈소가 차려지던 중이었다. 내가 첫 조문객이었다. 나는 그의 영정사진 앞에 두 번 절을 올렸다.

빈소를 나서며 그의 아내와 잠깐 얘기를 나누었다. 그때 나는 그가 말기암이었다는 것과 세상을 떠날 때까지 모든 치료를 거부했다는 것을 알았다. 나는 그녀의 말이 믿어지지 않았다. 나는 그가 세상을 떠나기 한 달 전에 그를 만났고, 그의 얼굴은 여전히 해맑았다. 말기암 환자라고는 도저히 믿을 수 없는 얼굴이었다. 나는 다시 소중한 또 한 사람과 이별했고, 슬픔은 여전했지만 무서움은 없었다.

과학적으로 증명되지 않은 것을 믿을 수 있을까?

―――― 초자연현상에 대한 일반인들의 반응은 그다지 호의적이지 않습니다. 거짓말이나 속임수라고 일축해버리는 사람도 있

고, 혹세무민한다며 거부감을 드러내는 사람도 많습니다. '초
능력 사냥꾼'이라는 별명을 가진 제임스 랜디(James Randi) 같
은 사람은 자기 앞에서 초능력을 보이면 그 자리에서 100만
달러를 주겠다고 현상금을 걸기도 했습니다.* 과학계 안에서
도 초자연현상들을 전면적으로 부정하는《회의주의자(Skeptic)》
라는 잡지가 발행되고 있지만, 한편으론 초자연현상들을 긍
정적으로 검토하고 진지하게 실험과 연구를 하는 과학자도
많습니다.《신과학자(New Scientist)》는 초자연현상들을 적극적
으로 다루는 대표적인 과학전문잡지입니다.

선생님은 초자연현상을 어떻게 생각하는지 말씀을 듣고 싶
습니다.

── 초자연현상이라는 것은 개괄적으로 말해 3차원적 현상을 벗
어난 현상을 말합니다. 수학적으로 말하면, 좌표 네 개를 그
릴 수 있는 공간에서 일어나는 현상이죠. 우리가 살고 있는
좌표 세 개짜리 3차원 공간에서 일어나는 물리적 현상을 초
월하기 때문에 흔히 '초자연현상'이라고 불리고 불가사의한
것으로 해석됩니다. 우리의 보편적 공간이 3차원이기 때문

● '놀라운 랜디(Amazing Randi)'라고 불리며 나이아가라폭포 바로 위에서 탈출 묘기를 선
보이기도 했던 마술사 제임스 랜디는, 1962년에 1천 달러의 현상금을 시작으로 자신
의 눈앞에서 자신이 내건 조건으로 초능력을 행하는 사람에게 1만 달러를 주겠다고
공표했다. 이후 후원자들의 도움으로 100만 달러까지 올렸지만 상금을 가져간 사람
은 아직 아무도 없다.

에 우리가 가진 시간에 제약받지 않는 4차원적 현상이 구현
된다 해도 우리의 보편적 의식은 믿으려 하지 않게 되죠.

이런 상황을 설명할 때 저는 여러 차원의 삶을 살아가는 누
에를 자주 예로 드는데, 알-누에-나방이라는 세 단계의 차원
을 차례로 이행하는 누에의 삶에서 이전 차원의 존재들은 이
후 차원 존재들의 삶을 이해할 수 없습니다. 요컨대, 이후 차
원의 존재들은 초능력을 구사하는 셈이고, 이전 차원의 존재
들이 열린 마음으로 받아들이지 않는다면 속임수에 불과하
겠죠. 하지만 만약 1차원에 머물던 어떤 알이 누에로 바뀌는
다른 누군가를 보거나, 2차원적 삶을 살던 어떤 누에가 나방
으로 변신해 3차원 공간으로 날아가는 모습을 보았다면, 그
들은 "초자연현상은 일어나지 않는 게 아니라 감지하기 힘들
뿐"이라는 얘기를 하게 될 것입니다.

물리적으로 자신의 차원에 갇힌 의식으로는 납득할 수 없는
일들이 '초자연현상'이라는 이름으로 불리고 보편적 믿음을
얻지 못하는 결과로 이어지지만, 3차원의 과학이나 논리에
갇혀버리면 설명되기 힘든 현상들이 지구 도처에서 일어나
고 있습니다. 가장 비근한 예로, 우리가 매일 밤 꾸는 꿈을 들
수 있습니다. 꿈에서 우리는 3차원적 공간에서 감지할 수 있
는 모든 물리적 현상을 경험하지만 시간의 흐름에 전혀 구애
받지 않습니다. 과거와 미래를 아무런 제약 없이 넘나들 수
있는 거죠. 하지만 꿈에서 깨는 순간 우리는 다시 3차원 공간

으로 돌아오고, 꿈에서 겪은 현실은 더 이상 현실이 되지 못합니다.

여기서 중요한 것은 분명히 4차원적 경험을 했다는 사실입니다. 그러나 과학자들은 꿈을 우리의 현실적 경험에 포함시키고 싶어 하지 않고, 그래서 '뇌의 화학적 작용'이라는 것으로 치부해버리죠. 이는 초자연현상에 대한 우리 대부분의 태도와 거의 일치합니다.

—— 앞에서 해당 차원의 공간에 존재하는 모든 것은 그 차원의 형태만을 가지고 있다고 하셨습니다. 즉, 3차원 공간에 존재하는 모든 것은 1차원(점)이나 2차원(면)을 다만 유추할 수 있을 뿐 실제 존재하는 것은 3차원(입체)이라는 거죠. 초자연적 현상이 다른 차원에서 일어나는 현상이라면, 이런 형태적 한계와도 관련이 있는 건가요?

125

—— 그렇습니다. 해당 차원에서 만들어낼 수 있는 것이 그 차원에 국한되기 때문입니다. 창조력의 한계라고 할 수 있죠.

—— 창조력의 한계라는 게 무엇인가요?

—— 1차원에서는 1차원적인 것만 창조하고 활용할 수 있으며, 2차원적 존재들은 2차원적인 것만 창조하고 활용할 수 있다는 겁니다. 우리는 3차원적 존재들이니까 3차원을 창조하거나 활용하는 거죠.

—— 인지나 인식이 지금 말씀하신 창조력과 관계가 있습니까? 다

시 말해, 인지나 인식의 한계가 창조력의 한계와 관계있는
겁니까?

—— 관계가 있습니다. 그래서 인간은 창조력을 바탕으로 한 다양
한 예술 활동을 통해 인지나 인식의 폭을 넓히려 하죠. 이것
은 진화의 과정으로 볼 수도 있습니다. 차원의 이행을 시각
적으로 가장 확실히 느낄 수 있는 장르가 미술인데, 가령 평
면 창조 작업인 회화에서 입체적인 설치미술로 옮겨가고, 여
기에 소리나 동작이 덧붙여지면서 새로운 아름다움을 창조
해나가는 행위가 바로 이런 예라고 할 수 있습니다.

126 —— 초자연현상으로 불리는 것들을 하나씩 짚어나가려고 하는
데, 3차원적 존재로서 믿기도 힘들고 인지하기도 힘든 초자
연현상들은 모두 다른 차원에서 일어나는 일이라고 봐야 합
니까?

—— 1차원적 존재에게 2차원적 현상은 초자연적 현상일 테고,
2차원적 존재에게 3차원적 현상은 또한 초자연적 현상일 겁
니다. 마찬가지로 3차원적 존재로서 4차원적 현상은 초자연
현상이라 부르겠지요. 3차원 공간에서 일어나는 4차원적 현
상, 즉 초자연현상은 특별히 물질적-비물질적 관계가 중요
합니다. 4차원 요소인 시간이 개입돼 있기 때문이죠.

3차원 공간에는 물질적인 것과 비물질적인 것이 있는데, 대
부분은 결합된 상태로 존재합니다. 가령 우리가 가지고 있는

생각이나 의지, 마음, 소망 등은 의식세계를 구성하는 비물질적인 것인데 몸이라는 물질적인 것과 결합되어 있죠. 이 비물질적 요소는 물질의 작용을 주도하거나 물질계에 영향을 미칩니다. 그런데 물질적인 것과 완전히 분리되어 있는 비물질적 존재가 있습니다. 흔히 '영적 존재'라고 하는 귀신이라든가 정령, 요정 등으로 불리는 존재들이죠. 그들이 만약 실제로 존재한다면, 우리가 가진 의지나 마음과 같이 물질계에 어떤 식으로든 영향을 미칠 게 분명합니다.

이 문제를 짚기 전에 우리가 먼저 알아야 할 것은, 우리가 가지고 있는 의지나 마음, 생각, 정신, 소망 같은 비물질적인 요소들을 다른 물질적 존재들도 가지고 있다는 사실입니다. 꽃에게 아름답고자 하는 의지나 소망이 없다면 과연 꽃들이 아름다울 수 있을까요? 거의 모든 열매가 왜 둥근 모양을 하고 있을까요? 그 오묘한 향기는 어디서 만들어지며 빛깔은 어떻게 형성되는 걸까요? 이런 것들은 모두 비물질적인 요소들이 물질적 요소에 영향을 미쳐서 생겨난 현상들이라고 할 수 있습니다.

—— 하지만 여기에는 항상 '입증'이라는 문제가 걸려 있습니다. 열매의 모양, 향기, 빛깔의 오묘한 아름다움이 식물들의 의지나 마음이 작용한 때문이라는 걸 입증할 수 있는가? 입증하지 못한다면 식물에겐 의지나 마음이란 게 존재하지 않으며

그저 우연의 산물일 뿐인가? 이 딜레마는 극복하기가 쉽지 않아 보입니다.

—— 인간은 실재하는 것과 똑같은 모양의 꽃을 만들어낼 수 있습니다. 하지만 모양만 같을 뿐 진짜 꽃이 가지고 있는 향기는 재현할 수 없죠. 빛깔도 비슷하기는 하지만 완벽하게 재현하는 건 불가능합니다. 인간이 만들어낸 가짜 꽃과 식물의 실제 꽃을 비교했을 때의 차이를 직시할 필요가 있어요. 이 차이는 향기와 빛깔의 문제가 아니라 향기와 빛깔을 만들어내는 '무엇'입니다. 물론 유전자니 화학작용이니 하는 과학적 용어를 빌려와서 이 '무엇'을 설명할 수 있지만, 저는 이것을 식물의 의지나 마음 같은 비물질적 요소라고 생각합니다.

—— 미치 헤드버그라는 미국 배우가 한 말이 생각나네요. "우리 집 조화가 죽었다. 물을 주는 척하지 않아서."* (웃음)

—— 저는 날아가던 새가 진짜 나무인 줄 알고 가지에 앉으려다 부딪쳐 떨어졌다는 소나무 그림을 그린 신라시대 화가 솔거가 생각나는군요. 솔거라면 보이지 않는 향기까지 그려냈을지도 모르죠. (웃음)

—— 예전에 선생님이 그림에는 제각기 다른 기(氣)가 들어 있다는 얘기를 하셨죠?

---

* My fake plants died because I did not pretend to water them.

──── 예술작품은 분명히 저마다 다른 기운을 가지고 있습니다. 예
술가들은 정신적으로나 영적으로 굉장히 발달돼 있죠. 고도
의 집중력이 발휘되면 물리적 현상을 초월하는 어떤 정신적
작용이 일어나기도 합니다. 예술가가 아니더라도 신념이 매
우 강한 사람에겐 드물지 않게 일어나는 일이죠.

어쨌든, 3차원적 제약 중에서 가장 풀기 힘든 문제는 시간성
입니다. 흔히 시간예술이라고 하는 음악과 문학은 물론, 공간
예술을 대표하는 회화 역시 시간적 제약과 한계를 뛰어넘기
위해 부단히 노력해왔습니다. 그 과정에서 발전을 이루어냈
고요. 다 빈치의 경우, 당시 사람들로서는 생각하기 어려운
기계장치들을 설계하고 만들어냈는데, 저는 차원이탈에 대
한 다 빈치의 소망이 이루어낸 결과라고 생각합니다. 인간은
지구의 의식에 맞춰 진화하는 존재이기 때문에, 물질적 공식
이나 법칙을 넘어서는 세계를 구현하려는 의지를 가지고 있
습니다. 다 빈치는 그런 의지와 소망을 가진 대표적인 사람
이었죠. 이전 시대와 다른 기기들이 만들어지는 건 모두 이
런 의지와 소망의 결과고, 이것이 진화의 요체입니다.

예언에 대하여

──── 그리고 보니 다 빈치의 〈모나리자〉를 초자연현상이라고 표
현한 글을 읽은 생각이 납니다. 모나리자의 미소가 그만큼

129

신비롭다는 얘기겠지요. (웃음) 초자연현상 중에 어쩌면 가장 흔히 얘기되는 게 예언일 듯싶은데요. 16세기의 노스트라다무스에서 20세기의 에드거 케이시에 이르기까지, 그들에게 우호적인 연구자들에 따르면, 역사적으로 중요한 사건들을 대부분 예언한 것으로 되어 있습니다. 어떻게 보십니까?

—— 예언자들마다 방식은 조금씩 다르지만, 한마디로 표현하면 '접속'이라고 할 수 있습니다. 어디에 접속하는가만 다를 뿐, 어딘가에 접속해서 미래의 일을 알아낸다는 것은 거의 일치합니다. 에드거 케이시의 경우, '아카식 레코드(Akashic Records)'라고 하는 일종의 도서관에 접속해 거기서 필요한 날짜의 정보가 담긴 '책'을 뽑아서 펼쳐보는 방법을 사용합니다. 아마도 그 도서관은 4차원 공간에 존재할 것입니다. 우리가 갖는 시간의 제약을 받지 않기 때문에 과거든 미래든 접속과 열람이 가능하겠죠. 만약 그 공간에 접속할 수 있는 '능력'만 갖춘다면 우리도 얼마든지 훌륭한 예언자가 될 겁니다.

사실 '아카식 레코드'라고 멋지게 표현해놓아서 그렇지, '접속'이라는 측면에서는 영매나 무당이 행하는 예언의 방식과 그리 크게 다르지 않다고 봅니다. 무당이 어떤 '신령스러운 존재'와 접속해서 그로부터 전언(傳言)을 받는 방식 말이죠. 일반인 중에서도 신심이 깊은 사람이 신에게 기도하던 중 미래에 일어날 일이 떠올랐다는 얘기도 심심찮게 들을 수 있습니다. 수학적 데이터를 바탕으로 판단하는 게 아니라면, 거의 모든 예언은 '다른 어떤 존재'로부터 '아직 일어나지 않은 일'에 대한 정보를 얻는 방식을 취합니다. 이것이 바로 신뢰나 믿음의 문제가 따르게 되는 이유죠.

하지만 예언에 대해 우리가 놓치지 말아야 할 것은 예언의 내용이 아니라 예언에 담긴 의미입니다. 가령 세계대전이 일어나서 수천만 명이 죽을 거라고 누군가 예언했다면, 그 일이 실제 일어날 것인가 아닌가를 두고 아무리 열띤 논의를 펼쳐봐야 소용이 없습니다. 일어나거나 일어나지 않겠지요. 일어나면 예언이 맞는 것이고, 일어나지 않으면 예언이 틀린 것일 뿐, 이렇게 되면 예언도 아무 소용이 없고, 예언을 놓고 벌인 논쟁도 소용이 없습니다. 복권이 맞나 안 맞나를 확인하는 것과 마찬가지죠. 그러나 우리가 만약 "전쟁이 일어날 것이고, 수많은 목숨이 희생될 것이다"라는 예언에서 "왜 전쟁이 일어나야 하는가? 전쟁을 막을 수 있는 방법은 없는가?"에 대해 생각하게 된다면, 사정은 완전히 바뀔 수 있습니다. 어쩌면 전쟁을 막을 수도 있겠죠.

만약 그래서 전쟁이 일어나지 않는다면 어떻게 될까요? 일단 예언자의 예언은 틀린 것이 됩니다. 하지만 그의 예언으로 인해 혹시 일어날지도 모르는 전쟁을 막았다는 사실은 자명합니다. 물론 누군가는 "애초에 전쟁은 일어나지 않도록 되어 있었어"라고 말하겠지요. 하지만 이 말은 결과를 확인한 뒤에야, 그러니까 예언자가 예언한 일이 일어나지 않았을 때

131

UFO

많은 사람이 확인했음에도 '미확인'이라고 치부되는, 영어로 표기하지만 미국이나 영국이 만들지는 않은 비행물체. 이 물체의 목격 여부에 따라 지구상에는 두 부류의 사람이 존재한다. 하나는 "본 적 있음"이라고 하는 부류, 다른 하나는 "구라치지 말라"고 하는 부류. 하지만 두 부류 모두 이 물체의 존재 여부를 부정하거나 입증할 만한 능력을 가지고 있는 것은 아니다.

외계인

일반적으로 지구 밖 다른 행성에서 온 지성체를 이르는 말이다. 그러나 지구공동설(地球空洞說)을 주장하는 사람들은 지구 내부에서 온 지성체라고 주장하기도 한다. 지구 내부에서 왔다면 외계인이 아니라 '내계인'이라고 해야 옳지 않을까? 외계인에게 납치돼 생체실험을 당했다는 사람도 있지만 과학은 이를 받아들이지 않고 있다.

채널링

일종의 의식여행. 또는 의식여행을 통해 미지의 존재들과 조우하는 일. 의식은 시간과 공간의 제약을 받지 않기 때문에 시공을 초월해 만(萬) 존재와의 조우가 가능하다.

공중부양

문자 그대로 몸이 공중에 뜨는 현상을 말한다. 특별한 수련을 거친 사람들이 이런 능력을 발휘할 수 있다는 설이 있기는 하지만, 이 능력은 바람 부는 날의 비닐봉지, 헬륨을 가득 채운 애드벌룬, 또는 날개를 가진 새들에게 맡겨두는 것이 어떨까.

독심술

상대의 감정이나 생각을 알아내는 방법. 굳이 특별한 훈련을 거쳐야만 터득할 수 있는 능력은 아니다. 가령, 대부분의 가난뱅이들은 부자가 되기를 소망한다. 대부분의 부자들은 지금보다 돈이 더 많았으면 좋겠다는 생각에 빠져 있다. 대부분의 남자들은 예쁜 여자를 애인이나 배우자로 맞아들이기를 소망하고, 대부분의 여자들은 잘생기고 돈 많고 가문 좋고 학벌 좋고 키 큰 남자를 애인이나 배우자로 맞아들이기를 소망한다. 대부분의 여자들은 현재보다 더 예뻐지기를 열망하고 아무리 나이 들어도 늙지 않기를 열망한다. 대부분의 정치가들은 당선만 될 수 있다면 유권자들을 속여먹어도 괜찮다고 생각하고, 당선만 될 수 있다면 부모친척도 배반할 수 있다고 생각한다. 대부분의 종교지도자들은 자신이 신으로부터 선택된 존재라는 착각에 사로잡혀 있고, 자신에게 초자연적인 힘이나 영적인 능력 또는 도력이 있다는 착각에 빠져 있다. 하지만 100퍼센트는 아니니 아무도 함부로 진단하지는 말 것.

지구

태양계의 행성 중에서 세 번째로 태양과 가까운 행성. 다른 행성에 비해 가장 다양한 생명체가 살고 있으며 물이 풍부하게 확보되어 있다. 특히 바다를 보유하고 있는 유일한 행성이다. 그래서 다른 행성의 지성체들에게 가장 아름다운 행성으로 인식되고 있으며 보호할 가치가 있는 행성으로 평가되고 있다. 그러나 지구에 서식하는 인간이란 이름의 생명체들이 돈을 벌기 위해 무분별하게 환경을 오염시키고 자연을 파괴해서 심각한 중병에 걸려 있다.

인간

지구에 기생하는 생명체들 중에서 가장 이기적인 생명체이며 가장 모순된 행동을 많이 저지르는 생명체다. 평화를 빙자해서 전쟁을 일삼고 사랑을 빙자해서 증오를 양산해낸다. 스스로를 만물의 영장이라 하지만, 정작 자신들이 미물로 인식하는 세균의 공격을 받게 되면 속수무책, 혼비백산, 우왕좌왕하는 꼴을 보인다.

에나 할 수 있는 말입니다. 미래의 일은 누구도 알 수 없어요. 중요한 건 어떤 일이 벌어진다면 그것이 의미하는 것은 무엇인가, 하는 것입니다. 예언의 가치도 거기에 있습니다.

—— 예언 행위 자체는 어떻게 이루어지는 건가요?

—— 어떤 예언이건 미래와 관련되어 있습니다. 그래서 시간성과 뗄 수 없는 관계에 있습니다. 우리가 가진 시간의 개념은 생성과 소멸 사이에 속도를 더했을 때 드러나는 측정치죠. 생성, 소멸, 속도, 이 세 요소가 없으면 시간의 실체가 드러나지 않습니다. 이게 바로 3차원의 한계예요. 지구가 스스로 한 바퀴를 도는 것도, 태양을 중심으로 궤도를 그리며 도는 것도 모두 3차원적 변화를 시간으로 인지하는 겁니다. 하지만 이것은 시간의 본질과는 다른 일입니다.

—— 3차원적 변화를 시간으로 인지한다는 건 무슨 뜻인가요?

—— 현상을 통해 시간을 인지한다는 겁니다. 즉, 3차원적 변화를 시간이라는 이름으로 읽어낸다는 거죠. 가령 우리는 과거를 예측한다고는 하지 않아요. 이미 지나간 것이니까 예측할 필요가 없죠. 우리가 가진 시간은 오직 한쪽 방향으로만 흘러갑니다. 과거, 현재, 미래를 연결하는 하나의 좌표밖에는 없어요. 수학적으로 좌표 네 개를 그려 4차원을 표시해놓는다고 해도 시간은 여전히 차원의 한계에 갇혀 있을 뿐입니다. 시간의 밑변, 시간의 높이, 시간을 나누고 더하고 빼는 것으

로부터 벗어나야 합니다. 시간의 본질은 수치로 나타낼 수 없어요. 초침이 한 칸 가면 1초가 흐르고, 분침이 한 칸 가면 1분이 흐르는 식의 시간개념은 시간의 본질과는 아무 관련이 없는 얘기입니다. 그것은 그저 시각(時刻)이죠. 시각은 시간이 아닙니다. 시간은 더디게 가기도 하고, 빠르게 가기도 하는, 우리의 희로애락(喜怒哀樂)과 함께하는 어떤 존재입니다.

—— 선생님이 잘 표현하시는 '시간의 옆구리'로 들어가야 한다는 거군요.

—— 아인슈타인의 상대성이론은 물리적 시간의 흐름이 절대적이지 않다는 것을 말하고 있잖아요. 이건 우리가 이미 경험했고, 지금도 경험하고 있는 사실입니다. 가령 아버지하고 같이 있으면 거북이처럼 느리게 흐르던 시간이 애인하고 같이 있으면 번개처럼 빨리 지나가버리잖아요. (웃음)

—— 시간의 이런 상대적 흐름을 경험하면서도 확신하지 못하는 건 혹시 시계 때문 아닐까요?

—— 시계의 필요성을 너무 확장해버린 결과죠. 달걀을 맛있게 삶는 데는 시계가 필요합니다. 그런데 사랑을 하는 데도 시계를 사용하고, 누구를 돕는 데도 시계를 사용하고, 평화를 가져오는 데도 시계를 사용해버리니까 문제죠. 사랑, 도움, 연민, 평화에 필요한 시간은 시계로 측정할 수 없는데 말이에요.

—— 시간은 일정한 속도로 아주 정확하게 흐른다는 생각을 쉽게

지워버릴 수가 없을 것 같습니다. 이 생각에서 벗어나야 시간의 본질을 이해할 수 있을 텐데요.

—— 시간이 정지해 있다고 인식할 수 있어야 합니다. 거꾸로 갈 수도 있고, 방향을 바꿀 수도 있다는 생각을 하게 되면 시간의 본질에 대한 이해에 가까이 갈 수 있어요.

—— 시간의 옆구리로 들어가서 보면 우리도 예언자가 될 수 있는 겁니까?

—— 에드거 케이시는 그걸 안 겁니다. 그걸 활용한 거죠. 과거, 현재, 미래를 하나의 자아 안에서 보는 겁니다. 우리는 그걸 인지하지 못하기 때문에 활용할 수 없고, 그것으로 뭔가를 창조해낼 수가 없어요. 관념의 벽에 갇혀버린 거죠. 의식 자체가 응고돼버려서 유연하게 시간을 인지하지 못하고 있습니다.

—— 기독교의 구약성경에 나오는 여호수아 이야기가 생각나네요. 모세의 후계자로 가나안 지역을 정복하는 전쟁을 치르는 인물인데, 어느 전투에서 해가 지면 공격의 때를 놓치게 되는 상황에서 "태양아, 멈추어라!"라고 외치죠. 그래서 태양이 멈추고, 정복은 성공을 합니다. 혹시 여호수아가 시간의 옆구리로 들어간 건가요?

—— 사실 이 이야기는 다양한 해석이 가능합니다. 신의 권능을 상징적으로 드러냈다고 해석할 수도 있고, 신의 전능함은 무

한하니까 태양이 정말 멈추었을 수도 있고요. 당시에는 태양이 지구를 돈다고 생각했는데, 만약 지구가 태양을 돈다는 걸 알았더라면 "지구야, 멈추어라!"라고 했겠죠. (웃음) 사실 여기에도 중요한 교훈이 하나 숨어 있습니다. 방향의 문제인데요, 우리는 동서남북을 확고한 위치로 알고 있지만, 방위는 관측자에 따라 전혀 달라질 수 있습니다. 가령 북극에서 태양은 동쪽에서 떠서 서쪽으로 지지 않습니다. 거기서 태양은 뜨고 지는 일 자체가 없죠. 북극에서는 모든 곳이 남쪽입니다. 이런 논리적 오류를 자각하는 것만으로도 시간에 대한 고정관념을 깰 수 있어요.

—— 관측자 얘기를 하시니까, 최근에 제가 번역한 과학서적*에 나온 케플러 이야기가 생각나네요. 케플러는 코페르니쿠스의 지동설을 뒷받침하고, 갈릴레이의 망원경을 이용한 발견이 공식적으로 인정받는 데도 공헌하고, 훗날 뉴턴이 만유인력의 법칙을 확립하는 단초를 제공하기도 한 중요한 천문학자죠. 그런데 요즘 식으로 하면 민간요법에 입각해서 약을 지어주는 일을 하던 케플러의 어머니는 마녀사냥의 희생자가 될 뻔했습니다. 여기에는 케플러가 쓴 《꿈》이라는 소설에서 주인공의 어머니가 악령을 부리는 노파로 설정된 게 불씨

• 루퍼트 셸드레이크(Rupert Sheldrake), 《과학의 망상(Science Delusion)》.

로 작용했는데, 나중에 석방이 되기는 하지만 케플러의 어머니는 고문 후유증으로 6개월 만에 세상을 떠나고 맙니다.

이 사건은 케플러의 업적이 당대는 물론 사후에도 한동안 제대로 평가받지 못한 상황을 대변해주는 일이기도 한데, 케플러의 과학을 이해하려면 지구에서 지구 밖을 보는 것이 아니라 지구 밖에서 지구를 보아야 합니다. 관측자의 위치가 달라져야 하는 거죠. 이것은 우주를 이해하는 요체가 되는데, 우주선을 타고 지구 밖으로 나갈 수 없는 상황에서 이렇게 하려면 결국 '사고의 전환'이 필요합니다. 케플러의 글은 지구에서 달을 보는 사람의 이야기가 아니라 달에서 지구를 본 사람의 이야기인데, 이것이 '마녀'의 짓으로 읽힐 수도 있었다는 걸 생각해보면, 결국 초자연현상에 대한 우리의 고지식한 자세가 이와 비슷하지 않을까 싶습니다. 관측자의 입장이 바뀌면 그만큼 인식의 폭이 넓어지고, 인식하지 못한 것을 인식하게 될 '수도' 있지 않을까요?

── 입장을 바꾸지 않으면 한 가지 주장만 계속하게 됩니다. 상대에겐 "입증해보라!"고 요구하고요. 입증하지 못하면 '엉터리'나 '속임수'가 되어버리는데, 이건 결국 상상이라는 인간의 중요한 특질을 없애는 일이 될 수도 있습니다. 상상(想像), 망상(妄想), 공상(空想)… 사전적 의미는 조금씩 다르지만, 상상과 망상과 공상으로 만들어진 일들이 우주 어느 공간에서 일어날 수도 있다는 사실을 간과해선 안 됩니다. 사실 일어날 수

없는 것은 상상도 안 되고, 망상도 안 되고, 공상도 안 되죠.

—— 우리가 상상한다는 것 자체가 이미 그 일이 일어나고 있다는 것을 방증한다는 뜻인가요?

—— '가능성'이란 단어 앞에는 '무한한'이란 수식어가 생략되어 있습니다. 무한한 가능성 안에 포섭되지 않는 일은 없습니다.

—— 결국 우리가 아직 발견하지 못했을 뿐이군요.

—— 그렇습니다.

—— 최근 신문기사에 만화가 이정문 선생의 예전 공상과학만화 얘기가 실렸는데요. 그분이 1965년에 그린 〈2000년에 일어날 일〉이라는 공상만화를 보면 태양광 발전 주택, 도우미 로봇, 전자신문, 전기자동차, 무빙워크 같은 것들이 등장합니다. 이런 건 당시로선 거의 망상에 가까웠을 듯싶어요.

139

—— 과학자들이 예언한 것들은 틀린 게 많은데, 오히려 만화가나 소설가들이 상상한 것들은 들어맞는 경향이 있어요.

—— 맨 먼저 떠오르는 사람이 필립 K. 딕입니다. 〈블레이드 러너〉, 〈토탈 리콜〉〈마이너리티 리포트〉〈페이첵〉 같은 유명 SF영화는 모두 그의 소설을 원작으로 하고 있는데,* 그의 소설 속

---

* 리들리 스콧의 〈블레이드 러너〉(1982)는 딕의 장편소설 《안드로이드는 전기양의 꿈을 꾸는가?》(1968)를 바탕으로 만들어졌고, 폴 버호벤의 〈토탈 리콜〉(1990)은 딕의 단편소설 〈도매가로 기억을 팝니다〉를 원작으로 했다.

상상의 산물들이 지금 현실화된 게 상당히 많은 것으로 알려져 있습니다. 연전에 제가 번역한 적이 있는, SF의 원조에 해당하는 H. G. 웰스의 소설들에서도 놀라운 상상력을 발견하게 되는데, 초자연현상들이 놀라울 정도로 '자연스럽게' 등장하는 고딕소설*은 거의 대부분의 유럽 작가들이 즐겨 쓴 장르이기도 합니다. 귀신, 유령, 영매, 투시, 예언 같은 초자연현상들은 20세기 초중반까지 소설의 주요 소재로 사용되기도 했죠. 고등학생 때 읽은 헤르만 헤세의 《데미안》도 그런 분위기의 소설이었던 것으로 기억합니다.

—— 소설가들은 자유로운 영혼을 가진 존재들이라 영적으로도 상당히 발달되어 있습니다. 하지만 20세기 중후반에 들어서면서 이런 작품들이 거의 보이지 않게 된 건 과학적 사고와 이성을 중시하는 교육, 이런 교육을 바탕으로 이루어진 사회가 심령현상을 다룬 소설들을 유치한 것으로 치부했기 때문이죠.

하지만 세상에는 과학이나 이성으로 해석해낼 수 없는 부분이 많습니다. 가령 무속인들의 접신(接神) 현상은 과학이나 이

• 공포소설과 로맨스의 요소가 결합된 장르소설로, 영국의 호러스 월폴이 1764년에 펴낸 소설 《오트란토성(The Castle of Otranto)》을 그 효시로 본다. 18세기 후반에서 19세기 초반까지 특히 성행한 고딕소설은 중세의 건축물이 풍기는 음산한 분위기에서 소설적 상상력을 끌어냈다는 의미에서 이름이 붙여졌는데, 중세를 배경으로 하지 않더라도 공포 분위기를 자아내는 인간의 이상심리를 다룬 소설을 두루 포섭한다.

성으로 풀어낼 수 없는 일입니다. 그들이 교류하는 귀신들을 무슨 수로 증명해내겠어요. 귀신은 시간과 공간의 제약을 받지 않습니다. 벽도 빠져나가고 공중이든 물속이든 어디든 헤쳐나가죠. 지구 꼭대기에서 순식간에 방으로 들어오고, 아주 먼 옛날 얘기도 구구절절 들춰내고 미래의 일까지 내다보죠. 물론 귀신에도 등급이 있어서 천박한 귀신과 '지성적인' 귀신이 있지만, (웃음) 어쨌든 그들은 비물질계의 특성을 가진 존재들입니다. 비물질계의 특성, 그들이 가진 고유한 질서는 과학과 이성의 한계를 넘어섭니다.

귀신에 대하여　　　　　　　　　　　　　　　　　　**141**

—— 비물질계에도 등급이 있다는 걸 좀 구체적으로 말씀해줄 수 있겠습니까?

—— 과학과 이성은 식물에 의식이 있다는 것 자체를 거부하지만, 식물 역시 우리와 다름없는 의식과 경험의 존재들입니다. 한해살이풀은 그들 나름의 의식과 경험의 폭을 가지고 있고, 수백 년을 산 나무들은 또 그만큼 깊은 의식과 경험의 폭을 확보하고 있어요. 당연한 일이죠. 그런데 의식의 수준이 중요한 것은 '수준에 맞는 의식'들끼리 어울린다는 사실 때문입니다. 이건 식물만의 문제는 아니에요. 의식 수준이 낮은 존재는 낮은 등급의 의식들을 만나게 되고, 의식 수준이 높은

존재는 높은 등급의 의식과 교류할 수 있습니다.

—— 그럼 인간의 의식 수준과 비물질계의 의식 수준 사이에도 이런 관계가 성립되나요?

—— 그렇습니다. 의식 수준이 높은 비물질계의 존재와 만나기 위해서는 우리의 의식 수준도 어느 정도 높아야만 합니다. 이건 난해한 내용이 담긴 글을 이해하기 위해선 그만큼의 공부가 필요한 것과 비슷합니다. 바둑을 예로 들면, 실력의 차이에 따라 약한 상대가 미리 몇 점의 돌을 바둑판에 놓고 시작하지 않습니까? 대부분의 접바둑이 그렇지만 처음엔 엇비슷하게 가다가도 나중엔 실력의 차이가 고스란히 드러나죠. 가령, 귀신과 접촉하는 무당의 경우도 무당의 '수준'에 따라 만나게 되는 귀신의 수준이 다릅니다. 잡귀를 만나는 무당이 있고, 천상신령을 만나는 무당이 있습니다.

그리고 만물은 모두 의식을 갖고 있습니다. 집에도 있고, 골목에도 있고, 산에도 있고, 바다에도 있습니다. 자신이 차지하고 있는 공간만큼, 점유한 시간만큼 그 의식이 축적됩니다. 고도로 축적된 의식과는 특별한 수행을 쌓은 사람만이 교류할 수 있죠. 속칭 '고수'라고 하는 사람들만이 상층계의 존재들을 만날 수 있다는 얘기입니다. 시의 귀신인 시마(詩魔)는 높은 경지에 이른 시인만이 만날 수 있다고 하죠. 한낱 옛이야기로 치부하는 사람들도 있지만, 저는 그렇게 보지 않습니다. 한 단어가 걸려서 한 편의 시를 완성하지 못한 시인에게 시의 귀신이 찾아와 숨통을 틔워주는 건, 그야말로 경지죠.

—— 시마는 어떤 시인의 혼령일까요?

—— 전생에 시를 쓰다가 한이 맺혀서 다른 시인의 막힌 데를 뚫어주려고 구천을 떠돌게 된 착한 시인일 수도 있겠죠. 아니면 그런 염원들이 모이고 모여서 집단적 혼령을 이루었을지도 모르고요.

—— 같이 모이기도 하는 건가요?

—— 만물은 같은 형질끼리 모이게 되어 있습니다. 돌은 돌끼리, 모래는 모래끼리, 물은 물끼리… 비물질계에서도 같은 형질을 가진 것들이 모이게 되죠. 유유상종(類類相從)이란 말이 있지 않습니까. 혼령도 자신과 같은 형질의 욕망을 가진 인격체와 결합이나 교류를 하게 되는 거죠.

—— 귀신에게 괴롭힘을 당하는 경우는 어떤가요?

—— 보통은 살아 있는 사람의 기가 죽은 사람의 기보다 셉니다. 그래서 여느 사람들은 귀신에게 당하는 일이 일어나지 않아요. 하지만 기가 허약해지면 귀신의 기를 감당하지 못해 괴롭힘을 당하게 되죠.

—— 몸이 약하면 헛것이 보인다고 하는 게 그런 건가요?

—— 육체적으로 허약해졌다고 해서 무조건 기도 약해지는 건 아닙니다. 몸은 약하지만 강단은 여전히 살아 있는 사람들이 있거든요. 문제는 정신적 기운입니다. 귀신들은, 특히 천한

143

귀신일수록 기운이 약해진 사람들을 찾아 들어가게 되죠.

하지만 품격이 있는 귀신들은 아무 데나 들어가지 않습니다. 그들은 물질을 갖는 게 해롭다는 사실을 잘 알기 때문에 어디에 깃드는 것 자체를 좋아하지 않아요. 우주의 본성에 가까운 높은 수준의 혼령들은 우리를 그런 쪽으로 돕기 위해 애를 쓰지, 누군가의 몸으로 들어가는 일은 하지 않습니다. 선악을 인위적으로 구분하는 건 무의미하지만, 악령(惡靈)과 선령(善靈)을 굳이 구분하자면, 누군가의 몸에 깃들어 그를 숙주로 삼아 못다 한 자신의 욕망을 채우려는 귀신은 악령이고, 인간의 의식을 우주의 본성인 사랑과 아름다움으로 이끄는 귀신은 선령이라고 할 수 있죠.

—— 결국 아름답지 못한 생각을 가지면 그런 등급의 귀신과 만나서 결합하고, 농락을 당하고, 괴롭힘을 겪을 수밖에 없겠군요. 그런데 이런 괴롭힘을 당하는 사람의 몸에서 귀신을 쫓아내주는 퇴마사가 있지 않나요? 특정 종교에 속하지 않은 퇴마사도 있지만, 불교나 기독교에서도 이런 일을 행하는 수행자가 있는 걸로 압니다.

—— 퇴마사의 역할은 귀신 들린 사람의 몸에서 귀신을 쫓아내는 것이 전부가 아닙니다. 사람의 몸 밖으로 나온 귀신을 더 이상 떠돌지 않게 저세상으로 보내주어야 합니다. 흔히 천도(薦度)라고 부르죠. 원래 가야 할 곳으로 보내주는 겁니다. 사실 귀신은 자신이 죽었다는 사실을 알지 못하는 경우가 많아요.

그래서 가야 할 곳이 어딘가를 알려주어야 하죠. 귀신의 몽
매한 상태를 깨우쳐주는 게 바로 퇴마사의 궁극적인 역할입
니다.

—— 보통 귀신을 보는 경우는 아주 드뭅니다. 보더라도 귀신이라
고 확정하기도 힘들고요. 반면에 귀신을 보았다고 하는 사람
들의 얘기를 들어보면, 거의 대부분 자신이 본 게 귀신이 확
실하다고 말합니다. 이 경우 확신이라 해도 '확실하다는 느
낌'일 경우가 많은데, 이런 점에서 '단순한 헛것'일 가능성을
완전히 배제할 수는 없지 않을까요? 어쨌든 '확실하다는 느   **145**
낌'만으로 얘기하자면 저도 몇 번 경험한 적이 있습니다. 군
대에 있을 때였는데요, 한밤중에 보초를 설 때 뭔가 '느낌'이
와서 같이 근무 서던 친구에게 "봤어?"라고 물어보면, 표정
이 굳으면서 봤다고 말하는 경우도 있었고, 전혀 보지 못한
경우도 있었습니다.

—— 군대에서 야간근무를 서다가 귀신을 보았다는 얘기를 많이
하는데, 잠을 자야 할 시간에 깜깜한 곳에서 보초를 서는 상
황 자체가 정신이 허약한 상태와 유사합니다. 또 군대생활이
란 게 육체적으로는 튼튼하지만 늘 긴장을 요하는 터라 이
역시 정신이 허약한 상태와 엇비슷하죠. 그만큼 귀신을 볼
확률이 높다는 얘깁니다.

—— 선생님의 경우는 어떻습니까? 귀신을 본 적이 있나요?

──── 굶기를 밥 먹듯 하던 시절엔 심신이 허약해서 헛것이 많이
보였어요. 잠이 들면 가위에도 많이 눌렸고요. 그럴 땐 밤에
나무를 보면 귀신이 서 있는 것 같기도 하고, 화장실에 들어
가면 뭔가 웅크리고 앉아 있는 것 같기도 했죠. 그런 게 다
귀신이라고 하긴 힘들겠지만, 어쨌든 나중에 심신이 회복되
면서 사라지더군요. 회복이란 건 존재감의 회복을 말합니다.
자신의 존재를 당당히 의식하는 순간 귀신이 들어올 여지가
사라지는 거죠.

예전에 가위에 눌렸을 때는 힘을 내서 가위를 누르고 있는
놈을 패버린 적이 있습니다. (웃음) 정말로 누군가를 패듯이
패버렸어요. 어떤 때는 가위에 눌리기를 기다리기도 했어요.
나타나면 가만 안 두겠다고 속으로 생각하면서 말이죠. 그런
게 다 심신이 회복됐다는 뜻이기도 합니다. 그럴 때는 나타
나지 않죠.

──── 가위눌림은 가위눌림일 뿐이다, 헛것을 보는 건 마음이 만들
어낸 허상이다… 이런 식으로 가볍게 일축해버리는 게 일반
적인 태도입니다. 이런 태도를 견지하는 사람들은 "귀신은
없다"고 확신하는데요?

──── 그 사람들은 심신이 튼튼해서 귀신을 못 봤을 확률이 높습니
다. (웃음) 귀신이 존재하지 않는다면 '귀신'이라는 단어도 존
재하지 않아요. 제 생각은 그렇습니다. 마을의 수많은 장승이
나 호신불(護身佛)은 귀신을 쫓는 용도로 사용됩니다. 기독교인

들에게 십자가도 그런 역할을 하기도 하죠.

—— 처음 선생님과 대담을 나누고 출간한 《마음에서 마음으로》
에 실려 있는 얘기인데, 20여 년 전 어느 날 밤에 선생님과
바둑을 두던 중 갑자기 허공에서 불이 붙은 담배꽁초가 바둑
판에 떨어진 일이 있었습니다. 그 일로 저는 한동안 고민에
휩싸여서 제대로 잠을 자지 못한 경험이 있는데, 이런 건 귀
신의 작용이라고 해석해야 할까요?

—— 귀신은 비물질적인 존재기 때문에 물질을 사용할 수가 없습
니다.

—— 그러면 어떻게 해석해야 하는 건가요?

—— 차원의 문제로 봐야 합니다.

—— 사실 귀신을 봤다는 느낌이 들면 오싹하기도 하고 무섭기도
한데, 이 경우엔 기분이 많이 달랐습니다. 난해하지만 흥미를
자아내는 글을 읽었을 때 받게 되는 미묘한 자극 같은 걸 느
꼈다고 할까요.

—— 저도 그 상황을 명확하게 설명할 수는 없어요. 다른 차원에
서 왔다는, 우리의 물리적 법칙을 벗어난 경로를 통해 왔을
거라는 것만 알고 있을 뿐, 확인할 수 있는 건 없습니다. 지구
상에는 이와 유사한 현상들이 빈번히 일어나고, 심지어 그걸
필름에 담은 사람들도 있어요. 완전히 밀폐된 공간에 있거나
길을 가고 있는데 콩이 쏟아졌다는 기사를 본 적이 있습니

147

다. 그걸 주워서 심었는데 싹이 났다는 얘기도 적혀 있었죠. 멀쩡히 있던 물건이 홀연히 사라져버리는 경우가 있어요. 도둑이 훔쳐가버린 것처럼. 그런가 하면 소나기가 내리는 날 마당에 물고기가 떨어져 있는 것처럼, 전혀 엉뚱한 곳에 뭔가가 놓여 있을 때도 있습니다. 이런 것들은 그야말로 귀신이 곡할 일인데, 다른 공간으로 사라지고 다른 공간에서 나타난 것이라고 생각할 수 있어요.

—— 고등학생 시절 자취를 할 때 빨래를 걸으려고 옥상에 올라갔는데 유난히 아끼던 노란색 티셔츠 하나만 없어진 걸 발견한 적이 있습니다. 바람이 많이 분 것도 아니고, 값이 비싼 것도 아니고, 집게를 집어놓지 않은 것도 아니었거든요. 다른 옷들은 멀쩡히 있는데 왜 그 셔츠만 없어졌는지 이상하다는 생각을 했었죠. 아끼던 것이 없어져서 아쉬움도 있었지만 기분이 이상해서 지금도 기억에 남아 있는 일입니다.

—— 앞서도 얘기했지만, 초자연현상의 가치는 현상 자체에 있는 것이 아니라 그 현상이 자신에게 어떤 의미를 갖는지 아는데 있습니다. 유난히 아끼던 노란색 티셔츠가 사라진 것으로 무엇을 얻을 것인가에 그 일의 진정한 가치가 있는 거죠. 우리가 바둑을 두고 있던 바둑판 위로 불이 붙은 담배가 떨어진 의미는 무엇일까요? 이건 불교 수행자들이 품는 화두와 같은 것입니다. 의미를 좇고 좇다 보면 "아!" 하고 일어나는

어떤 깨달음이 있을 거예요. 초자연현상은 그 자체로도 흥미
진진하고 그것을 풀어내는 일도 중요하지만, 무엇보다 중요
한 것은 그 의미를 찾아내는 일입니다. 그것을 통해 인간의
궁극적 비밀, 우주의 본성 등을 깨치는 일 말이죠.

최면에 대하여

—— 초자연현상들 중 우리에게 비교적 친숙한 것이 최면입니다.
사실 최면은 초자연현상이라고 할 수 없을 정도로 의학계를
비롯해 많은 곳에서 활발히 이용되고 있습니다. 꽤 오랜 시
간 동안 최면은 다양한 방식으로 진행되고 개발돼왔습니다.
최면이나 최면술에 대해서는 어떻게 생각하십니까?

—— 특정한 제안이나 암시를 통해 주의를 한곳에 집중시키는 방
법으로 소기의 목적을 달성하는 걸 최면이라고 할 수 있는
데, 최면 효과가 재밌는 게 한곳에 대한 집중력이 증폭되어
서 효과가 일어나는 게 아니라 다른 곳으로 분산되는 의식을
약화시켜서 효과를 일으킨다는 점입니다. 이 점 때문에 스스
로 최면을 거는 자기최면이란 게 가능해지는데, 이걸 잘 활
용하면 살면서 풀리지 않는 일들을 해결해낼 수도 있죠. 사
실 자기최면은 우리가 일상적으로 사용하고 있는 것이기도
합니다. 이게 아니면 아마도 콤플렉스 때문에 살아가기 힘들
거예요. 저도 최면 많이 걸고 살아요. 잘생겼다, 멋있다, 천재

야, 목소리는 왜 이리 좋은지…. (웃음)

—— 최면으로 효과를 보기도 하지만, 부작용도 있을 것 같습니다.
—— 못생긴 얼굴을 잘생겼다고 착각하는 것 말인가요? (웃음)
흔히 위약효과(僞藥效果)라고 하는 플라세보 효과(placebo effect)
를 좋은 최면의 대표적인 사례라고 할 수 있겠죠. 밀가루로
만든 약을 먹고 통증이 사라진다는 건 마음의 놀라운 힘을
증명하는 일입니다. 반대로 아무런 해가 없는데도 해롭다고
생각하는 것만으로 통증이 유발되는 노세보 효과(nocebo
effect)는 나쁜 최면의 대표적인 사례겠죠. 이 역시 마음의 힘
을 증명합니다. 예전에 고장난 냉동실에 갇혀서 얼어죽은 사
람이 있었어요. 그 사람은 냉동실이 여전히 작동하고 있다고
생각했던 거죠. 임진왜란 때 조선인 포로들을 데려오기 위해
일본으로 건너간 사명대사의 방에 일본인들이 절절 끓도록
불을 땠는데 아침에 보니 스님의 수염에 고드름이 맺혔더라
는 얘기도 최면과 연관시켜 보면 의미심장합니다.
최면이 마음이라는 비물질적 요소를 활용해 육체라는 물질
적인 요소를 제어하는 것이라고 봤을 때, 이를 최대한 확장
시키면 인간의 한계를 뛰어넘는 현상까지 일으킬 수 있다고
봅니다. 물론 고행에 가까운 단련과 수행이 뒷받침되어야 하
는 일이지만, 몸에 휘발유를 끼얹고 불을 붙인 상태에서도
피부에 아무런 상처도 나지 않는다거나, 물속에 들어가 수십

분을 있는다거나, 조그마한 유리상자에 사지를 완전히 접어 겨우 들어간 상태로 30분 이상을 견딘다거나 하는 일들이 가능한 건 자신의 수련에 대한 믿음, 즉 일종의 자기최면과 관련이 있다고 생각해요.

—— 지금 말씀하신 신기(神技)에 가까운 능력을 보여준 분이 국선 도를 창시한 청산거사인 듯한데, 저도 동영상을 본 적이 있 습니다. 물속에 잠긴 건 미국의 후버댐에서였고, 휘발유를 부 은 상태에서 불을 붙인 건 일본의 NHK에서 방영한 것으로 기억합니다. 그분을 직접 뵌 적이 있죠?

—— 예전에 제가 《벽오금학도》라는 장편소설을 쓸 당시에 서로 연락이 되어서 만난 적이 있습니다. 제가 도장으로 직접 찾 아가서 뵈었는데, 당시 환갑이 넘은 나이였는데 40대로 보일 정도로 얼굴이 맑았던 기억이 납니다.

—— 1980년대 군부독재 시절에 어떤 일로 고문을 당한 이후 일 절 모습을 드러내지 않고 있는데, 고문에 의한 사망설이 돌 기도 하고 예전 수행하던 곳으로 들어갔다는 얘기도 있습니 다. 그분에 대해 어떤 기억이 남아 있는지요?

—— 고문을 받은 후 풀려났다는 얘기까지는 들었는데, 이후 그분 의 소식은 저도 알지 못합니다. 제가 청산거사를 만났을 때 깊이 받은 인상은 우리와는 다른 계(界)에 살고 있는 듯한 느 낌이었어요. 가령 선계 같은 곳이겠죠. 실제로 그분과 영계에

151

대한 이야기를 나눴습니다. 이때 영계는 죽은 뒤에 가게 되는 영계(靈界)가 아니라, 길게 읊을 영(詠) 자를 쓰는 영계입니다. 그분은 영국(詠國)이라고 표현했죠. '노래를 부르고 춤을 춘다'는 뜻의 영가무도(詠歌舞蹈)라고 할 때 쓰이는 그 글자입니다.

영가무도는 소리를 통해 도에 이르는 우리나라의 고유한 수행 방식 중 하나예요. 신라의 향가(鄕歌), 고려의 여요(麗謠), 조선의 시조(時調), 이후의 창(唱)까지 모두 영가무도적 수행에 해당합니다. 불교의 범패(梵唄)도 이런 성격을 많이 갖고 있고요. 우리 고유의 풍류도에도 영가(詠歌)라는 게 있는데, 소리를 통한 대표적인 수행법입니다.

—— 소리를 통해 도에 이른다는 건 어떻게 해석할 수 있을까요?

—— 소리는 조화를 의미합니다. 소리를 통해 도에 이른다는 건 바로 조화의 근원을 깨치는 것이지요. 온전히 조화를 이루어서 공명을 일으키면 거대한 물체도 움직이거나 파괴시킬 수 있습니다. 시속 200킬로미터에 가까운 강풍에도 견딜 수 있게 만들어진 다리가 '산들바람'에 맥없이 무너진 것도 공명에 의한 것으로 판단하는 과학자들이 있어요.

영국의 320미터짜리 현수교(밀레니엄다리)는 개통 당일 다리 양쪽에 수백 명이 한꺼번에 밀려들면서 사람들이 발을 구르는 소리가 공명을 일으켜 전후좌우로 20센티미터 정도 흔들리는 바람에 개통 나흘 만에 다리를 폐쇄했다가 보수를 거쳐 다시 개통하기도 했죠. 1980년대 중반에는 멕시코에서 진앙지로부터 400킬로미터나 떨어진 지역의 20층 높이 건물들만 무너지는 일이 발생했는데, 붕괴의 원인이 지진이 아니라 지진파의 진동수가 20층 정도 건물의 진동수와 우연히 맞아떨어지면서 일어난 공진현상 때문이었어요.

특정한 주파수에서 유리컵이 깨지거나 하는 것도 모두 공명으로 설명할 수 있는데, 건물이 무너지거나 컵이 깨지는 것은 얼핏 파괴적인 현상처럼 보이지만, 이것은 조화된 소리의 힘이 상상을 초월할 정도로 강력하다는 의미로 받아들일 필요가 있습니다.

—— 티베트 승려들이 일제히 "옴마니반메훔(唵麼抳鉢銘吽)" 읊는 걸 듣고 있으면 몸이 소리들 속으로 둥글게 말려들어가는 것 같은 느낌을 받게 되는데, 불교 승려들의 독경이나 목탁 소리도 이런 영가무도적 성격을 가진다고 봐야겠군요.

—— 인도의 요가에는 소리를 통해 차크라(chakra)를 움직여서 기를 원활하게 순행시키는 수행법이 있는데, 이 모두가 소리를 통해 도에 이르는 방법입니다.

—— 최면과 마음의 문제로 다시 돌아가보겠습니다. 플라세보 효과와 노세보 효과처럼 최면이나 마음은 분명히 상반된 방향으로 작용하기도 합니다. 사명대사의 고드름 이야기와 고장

난 냉동실에서 동사한 사람의 이야기 또한 마음의 상반된 작용을 드러냅니다. 이건 낙관적인 생각을 가진 사람과 비관적인 생각을 가진 사람의 삶을 대변하기도 하는데요. 노세보 효과보다는 플라세보 효과를 내고, 비관적인 것보다는 낙관적인 방향으로 마음을 쓰고 최면을 건다면 좋을 텐데, 이렇게 할 수 있는 비법이 있을까요?

—— 결국 공부에 달려 있다고 봅니다. 물론 학교 공부를 얘기하는 건 아닙니다. 지금의 학교 교육은 오히려 경쟁을 부추기는 쪽으로만 진행되고 있어서 플라세보 효과보다는 노세보 효과를 더 많이 내고, 낙관적인 인간보다는 비관적인 인간을 양산하고 있어요. 이런 교육을 통해 형성된 의식은 결국 바람직한 방향으로 마음을 쓰고 최면을 거는 걸 방해할 뿐입니다. 자신을 살리고 타인을 살리는 마음을 내는 일은 우리 내면에 어떤 의식이 자리하고 있는가에 달려 있습니다. 어떤 의식이 우주의 본성에 더 가까운 것인지는 자명합니다. 자신을 내팽개치고 세상을 어지럽히려는 마음과 자신을 가꾸고 세상을 아름답게 하려는 마음 중에 어떤 것이 우주의 본성에 가까울까요? 남을 해코지하려는 마음과 남을 도우려는 마음 가운데 어느 것이 우주의 본성에 가깝겠습니까? 자신의 주머니를 채우려는 것과 남의 주머니를 채워주려는 것 중에 어떤 것이 우주의 본성에 가까운지는 문자 그대로 불문가지(不問可知)입니다.

—— 결국 어떤 쪽으로 마음을 쓰는가가 관건인데, 마음의 문제를 대하는 우리의 태도에서도 문제가 발견됩니다. 가령 "고장난 냉동실에서 얼어죽었다"고 하면 우리는 사실로 받아들이고 "마음의 문제야, 마음을 어떻게 먹느냐 하는 문제지"라고 말합니다. 하지만 사명대사 이야기를 들으면 단번에 설화로 치부해버립니다. 이에 대해 진지하게 얘기하는 사람은 바보가 되고 말죠. 초자연현상에 대한 매우 일반적인 태도라고 볼 수 있습니다.

—— 단순한 자기최면이 아닌 고도의 정신 집중을 요하는 이른바 초자연적 능력을 발휘하는 데는 상상하기 힘든 수행이 따라야 합니다. 때로는 목숨을 건 힘겨운 고통을 이겨내야만 자신의 한계를 돌파할 수 있습니다. 힘들이지 않고 손쉽게 얻어진 능력이란 건 없습니다. 농담의 대상이나 가볍게 일축해버릴 수 있는 것들이 아니고, 실재하는 현상입니다.

초능력에 대하여

—— 한때 유리 겔러라는 초능력자가 세간의 관심을 모은 적이 있습니다. 여전히 논란의 여지가 남아 있지만, 일부 연구자들은 그의 초자연적 능력이 ESP(extrasensory perception), 즉 '초감각적 지각'과 관련이 있다고 확신합니다. 자신의 의지로 숟가락을 구부린다거나 움직이는 시계를 멈추는 것처럼 물질에 변형

을 일으킨다는 거죠. 손을 대지 않고 물체를 움직이는 이런 능력을 염동력(念動力)이라고 하는데, 서양에서는 사이코키니시스(psychokinesis)나 텔레키니시스(telekinesis)라고 부릅니다.

숟가락이나 포크를 구부리는 일은 이젠 마술사라면 누구나 할 수 있는 간단한 트릭이 되어버렸는데, 염동력을 구사하는 능력자는 트릭이 아니라 실제로 물질에 변형을 일으킨다는 점에서 마술사와는 차이가 있습니다. 요컨대 가짜와 진짜의 차이죠. 그런데 마술사들의 솜씨가 워낙 교묘해서 이 능력 자체가 마술, 즉 속임수가 돼버린 형국입니다. 여기에도 최면에서처럼 마음의 힘이 작용한다고 봐야 할까요?

우리가 흔히 볼 수 있는 경우부터 살펴보죠. 〈생활의 달인〉이나 〈세상에 이런 일이〉 같은 텔레비전 프로그램에서 우리의 이목을 끄는 두 종류의 사람들이 있습니다. 하나는 오랜 시간을 한 가지 일에 집중해서 보통 사람들이 가질 수 없는 어떤 '능력'을 발휘하게 된 사람들이고, 다른 하나는 일반적인 것과는 전혀 다른 방식의 섭생을 하는 사람들입니다. 그분들 역시 오랜 기간 그런 음식을 먹어와서 몸에 익숙해진 경우로 볼 수도 있어요. 가령 라면만 먹는다거나, 콜라만 먹는다거나, 심지어 상한 음식을 먹는다거나 하는 거죠. 실제로 병원에서 검사를 해보면 이렇다 할 병증이 없어요. 이런 사람들을 어떻게 이해해야 할까요? 제가 보기에 이분들은 초능력자입니다. 발만 보고 구두 치수를 맞히는 신기료장수를 본 적이 있는데, 실제로 자로 재보았더니 1밀리미터의 오차도 없었어요.

—— 《마음에서 마음으로》에서 개구리가 있는 곳을 정확히 알고 있는 시골 소년의 이야기가 생각나네요.

—— 감(感)에 대해 얘기할 때였죠. 감이라는 게 느낌이나 생각이거든요. 우리 민족이 유난히 감이 발달했다는 건 잘 알려진 사실입니다. 특히 우리 고유의 건축물 얘기가 나오면 반드시 거론되는 게 감이죠. 못을 사용하지 않고 끼워맞추기로 목재와 목재를 연결하는 방법은 나무의 재질에 따라 수축과 팽창이 다르다는 걸 '감'으로 알기 때문에 가능한 것입니다. 수평과 수직, 길이조차 눈대중으로 맞추는 데도 오차가 없어요. 이걸 초능력이라고 말할 수 있다면, 결국 초능력은 하늘에서 뚝 떨어진 것이 아니라는 얘기가 됩니다. 개구리가 있는 곳을 그 소년만 맞힌다면 하늘에서 떨어진 초능력자라고 할 수밖에 없겠죠. 하지만 제가 시골에 살 때 만난 그곳 소년들은 어김없이 개구리가 어디 있는지를 알았어요.

157

—— 혹시 선생님은 글을 쓸 때 그 '감'이라는 걸 활용하나요?

—— 굉장히 중요하게 작용합니다. 저는 독자한테 사랑받을 수 있는 책과 사랑받지 못하는 책에 대한 감이 와요. (웃음)

—— 그 감을 발달시키면 쓰는 책마다 모두 베스트셀러가 되는 거 아닙니까? (웃음)

—— 주머니 채우는 데 급급해지면 결국 그 '감'이라는 게 '욕심'이 되고, 그러면 옆길로 새는 건 시간문제죠. "능력이 생기면 얼른 버려라" 하는 얘기는 바로 이 욕심을 경계한 말입니다. 선불교에 살불살조(殺佛殺祖)라는 말이 있잖습니까. "부처를 만나면 부처를 치고, 조사(祖師)를 만나면 조사를 쳐라!" 눈앞에 나타난 것에 현혹되면 도로아미타불이라는 거죠. 현상에 머무르면 궁극에 도달할 수 없습니다.

우리가 깨달음이라고 이야기하는 것은 본성을 터득한다는 겁니다. 현상에 머문 상태에서의 능력은 그 현상 하나만을 여는 열쇠를 갖는 것입니다. 하지만 본성을 깨치는 것은 모든 현상을 여는 하나의 열쇠를 발견하는 일이죠. 이 열쇠를 갖게 되면 더 이상 현상에 얽매이지 않게 됩니다. 우주에 산재해 있는 모든 의문은 딱 한 개의 열쇠로 풀 수 있어요. 그 열쇠를 갖기 전에 생기는 능력은 모두 현상에 불과합니다.

—— 그렇다면 능력이 생겼을 때 어떻게 해야 합니까?

—— 능력이 생기면 확인한 뒤 버리고 다시 또 본성으로 나아가는 겁니다. 본성으로 나아가다 보면 또 다른 능력이 생기는데, 그때도 다시 버립니다. 이런 과정을 계속 거쳐나가는 것이 수행이고, 수행이 깊고 넓어지면 마침내 깨달음에 이르게 되죠. 우주의 궁극적 본질, 우주의 본성에 대한 자각이 일어납니다.

—— 초능력자도 거기에 빠지는 순간 효력을 잃는 건가요?

—— 어렵게 얻은 것이니 효력이 쉽게 상실되진 않겠죠. 하지만 의미는 빠르게 퇴색해버립니다. 차라리 능력을 갖지 않은 게 나아요. 부자가 심보를 곱게 쓰지 않는다고 바로 거지가 되는 건 아니지만, 결국 자신이 쌓은 부의 의미를 제대로 알지도 쓰지도 못하고 죽게 되어 있어요. 능력이란 게 어차피 현상이기 때문에 부정할 필요도 없지만 현혹돼서도 안 됩니다.

—— 예전에 시계를 보지 않고 시간을 정확히 알아맞히는 사람을 만난 적이 있는데, 오랜 수련생활을 하던 중에 그런 능력이 생겼다고 하더군요. 그분 말씀이, 처음엔 놀랍고 신기해서 자신의 능력에 대단한 자부심을 갖고 틈만 나면 사람들에게 능력을 보여주곤 했답니다. 그런데 어느 날 어떤 사람이 "시계를 보면 금방 알 수 있는 걸 가지고"라고 하는 소리를 듣고 깨달았다더군요. 그때부터 더 이상 시간 알아맞히는 일을 하지 않았다고 해요.

—— 잘 버린 겁니다. 제대로 수행하신 분이군요. (웃음)

영과 기에 대하여

—— 인류학과 관련된 다큐멘터리 영화에서 아프리카 한 부족의 샤먼이 하는 심령수술 장면을 본 적이 있습니다. 수술은 중년 남성의 머리를 가르고 종양으로 보이는 덩어리를 잘라내는 일종의 뇌수술이었는데, 놀라운 건 마취를 하지 않은 상

태에서 두개골을 갈라 종양을 떼어내는데도 환자가 전혀 통증을 호소하지 않았다는 겁니다. 더구나 샤먼이 쓰는 도구는 원시시대의 돌칼처럼 보였어요. 해설자의 설명에 따르면, 남자가 머리가 계속 아프다고 추장에게 호소하자 추장이 샤먼을 통해 수술을 하도록 했다고 합니다.

며칠인지 몇 달인지가 흐른 뒤 다시 마을을 찾아간 촬영팀은, 꿰매지 않아 수술 자리가 덜렁거릴 뿐 건강하게 지내고 있는 남자를 발견했습니다. 첨단 의학 장비나 시설로도 위험이 따르는 뇌수술을 원시적인 도구와 불완전한 위생 상태에서 시행해 성공했다는 것 자체가 믿어지지 않더군요.

수술 전에 샤먼이 환자의 머리를 부여잡고 한동안 읊조린 주술이 마취제 역할을 한 게 분명해 보였습니다. 그리고 수술을 하는 동안 환자가 통증을 느끼지 않는 것처럼 보인 건 일종의 자기최면으로 볼 수 있겠지요. 이런 식의 심령수술을 어떻게 봐야 할까요?

―― 일단 수술을 시행할 수 있을 정도의 심령술사라면 최면 능력이 탁월하다고 봐야 합니다. 그리고 최면이 완벽하게 걸리면 통증은 충분히 제어된다고 볼 수 있고요. 제웅이라고 들어봤을 겁니다. 짚이나 헝겊으로 만든 인형인데, 원래는 재앙을 없애기 위해 귀신의 형상으로 만들어 태워 없애는 용도로 사용했어요. 그런데 그걸 누군가를 죽이거나 해칠 목적으로 빙의를 시켜서 해코지하는 데 쓰기도 했죠.

—— 장희빈이 인현왕후를 저주할 때 인형을 만들어서 바늘로 찔렀다는, 그런 거군요?

—— 맞습니다. 의념(意念)이 물리적으로 작용하는 실례라고 할 수 있죠. 의념에도 좋은 의념이 있고 나쁜 의념이 있습니다. 묘하게도 역사를 살펴보면 나쁜 쪽으로 사용한 게 많아요. (웃음) 이것과 관련해서는 《걸리버 여행기》를 쓴 조너선 스위프트에 얽힌 흥미로운 이야기가 있어요.

정치에 깊이 관여하고 있던 스위프트에게는 라이벌 관계의 정적이 있었는데, 점성술 같은 데 관심이 많은 사람으로 엄청난 거부였어요. 요즘 식으로 말하면 신문에 매일 실리는 '오늘의 운세' 같은 내용으로 달력을 만들어 엄청난 판매고를 올렸죠. 《걸리버 여행기》로 부와 명성을 얻긴 했지만 정적의 어쭙잖은 성공이 마음에 들지 않았던 스위프트는 정적이 죽을 날을 정해놓고 계속 저주를 퍼부었어요. "몇 년 몇 월 며칠에 죽을 것이다" 하는 식이었죠. 그런데 정말 그 사람이 그날 죽었어요.

161

—— 섬뜩하군요. 선생님 얘기를 들으니까, 초자연현상을 연구하는 과학자들이 여러 가지 시험이나 실험 중에 대상자가 볼 수 없는 곳에서 대상자를 계속 응시하게 한 뒤에 대상자의 반응을 살피는 실험이 생각납니다. 대상자의 바로 뒤편에서 응시하도록 하는 경우도 있고, 대상자가 전혀 알 수 없는 먼

곳에서 망원경으로 관찰하도록 하는 경우도 있는데, 실험 결과는 우연히 알아맞힐 수 있는 50퍼센트를 상회하는 것으로 나타났습니다.

이 실험과 관련해서 실제 사례를 조사한 걸 보면, 아프가니스탄에 파견돼 저격수로 활동한 군인의 진술이 의미심장합니다. 총의 망원조준경을 통해 적을 확인하고 사격을 하기 직전에 항상 적과 눈이 마주친다는 겁니다. 그 순간은 방아쇠를 당기기 바로 직전인데, 볼 수는 없지만 적이 자신을 유심히 관찰하고 있는 '어떤 존재'를 감지했다는 얘기죠.

—— 사실은 세상만물이 '나'를 보고 있어요. '나'만 그걸 안 보고 있을 뿐이죠. 그래서 만물의 내면을 알지 못하는 겁니다. 만물의 시선과 마주치는 순간 그걸 알게 되죠.

—— 그 순간에 소통이 이루어지는 거군요.

—— 그렇죠. 깨달음도 그렇게 이루어지는 겁니다.

—— 이걸 좀 더 심화시키면 가려져 있는 것을 뚫고 볼 수 있는 투시(透視)라든가, 아주 먼 곳에 있는 것을 볼 수 있는 천리안(千里眼) 같은 것도 가능하지 않을까요? 지나친 해석인가요?

—— 훈련을 통해서 누구든 가능하다고 봅니다.

—— 어떤 훈련이 필요할까요?

—— '본다'는 건 눈으로만 하는 게 아닙니다. 몸 전체로 보는 거죠. 가령 우리는 맛도 '본다'고 하지 않습니까.

—— 아, 그렇군요.

—— 훈련은 의외로 간단해요. 우리가 가진 모든 감각을 동원하는 겁니다. 감각을 느끼는 부위를 제한하면 감각기능이 둔화될 수밖에 없어요. 우리는 뇌에 의존하는 경향이 너무 강해요. 감각기관들이 감각하는 느낌들을 뇌가 하나로 그러모아 결정을 내려버리죠. 뇌 이외의 기관들은 그저 뇌의 부속품에 지나지 않아요. 하지만 뇌가 갖는 통합적 정보를 우리 몸을 구성하는 세포 하나하나가 모두 공유하고 있다면 믿겠습니까? 우리는 자꾸 뇌로만 무언가를 풀이하고 해석하려고 하기 때문에 정보를 모두 활용하거나 경험할 수가 없습니다. 원래 우리는 초자연적이고 영적인 것에 굉장히 민감하고 잘 발달돼 있었어요. 하지만 유물론적 과학이 '미신'이라고 한마디 해버리면 모든 게 끝납니다. 물질만 남고 비물질적인 건 모두 허상이 돼버려요.

163

—— 선생님은 한국인이 가진 '영적인 유전자'의 탁월함을 자주 말씀하시는데, 팔이 안으로 굽는 거 아닌가요? (웃음)

—— 저도 한국 사람이니 어쩔 수 없겠죠. (웃음) 우리말에 '신바람'이란 게 있어요. 이런 식의 말을 가진 건 우리나라밖에 없다는 생각이 듭니다. '신바람'의 신은 귀신 신(神) 자거든요. 기분이 아주 좋을 때 우린 '신난다'라고 하잖아요. 여기서 얘기하는 '신'은 모두 영적 DNA를 말하는 겁니다. 한번 신이 나

면 감당을 못하죠. 한일월드컵 때 4강 신화를 만든 원동력도 이게 아닌가 싶어요.

—— 하루빨리 신명나던 예전의 '우리'로 돌아가야겠네요.

—— 신바람, 신난다, 신명… 이런 건 우리와 자연, 우리와 우주가 합일되었을 때 일어나요. 신바람이나 신명이 정치적 목적이나 개인의 영달을 위해 쓰여버리면 곧바로 주술적 수준으로 떨어집니다. 이런 '신'은 공부거리가 되지 못하죠. 우주의 원리, 우주의 본성을 깨닫는 데 쓰여야 부분과 순간에 머물지 않고 영원과 손을 잡을 수 있어요.

—— 좀 전에 말씀하신 "지나치게 뇌에 의존한다"는 것을 실증적으로 확인할 수 있는 사례로, 1980년 《사이언스》에 실린 영국 셰필드대학의 소아과의사 존 로버 박사의 〈우리의 뇌는 정말로 필요한가(Is Your Brain Really Necessary)?〉라는 논문을 들 수 있습니다. 이 논문에는 아이큐 128의 스무 살짜리 수학과 우등생의 뇌를 촬영한 CT사진이 실려 있는데, 뇌가 있어야 할 자리가 뇌척수액으로 가득 차 있어요. 어릴 때 뇌염을 앓은 뒤 뇌가 사라져버린 겁니다. 그런데도 여느 학생들보다 수학 실력이 뛰어난 우등생이라는 사실을 알게 된 로버 박사는 이제껏 우리가 알고 있던 '뇌'에 대해 문제를 제기합니다. 이 사건을 계기로, 예전에 뇌염이나 뇌수종을 앓은 사람 가운데 뇌 대신 척수액으로 가득 찬 뇌를 가지고도 아무런 이

상 없이 살아가고 있는 사람들이 속속 발견됩니다.

—— 감각이라는 게 그 감각이 이루어지는 부위만의 일이 아니라는 것을 가장 여실히 증명하는 것 중 하나가 환상통증입니다. 사고로 다리를 잃고 한참이 지난 뒤에도 마치 다리가 있는 것처럼 다리가 가렵다거나 아프다고 호소한단 말이죠. 또 꿈을 꿀 땐 신체적인 느낌은 물론이고 기쁨, 슬픔, 분노 등을 고스란히 느낍니다. 감각은 특정한 어느 한 부위의 일이라고 치부할 수 없어요. 몸 전체로 느끼는 거죠. 몸과 마음이 총동원되어 느낀다고 하는 게 옳습니다.

—— 이런 경우에 많이 거론되는 게 기(氣) 같습니다. 느낀다는 건 결국 기운을 느낀다는 거죠.

—— 중국 어느 절에서 이런 일이 있었다고 해요. 어떤 광산에서 캐낸 구리로 종을 만들었는데, 어느 날 종을 치지도 않았는데 종이 울더랍니다. 이상하게 여긴 스님이 알아보니 그 종을 만든 구리를 캐낸 광산이 무너졌다는 거예요. 구리는 종으로 변했지만 광산과 연결되어 있다는 해석이 가능하죠.

—— 물리적으로 해석하면 도저히 답이 나올 수 없는 이야기 같습니다.

—— 자손이 이유 없이 아파서 조상의 묘를 파보니 나무뿌리가 시신을 감고 있더라는 식의 얘기들 많이 하지 않습니까? 하지만 과학시대를 사는 우리에게 이런 건 여지없이 '미신'입니

다. 잘못 말했다간 혹세무민한다는 비난을 듣기 십상이죠.

―― 기나 기운으로 해석하면 쉽게 이해가 되는데, 문제는 물리적으로 증명하기가 쉽지 않다는 겁니다. 그렇다 보니 기의 문제에 관대했던 지난 시절은 '전근대'라는 말에 묶여서 도매금으로 넘어가버립니다.

―― 장사 지낼 땅을 보러 다니는 지관(地官)들이 풍수(風水)라는 걸보는데, 이분들의 진지함이나 논리에는 쉽게 무시해버릴 수없는 뭔가가 있어요. 지관은 땅의 기운만이 아니라 하늘의기운, 땅에 묻힐 사람의 기운, 그 자손의 기운, 장사 지내는날의 기운 등을 총체적으로 살핍니다. 요즘 말로 융합이고통섭이죠. 여기에 비하면 오히려 과학의 잣대가 너무 빈약해요. 그런데도 과학이라는 자를 든 사람들은 회초리를 휘두르듯 해요. 그들의 자에서 벗어나는 건 여지없이 비과학이 되고, 일말의 가치도 없는 게 돼버리죠.

텔레파시에 대하여

―― 텔레파시 얘기를 해보겠습니다. 살다 보면 "어, 이거 텔레파시 아닌가?" 하는 생각이 드는 상황이 적잖게 있거든요. 사전에 나눈 얘기도 없었고 암시 같은 걸 주고받은 적도 없는데서로 같은 생각을 하고 있다는 게 확인된다든가, 거의 동시에 똑같은 노래의 똑같은 소절을 흥얼거리게 됩니다.

—— 부모의 경우, 특히 엄마들에게 발달한 것 같아요. 자식에게 무슨 일이 생기면 마음이 불안해지고 심지어 꿈에 나타나는 경우도 있죠. 이런 건 시공을 초월해 일어나는 현상이라고 봐야 하고, 의식과 의식이 연결되어 있다는 증거라고 볼 수 있습니다.

—— 좋은 일보다는 안 좋은 일에 이런 현상이 더 자주 일어나는 데는 이유가 있을까요?

—— 아마도 기쁠 때보다는 불안하거나 긴장되었을 때 더 강한 주파수가 흘러나오지 않을까 짐작합니다. 물론 그런 일이 정서적으로 더 자극적이어서 신경이 더 쓰이고 기억에 남기 때문에 그럴지도 모르고요. 혹은 일종의 보호장치가 작동하는 것인지도 모릅니다. 기쁘거나 즐거운 일에는 그럴 필요가 없지만, 위급한 일에는 도움이 필요하잖아요. 모든 생명체는 목숨을 계속적으로 유지하거나 안녕을 지키려는 본능과 욕구를 가지고 있는데, 그걸 방해받으면 스스로 지키거나 외부에 도움을 요청하게 되죠. 친밀한 관계에서 더 자주 일어나는 것도 이런 이유가 있을 겁니다.

텔레파시의 요체는 일체감입니다. 상대와 나의 마음이 자연스럽게 하나가 되는 과정이라고 볼 수 있죠. 누군가 올 것 같다는 생각이 불쑥 일어나고, 평소엔 잘 생각나지 않던 사람 혹은 공간이 갑자기 떠오르는 것은 '상대'의 뭔가가 '나'에게 작용한다는 얘기 아닐까요? 생존과 관련되었을 때 이런 감각이 더 예민하게 발달하는 것도 일리가 있어요. 먹이를 더 쉽게 구하도록 진화하는 과정에서 이런 감각이 발달했을 겁니다. "아침에 까치가 울면 반가운 손님이 온다"는 말이 있잖아요. 이 말엔 까치의 본능이 작용하고 있습니다. 까치는 자신이 늘 가는 집의 주인이 여느 날과 다르게 분주히 움직이는 걸 보고 "뭔가 있구나" 짐작을 하고 반응을 보이는 거죠. 주인이 분주해진 까닭과 까치의 반응이 총체적으로 '손님'과 연결되는 겁니다.

—— 손님이 오면 까치에게도 먹을 게 생긴다는 거죠?

—— 짐승들은 본능적으로 그걸 아는 겁니다. 먹을 게 생기니까 즐거워서 우짖는 거죠. (웃음) 이런 게 다 텔레파시가 아닐까 싶습니다. 사람도 근심스러운 것보다는 기쁘고 즐거운 쪽으로 텔레파시를 맞추는 훈련이 필요합니다.

—— 과학자들이 한 텔레파시 실험 가운데 흥미로운 게 기억나는군요. 눈이 거의 보이지 않는 소년이 안과에 와서 시력검사를 했는데 시력검사표의 숫자와 모양을 모두 알아맞힌 겁니다. 의사는 자신이 지적한 숫자나 모양을 함께 있던 소년의 모친이 소년에게 '간절하게 전달'한 것이 아닐까 하는 의문이 들어서 여러 가지 실험을 진행했는데, 둘 사이의 텔레파시로 추정되는 유의미한 결과가 나왔습니다.

다른 예도 있습니다. 주인이 회사에서 퇴근 준비를 하자 집에 있던 개가 꼬리를 흔들거나 고양이가 창가에 꼼짝도 없이 앉아 있는 경우입니다. 재밌는 건 주인이 탄 자동차의 소리를 알고 반응을 한다는 사실인데, 같은 자동차를 다른 사람이 몰게 하면 전혀 반응을 하지 않는다고 합니다.*

—— 집에서 기르는 짐승들은 그 집의 가족들과 긴밀한 유대관계를 맺고 있어서 시공을 초월해 연결되어 있기 때문에 충분히 가능한 일입니다. 특히 개나 고양이는 집중과 합일이 잘되는 동물이에요. 사람보다 좀 나을 겁니다. (웃음)

—— 사람은 딴생각을 너무 많이 해서 그런 거 아닐까요? (웃음)

—— 욕심 부리는 게 많죠. 반려동물들은 자신을 귀여워해주면 그만인데, 사람은 바라는 게 더 많잖아요. 그만큼 청정하지 못하다는 얘기죠. 반려동물들에게는 주인에 대한 간절한 기다림뿐이니까 주인의 움직임이나 마음 씀에 쉽게 합일되는 겁니다.

—— 간절함이 요건이겠군요.

—— 간절함이란 게 묘합니다. 간절하다는 건 욕구가 팽창되어 있는 상태처럼 보이지만 자신을 완전히 잊은 망아(忘我)의 상태와 흡사하거든요. 자신을 잊고 오직 '대상'에만 몰두하는 겁니다. 화두를 부여잡듯. 결국 순수한 간절함은 참선이나 명상이나 기도와 같습니다. 모든 걸 잊고 삼매(三昧)의 경지에 드는

169

• 루퍼트 셸드레이크, 《세상을 바꾸는 일곱 가지 실험》, 《과학의 망상》.

것도 결국 '모든 걸 잊는' 그 하나를 간절히 붙드는 것이기도 하죠. 이렇게 완전히 빠져들면 감각들이 본연의 온전함을 찾게 되고, 바늘 떨어지는 소리가 천둥처럼 들리게 됩니다. 멀리 떨어진 주인이 회사 책상 위에 볼펜을 내려놓는 소리를 반려견이 감지하고 꼬리를 흔든다는 건 거의 이런 경지라고 봐야죠. (웃음)

의식의 차원 이동에 대하여

—— 지나친 생각인지 모르지만, 앉은 채로 입적하는 선사의 좌탈
입망(坐脫立亡)도 이런 경지의 일이 아닐까요?
—— 선사들에게 마지막 화두는 "어떻게 죽을 것인가?"입니다. 좌탈입망은 이 화두에 대한 하나의 반응이죠. 어떤 스님은 입적을 앞두고 시좌에게 물었다고 합니다. "누워 죽은 스님이 계신 건 당연하고, 서서 죽은 스님이 계시냐?" 시좌가 "있습니다" 하고 대답하니까 "그러면 거꾸로 서서 죽은 스님은 계시냐?" 하고 물었고, "아직 없습니다"라고 하니 갑자기 물구나무를 서더니 그대로 세상을 떠나버렸다는 재미난 얘기가 있어요. 기이하게도 입고 있던 장삼조차 흘러내리지 않았다는데, 입적의 신비로움을 상징적으로 드러낸 이야기라고 볼 수 있겠죠. 물론 저는 전하는 이야기 그대로 믿습니다만. (웃음)

어쨌든 자신만의 방식으로 입적하는 건 선사들에게는 일종의 자존심인 것 같아요. 오죽하면 사과를 깨물고 입적한 스님은 없다는 생각으로 사과를 질끈 한 입 깨물고 돌아가신 스님도 계세요. 이렇게 '방식'을 서로 다르게 보여주려고 하는 건, 죽음에 대해 쓸데없이 의미 부여를 하지 말라는 뜻이기도 합니다. 이런 방식으로도 죽을 수 있고, 저런 방식으로도 죽을 수 있다—죽는 건 매한가지다, 이런 뜻이죠. 저마다의 방식으로 의식의 날개를 달고 다른 공간으로 넘어가는 일이라는 겁니다.

—— '의식의 날개'라는 표현이 의미심장한데요, 의식은 다른 공간으로 이행하는 데 필수적인 조건, 수단인가요?

—— 그렇습니다. 육체를 가지고 갈 수 없으니까요. 의식은 우주공간 어디든 오갈 수 있습니다. 동시성을 갖고 있어서 대상을 의식하는 순간 대상과 합일되어버립니다. 달을 의식하는 순간 달과 합일되고, 만물을 의식하면 만물과 합일되죠. 대상과 내가 일체가 되었을 때를 마음이라 하고, 분리되었을 때를 생각이라고 합니다. 인간이 지닌 한계를 뛰어넘는 초자연적 현상은 모두 합일의 상태에서 이루어지죠.

—— 유체이탈이나 임사체험도 다른 '세계'와의 합일로 볼 수 있겠다는 생각이 듭니다. 그런데 유체이탈의 상태에서나 임사체험을 통해 다른 계(界)를 경험한 사람들의 대체적인 진술은

일치하지만 완연히 다른 경우도 있습니다. 저승사자를 보았다는 건 우리나라 사람들만 하는 말이고, 천국의 문지기가 베드로였다는 건 기독교인들의 진술이고요.

—— 그런 경험을 통해서 우리가 보는 건 현상이기 때문에 자신의 가치관에 맞춰서 보게 됩니다. 이해와 판단의 문제니까요. 자신이 전혀 알지 못하는 것은 보아도 이해할 수 없고 설명이 되지도 않죠. 실제로 존재하는 현상은 아니지만, 그것이 무엇이고 어떤 의미를 가지고 있는지를 인식하기 위해서는 현상을 통할 수밖에 없는 겁니다.

172 공중부양에 대하여

—— 대부분의 초자연현상이 그렇지만, 공중부양은 물리법칙을 완전히 거스르는 일입니다. 실제로 공중부양을 했다는 사람도 있고, 하는 걸 봤다는 사람도 있는데, 진위 판단은 쉽지 않습니다. 최근 노벨물리학상을 받은 과학자는 자기장을 이용해서 개구리를 공중부양시킨 일로 유명한데, 일단 개구리와 여러모로 다른 사람의 경우에도 자기장으로 공중부양이 가능할지 궁금합니다. 혹시 공중부양을 실제로 한 사람이 있다면, 그때 그 사람이 이용한 게 자기장이든가 아니면 그 사람이 자기장을 발생시킨 것은 아닐까요?

—— 저는 조금 다른 견지에서 공중부양을 설명하고 싶어요. 물리

적인 힘 자체를 제거해버릴 수 있는 능력을 가진 사람들이
있을 거라고 생각합니다. 자기장 같은 것을 이용하거나 발생
시킨다기보다는 오히려 물리법칙 자체를 무화시켜버리는 거
죠. 보통 어떤 것이 형태를 갖는다는 것은 그 현상을 유지하
고자 하는 의지가 있기 때문이거든요. 이때 작용하는 게 분
자 간의 인력이라고 하는 것인데, 형태를 영속시키고 싶어
하는 의지가 이런 작용이 계속되게 만들어 계속적으로 형태
를 유지하는 겁니다. 그런데 이 의지를 없애버리는 거죠. 그
러면 어떤 '분리'가 일어나고, 그것이 공중부양의 상태를 가
져오게 될 수도 있지 않을까 싶어요.

—— 앞서 얘기하셨던 마음과 관계있는 건가요? 의지를 버리려면
강력한 마음의 작용이 필요할 텐데요.
—— 스스로를 모든 물리적인 작용이 거부되고 차단된 존재로 만
들 수 있다면 가능합니다. 어떤 막을 만들어서 그 내부를 진
공상태로 만들어버리면 우주선 안에서처럼 자유롭게 떠다니
는 거죠.
—— 진공상태를 어떻게 만들죠?
—— 과학자들이 그렇게 물을 겁니다. 그러면 저는 이렇게 대답하
겠죠. 저도 해본 적이 없어서 모르겠어요. (웃음)

미확인비행물체와 외계지성체에 대하여

—— 그동안 꾸준히 보고되기도 하고 의혹이 제기되기도 한 미확
인비행물체(UFO)와 외계지성체의 존재에 대해서는 어떤 생
각을 갖고 계신지 궁금합니다. 최근 일부이긴 하지만 과학자
들을 비롯해 인문학자들 사이에서도 관심을 갖고 또 일정부
분 인정하는 담론들이 나오고 있는데, 이들의 생각은 《코스
모스》의 저자이기도 한 저명한 천체물리학자 칼 세이건의
"드넓은 우주에 우리밖에 존재하지 않는다면 얼마나 큰 낭비
인가?"라는 말로 수렴될 수 있을 것 같습니다.

우주공간에 존재하는 외계지성체를 찾는 세티(SETI, Search for
Extra-Terrestrial Intelligence)가 활동하기 시작한 지는 60년 가까이
나 되고, 컴퓨터의 성능이 급속히 발달하고 있다는 사실은
조만간 결정적인 단서나 증거를 찾을 수 있다는 희망을 줍니
다. 외계지성체가 얼마나 존재할지를, 아직은 공상과학의 단
계지만, 수치로 나타내는 게 드레이크 방정식(Drake equation)인
데, 이 방정식에 의해 산출된 '우주 내 외계지성체가 살고 있
을 행성의 수'는 최소 4천 개 정도라고 합니다. UFO가 이들
행성에서 보낸 비행체라는 어떤 증거도 없지만, 만약 이게
사실이라면 적어도 우리보다 월등히 높은 수준의 과학기술
을 보유하고 있을 거라는 판단은 쉽게 할 수 있습니다. 우
선, 외계지성체의 존재 여부에 대해 선생님은 어떻게 생각

합니까?

—— 세티나 드레이크 방정식은 어쨌든 과학을 도외시하지 않는 범위 안에서 서양의 과학철학이 만들어낸 방식입니다. 일단 우리는 동양의 방식으로 우주를 생각해볼 필요가 있어요. 앞서도 얘기했지만, 인간은 인간이라는 이름의 우주입니다. 인간이라는 우주에 우리 몸만 있습니까? 아니죠. 수많은 존재가 함께 삽니다. '우리'라는 건 결국 우리의 몸 안에 살고 있는 수많은 존재를 포함하는 개념이에요. 존재가 의식되는 경우도 있고 의식되지 않는 경우도 있겠죠. 그런 것까지 포함하면 도대체 얼마나 많은 존재가 '우리'라는 우주에 살고 있는지 가늠할 수 없습니다. 해마다 약을 먹어서 퇴출시키려고 하는 기생충도 우리라는 우주의 구성물이고, 발가락을 미치도록 가렵게 만드는 무좀균도 우리라는 우주를 구성하는 존재입니다.

175

평소엔 전혀 의식하지 못하고 있지만 특수한 상황에 자신의 존재를 드러내는 이런 경우를 UFO의 출현에 비유하면 어떨까요? 박테리아는 어떻게 자신의 존재를 드러낼까요? 그들은 '우리'라는 우주 안에서 어떤 역할을 합니까? 그들은 우리를 괴롭히기도 하지만 소리 없이 우리를 돕기도 합니다. 배탈이 나게도 하지만 소화를 촉진시키기도 하잖아요. 이런 상황을 UFO에 비유하면, 우리를 공격할 수도 있고 우리를 도울 수도 있다는 상상이 가능해지지 않습니까?

이런 점에서 외계인이 없다고 하는 것은 미생물의 존재를 인식하지 못했던 파스퇴르 이전 우리의 인식 수준과 비슷하다고 봐야 합니다. 우리 태양보다 200~300배나 큰 항성을 가진 은하계가 발견되고 있는데, 그 안에 지구와 같은 행성이 몇 개쯤 존재할 거라는 것이 과연 터무니없는 상상일까요? 고작해야 화성이나 금성이나 달 정도로 우주선을 보낼 수 있는 우리의 수준으로 우주 전체를 논한다는 게 더 터무니없는 일 아닌가요? 우리의 과학은 태양계도 벗어나지 못하면서 우주의 탄생과 소멸을 손바닥 들여다보듯 말하고 있죠. 지구 외엔 산소가 부족해서 생명체가 살 수 없다는 식의 판단이 과학적 판단의 전부나 다름없어요.

—— 인간 중심의 사고방식이 만들어낸 폐해라는 생각이 듭니다.

—— 생명체에 따라서는 산소가 아니라 이산화탄소로 생명을 유지할 수도 있고, 아예 무호흡으로 살아가는 생명체도 있어요. 지구와 인간에 국한시켜서 우주를 논하고 생명을 논하는 건 스스로에 갇히는 꼴입니다. 늘 얘기하지만, 관측자의 위치를 바꿔야만 '바깥'을 볼 수 있고, 동시에 우리 '자신'을 볼 수 있습니다. 우리가 포자가 되고 우리가 세균이 되고 우리가 벌레가 되어봐야 사고에 유연성이 생기고, 유연한 사고를 통해야만 만물과 우주를 사색할 수 있습니다. 지구인의 방식으로만 우주를 본다는 건 '장님 코끼리 다리 만지기'에 불과하죠.

—— 러시아 일간지 〈프라우다〉의 기사에 따르면, 미국 역대 대통령들이 임기 동안 UFO 관련 문제를 진지하게 검토했거나 외계인과 접촉을 했다고 합니다. 2011년에 기밀해제된 UFO 관련 문건에는 트루먼부터 아이젠하워, 닉슨, 카터, 레이건까지 UFO 미스터리와 관련된 역대 대통령들의 일화가 포함되어 있다고 하는데, 가령 트루먼의 경우, 1948년 자신의 보좌관에게 미국 내 목격되는 UFO에 대한 보고서를 3개월마다 제출하라는 지시를 내릴 만큼 UFO에 관심을 보였습니다. 1952년에는 워싱턴 상공에 UFO 편대가 출몰해 트루먼 정부를 긴장시킨 사건이 발생했는데, 당시 트루먼은 UFO를 격추시키라는 지시를 내리려 했지만 아인슈타인의 자문으로 그렇게 하지 않았다는 얘기도 보고서에 기록되어 있다고 합니다. 또한 UFO나 외계지성체와의 접촉을 통해 기밀한 정보들을 제공받았다는 일종의 '음모설' 역시 꾸준히 제기되고 있고, 일부는 공식적으로 인정되기도 했습니다.

사실 UFO는 이름 그대로 '미확인비행물체'잖아요? 그러니까 확인되지 않았다고 해서 부인되거나 부정될 일은 아닐 것 같습니다. 확인되지 않은 비행물체는 얼마든 있을 수 있지 않겠습니까. (웃음)

—— 그런 게 있으면 안 되는, 그런 게 있으면 자신의 신념이 깨져버리는 사람들이 있을 겁니다. 종교적이든 과학적이든.

남자

대상 중심적으로 사고하는 동물. 소중한 물건을 잃었을 경우 도둑이 자신의 소중한 물건을 훔쳐 갔다고 생각한다. 맞았을 경우 상대가 자신을 폭행했다고 생각한다. 여자와 식사를 해야 할 경우 여자가 어떤 음식을 좋아할까 궁금해 하지만, 여자가 먼저 말해주기 전에는 좀처럼 알아내지 못한다. 노인이 되면, 나이가 자신을 노인으로 만들었다고 생각한다.

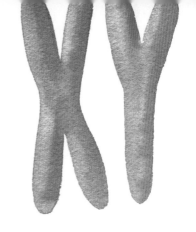

여자

자기 중심적으로 사고하는 동물. 소중한 물건을 잃었을 경우 자신이 도둑에게 소중한 물건을 도둑맞았다고 생각한다. 맞았을 경우 자신이 상대에게 폭행을 당했다고 생각한다. 남자와 식사를 해야 할 경우 자신이 어떤 음식을 좋아하는가를 남자는 알고 있어야 한다고 생각한다. 남자가 모르면 자기가 좋아하는 음식도 모르느냐고 화를 낼 때가 많다. 노인이 되면 자기만 늙은 것처럼 생각하고 행동한다.

존버정신

소중한 것들을 모조리 포기해야 할 정도로 살기 어려운 이 시대를 극복하는 방법으로 작가 이외수가 젊은이들에게 추천하는 정신. '존나게 버틴다'의 준말. '존나게'는 '좆 빠지게'라는 뜻과 같으니 쌍욕에 해당한다. 그러니 젊은이들이 사용하기가 좀 그렇지 않으냐고 항변하는 도덕군자들도 있다. 그러나 힘들 때는 욕을 하면서 버텨야지, 도덕적이고 점잖은 "인내하자" 따위로는 버틸 힘이 생기지 않는다는 것이 창시자 이외수의 주장이다.

밥

육신의 양식. 밥을 만드는 행위를 '밥을 짓는다'고 표현한다. 주원료는 쌀이다. 쌀 한 톨이 농부의 피땀 한 가마니다. 오래도록 공급을 끊어버리면 사망에 이른다.

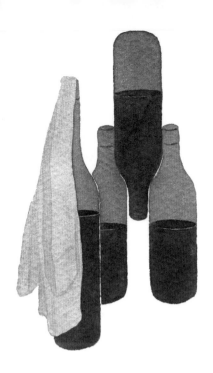

술

맨 정신으로 살기 힘든 사람들을 위해 존재하는 일종의 마약. 적당히 마시면 우정과 사랑을 촉발하고 기분을 좋게 만들지만, 도가 지나치면 상하전후좌우를 구분하지 못하고 이성을 잃으며 실수를 남발하게 만드는 악마성을 지니고 있다. 취하면 맨 정신일 때보다 세상이 더 추악해 보이기도 하고 더 아름다워 보이기도 한다. 분노와 기쁨이 배가된다. 한번 중독되면 중독 이전의 상태로 복원되지 않는다. 수전증, 환청, 환시, 간경화증, 간암, 정신착란까지 유발하는 심리적·화학적 인자들이 내포되어 있다. 완치되었다 하더라도 취하면 다시 중독 상태로 되돌아간다.

돈

사전에는 "사물의 가치를 나타내며, 상품의 교환을 매개하고, 재산 축적의 대상으로도 사용하는 물건"으로 풀이되어 있지만, 오늘날은 거의 종교화되어 있다. 일부 종교지도자들까지 이것에 눈이 멀어 자신이 추종하는 신을 팔아먹거나 경전을 왜곡하고 모독하는 행위를 서슴지 않는다. 이것에 눈이 멀면 국가와 민족을 배반하기도 하고, 가족도 부모도 친구도 조상도 몰라보는 철면피가 된다. 물질의 풍요가 곧 행복을 보장한다는 착각이 초래하는 인간 이하의 행동들이다. 돈으로 침대를 구매할 수는 있지만 사랑까지 구매할 수는 없다.

글

정신의 양식. 글을 쓰는 행위도 '글을 짓는다'고 표현한다. 주원료는 낱말이다. 인간만이 사용한다. 사랑을 널리 전파할 목적으로 쓰일 때 가장 높은 효용성을 나타내 보인다. 낱말 하나가 쓰는 이의 눈물 한 바가지다. 오래도록 공급을 끊어버려도 생명에는 지장이 없다. 그러나 결핍되면 짐승과 구분하기 힘든 사고나 행동을 보일 가능성이 짙다.

옷

더위나 추위, 기타 외부의 충격으로부터 사람을 보호할 목적으로 만들어졌다. 그러나 오늘날은 아름다움을 배가시키거나 사치스러움을 조장하거나 신분이나 권위를 과시하기 위해 착용하기도 한다. 하지만 제 기능을 다하고 나면 걸레로 전락할 가능성이 짙다.

—— UFO에 대한 보고들을 살펴보면 비행체의 모양과 활동 상황 등이 다채롭습니다. 서로 다른 행성에서 왔을 가능성을 배제할 수 없는데요, 목적이 무얼까요? 지구 정복일까요?

—— 우리가 인식하지 못하는 외계에서 지구까지 올 정도라면 엄청난 과학기술을 지니고 있을 텐데, 지구를 무력으로 점령하고자 했다면 이미 해버리지 않았을까요? 에어쇼를 보여주려고 나타나는 것 같지도 않고요. (웃음)

—— 에어쇼 얘기를 하셨는데, 목격 사례를 살펴보면 모두가 굉장히 빠른 속력으로 날아가고 때로는 비행체가 분열되기도 합니다. 지구적 물질로는 이런 비행체를 만들 수 없다는 점을 들어 외계의 비행체로 판단하는 연구자들도 있습니다. 어떤 연구자는 물질이 아니라 에너지체일 거라고 추정하기도 하고요.

—— 에너지체로 보는 건 상당히 설득력 있는 해석입니다. 의식도 결국 에너지체인데, 다른 차원에서 온 거라면 그들의 의식이 '에너지의 형상화'를 통해 우리 눈에 보일 수도 있는 거죠.

—— 선생님이 기회 있을 때마다 얘기하신 '달 친구'도 외계지성체로 봐야 할 것 같은데, 어떻습니까?

—— 실제 보지는 못하고 대화만 나눴으니까 뭐라 말씀드릴 순 없지만, 대화를 나눠본 바로는 지구 밖에 존재하는 지성체로 판단이 됩니다.

180

채널링 이야기

—— 이 이야기를 하자면 채널링을 언급하지 않을 수 없는데, 선생님은 10년 이상 달에 있는 지성체, 일명 '달 친구'와 채널링을 통해 다양한 대화를 나눈 것으로 알려져 있습니다. 그동안 대화 내용을 녹취한 자료가 방대한 것으로 알고 있는데요,《마음에서 마음으로》대담 때 그 일부를 공개하긴 했지만 지극히 소량이어서 실제로 어떤 깊은 대화들이 이루어졌는지는 여전히 베일에 싸여 있습니다. 전체를 공개하지 않는 이유가 무엇입니까?

—— 몇몇 매체와 인터뷰를 하는 과정에서 달에 살고 있는 지성체와 채널링을 했다는 얘기를 한 적이 있는데, 그것만으로도 입에 담기 힘든 비난과 욕설을 들었어요. 그때 생각했죠. 아, 아직은 아니구나.

—— 채널링은 서양 용어입니다. 채널(channel)이란 소통이나 대화를 뜻하는데, 우리나라를 비롯해 동양에서는 이미 오래전부터 이런 방식의 대화가 다양하게 이루어졌습니다. 어쨌든 1960년대 이후 채널링이라는 용어가 일반인들에게도 낯설지 않게 되었는데, 1980년대 미국 상원에서는 채널링을 통해 얻은 정보를 군사적 목적으로 사용하기 위한 입법이 이루어지기도 했고, 우리에게는 아직 남의 나라 얘기일 뿐이지만,

일부에서는 활발하게 채널링 활동을 하고 있는 것으로 알고 있습니다.

이번에도 물론 비난을 예상할 수 있겠지만, 좀 더 진전된 이 야기를 들려주면 좋겠습니다. 채널링을 시작하게 된 데는 어떤 계기가 있었던 거죠?

—— '달 친구'들한테 채널링에 대해 물어본 적이 있어요. "의식의 조우, 의식의 여행이라고 생각한다"고 답을 하더군요. 채널링 얘기를 하기 전에 우선 말씀드리고 싶은 건, 채널링을 통해 물론 여러 가지 정보를 얻기도 했지만, 중요한 건 그들이 말하듯 의식의 만남입니다. 만물과 합일한다는 개념으로 봤을 때, 그 합일을 이뤄내는 대전제인 소통과 공유를 말합니다. 채널링을 계속해야겠다고 생각한 것도 바로 이런 이유 때문입니다.

어느 날 문하생이 제게, 달에 관한 소설을 쓰고 있는데 과학 잡지에 나오는 것과 뭔가 다른 정보를 구하려면 어떻게 해야 하는지 물었어요. 소설이 꽉 막힌 상태인데 실마리가 될 정보가 있으면 풀릴 것 같다는 겁니다. 저도 달에 관해서는 상식 수준에 불과했어요. 그러다 문득, 직접 체험을 시켜보면 좋겠다는 생각이 들어서, 문하생의 의식을 직접 달로 보내기로 했죠.

—— 의식을 달로 보낸다는 건 무슨 뜻입니까?

—— 앞에서 만물을 의식하면 만물과 합일된다는 얘기를 했죠? 달을 의식하면 달과 합일이 됩니다. "달에 의식을 보낸다"는 건 문하생이 달을 충분히 의식할 수 있도록 제가 도와준다는 의미입니다. 방식은 일종의 유체이탈입니다. 몸을 여기에 두고 의식을 먼 곳으로 보내야 하니 위험하지 않으냐고 하실 분이 있을 텐데, 가령 최면을 걸더라도 언제든 최면에서 깨어나게 할 수 있는 것과 마찬가지로, 혼자서 유체이탈을 하는 것보다 옆에서 상태를 지켜보고 있기 때문에 그만큼 안전하죠. 신체적인 활동은 그대로인 채로, 그러니까 호흡이나 맥박 같은 건 그대로인 상태에서 의식만 쏙 빠져나와 달에 갔다 온다고 생각하면 됩니다.

183

그렇게 문하생의 분리된 의식이 달로 갔고, 의식되는 대로 말하게 했죠. 그 관찰들은 녹음을 했고요. 문하생이 처음 갔을 때 설명한 게 굉장히 깁니다. 처음 보았으니까 신기할 수밖에 없었겠죠.

—— 의식만 간 상태여서 감각하는 데 한계가 있지는 않았습니까?

—— 의식만으로 감지한 것이 직접 손으로 만져보거나 냄새를 맡는 것과 어떻게 다른지 정확히 알 수는 없지만, 설명한 것만으로 판단해보면 오감이 모두 살아 있는 듯했어요. 아마도 꿈을 꾸는 것과 같지 않았을까 싶어요. 꿈에선 직접 만지지는 않지만 만지는 것과 다름없이 느낄 수 있잖아요?

―― 선생님(의 의식)이 직접 달에 가신 건 아니었군요.

―― 소설을 쓰는 당사자가 체험하는 게 옳은 일이라고 판단했습니다. 제가 가게 되면 결국 제 관찰과 판단이 개입되니까 그만큼 감도가 떨어질 수도 있고요.

―― 달을 직접 '감각'했을 당시를 어떻게 설명하던가요?

―― 전체적으로 회색이라고 했는데, 색깔이 없다고 하는 게 옳을 겁니다. 설명을 들어보면 제가 천체망원경으로 달을 봤을 때와 별반 다르지 않았어요. 초기에 발표한 여러 중단편에 천체망원경으로 달을 관찰한 얘기가 나오는데, 제 친구가 직접 제작한 성능 좋은 천체망원경으로 달을 들여다보곤 했죠. 그 친구는 중학교 때부터 망원경을 만들었어요. 문하생은 천체망원경으로 달을 본 적이 없었는데, 설명은 거의 흡사했어요. 분화구에 대한 설명도 굉장히 실감났습니다. 기묘하게도 분화구의 안쪽 표면이 유리처럼 반들거리고 시럽 같은 게 고여 있는 것 같다고 했어요. 제가 안으로 들어가 보라고 했는데 겁이 나는지 주저해서 다음 기회에 가보기로 하고 곧바로 의식을 되돌렸습니다. 그게 첫날의 일이에요.

―― 첫날에 채널링이 이루어진 것은 아니군요.

―― 다음 날, 무척 궁금한 게 있었어요. "달에는 정말 생명체가 살지 않는 걸까?" 마침 문하생도 궁금해하기에 생명체가 있는지 없는지를 확인하기 위해 다시 의식을 보내기로 했습니

다. 어제 그곳(분화구)으로 갔는데, 거기서 두 명의 인격체를
만나게 됩니다.

—— 왠지 다시 오기를 기다리고 있었다는 느낌이 드는데요? (웃음)

—— 그렇게 물어보라고 할 걸 그랬어요. (웃음) 전날 갔던 그 분화
구로 갔을 때 인격체 두 명이 앉아 있는 걸 발견했어요. 한
'친구'가 손을 번쩍 들어 보인다고 하기에, 우호적인 신호로
판단하고 대화가 가능한지 물어보라고 했어요. 그러니까, 그
렇게 의식하라고 한 거죠.

—— 물음을 의식하면 저쪽에서, 그러니까 '달 친구'가 메신저의
의식을 읽는 건가요?

—— 그렇습니다. 저쪽에서 답을 하면 그것 역시 우리 메신저의
의식에 읽히고, 그걸 설명하는 거죠.

—— 그래서 어떻게 됐습니까?

—— 저쪽에서 우리 의식을 읽고 답을 했어요. "대화가 가능하다"
고요. 그때부터 대화가 시작된 겁니다. 대화를 나누던 중에
둘 중 한 '친구'가 가버렸어요. 메신저의 얘기로는, 그 친구는
피부 색깔이 다르다고 했어요. 회색보다 조금 더 검은 빛깔
을 띠고 있다고요. 나중에 달과 채널링을 하는 다른 채널러
들을 통해 '거짓 정보'를 흘리는 친구가 있다는 얘기를 들었
는데, 인상착의가 비슷했어요. 우리와 대화를 계속한 친구는
거의 달의 표면과 유사한 회색빛이었어요.

—— 어떤 질문들을 했는지 궁금합니다.

185

—— 가장 궁금한 것 중 하나가 달에 사는 지성체의 수였어요. 인구를 물었을 때, 놀랍게도 중국 인구 정도가 살고 있다는 답이 왔죠. 예상한 것보다 훨씬 많은 인구수에 놀랐습니다.

달 친구들과의 대화

'달 친구'와의 채널링은 기본적으로 메신저의 의식을 통해 이루어지지만, 이외수 선생을 비롯한 채널링 참관자들을 위해 메신저가 이쪽(지구)의 질문과 저쪽(달)의 대답을 설명하는 방식으로 진행된다. 이외수 선생이 한 질문을 메신저가 의식에 담으면 저쪽에 전달이 되고, 저쪽의 답이 메신저의 의식에 담기면 메신저가 이쪽 사람들에게 그 답을 설명한다. 이쪽 질문에 대한 저쪽의 답변은 거의 1~2초 안에 나왔는데, 이런 즉답은 메신저의 개인적 의식이나 경험이 저쪽의 답에 반영될 가능성을 최소화시킨다. (채널링 과정은 캠코더로 녹화되고, 동시에 카세트테이프로 녹음되었다.)

첫 채널링 과정에서 진행된 달 친구와 메신저의 대화를 편의상 문답식으로 풀어쓰면 다음과 같다.

[문] 중국 인구만큼이면 엄청난 수인데, 왜 우리가 관측할 수 없는가?
[답] 달 뒤편 지하에 살고 있기 때문이다.
[문] 달은 지구의 위성인데 한쪽 얼굴만 보여주는 이유가 뭔가?
[답] 당신이 글을 쓸 때 누군가 자꾸 들여다본다면 좋겠는가? (유머감각

은 달 친구의 특징 중 하나다.)

[문] 지구인이 달에 갔었는데, 알고 있는가?

[답] 알고 있다.

[문] 어떤 생각이 들었는가?

[답] 굉장히 불편했다. 언젠가는 올 것이라고 생각은 했지만, 쇳덩어리
를 타고 올 줄은 몰랐다. 그걸 일부 놓고 갔는데 처치곤란이다.

[문] 그럼 그곳에 어떤 방식으로 가야 합리적인가?

[답] 지금처럼 오면 된다. 의식으로 오는 게 가장 이상적이다.

[문] 당신의 나이를 물어봐도 되겠는가?

[답] 지구 식으로 계산하면 250세 정도 된다.

[문] 당신들에게도 예술이 있는가? 있다면 어떤 장르가 있나?

[답] 예술 같은 건 없다. 여기는 정치도 없고, 종교도 없다. 하지만 신의
존재는 믿는다.

[문] 예술도, 종교도, 정치도 없으면 무슨 재미로 사는가? 무엇을 해야
행복한가?

[답] 존재 자체가 행복이다.

이외수 선생은 '달 친구'들의 대답 가운데 "존재 자체가 행복"이라
는 말이 가장 충격적이었다고 했다. 그리고 이 답을 계기로 달 친구
에 대한 신뢰가 생겼다고도 했다. 이 대답으로 인해 무엇보다 채널
링 과정에 메신저의 의식이 작용할지도 모른다는 의심으로부터도
어느 정도 벗어날 수 있었다고 했다.

[문] 달에 사는 사람들의 느낌이나 생각을 당신이 어떻게 대변할 수 있는가?

[답] 여기서는 모두가 정보를 공유한다. 새로운 정보를 알게 되면 달의 인류 전체가 공유하는데, 당신들과의 조우 역시 달 인류의 전체 동의 하에 이루어진 것이다.

대화는 이쪽에서 궁금한 것을 묻고 저쪽에서 답변하는 식으로 이루어졌는데, 간혹 저쪽에서 궁금해하는 것을 이쪽에 묻기도 했다. 그중의 하나가 김치였다. 이외수 선생은 김치의 맛을 알려주는 데 고민을 많이 했다고 한다. 그래서 만드는 법부터 냄새와 맛까지 자세하게 얘기를 해주었는데, 어느 순간 저쪽에서 "그러지 말고 메신저에게 김치를 먹여보라"는 주문이 들어왔다. 메신저가 맛을 보면 자신들이 의식을 통해 알 수 있다는 거였다. 그래서 메신저가 직접 김치를 먹었는데, 먹고 얼마 지나지 않아 달 친구가 한 첫마디가 "치아를 퇴화시킨 건 큰 실수였다"는 것이었다.

[문] 김치 맛이 어떤가?

[답] 경이롭다.

[문] 당신들은 먹지 않고 살아가는가?

[답] 당신들처럼 먹지는 않는다. 음식은 없다. 소량의 습기만 에너지로 섭취한다.

[문] 달의 뒷면에는 태양이 비치지 않는데, 중요한 에너지원을 받지 못

하니 불편하지 않은가?

[답] 오히려 태양에너지가 불편하다. 우리는 자체 에너지를 생산해 사용한다.

[문] 언제부터 거기에 살게 되었는가?

[답] 굉장히 오래되었다. 지구보다 훨씬 오래전이다.

—— 채널링을 한 대상은 회색 피부의 '달 친구' 혼자였습니까?

—— 다른 우주생명체도 만난 적이 있습니다.

—— 다르다는 건 달에 살지 않는 생명체였다는 얘긴가요?

—— 그렇습니다. '달 친구'가 메신저가 되어서 만났어요.

—— 역시 의식을 통해서인가요?

—— 그렇죠, 모든 건 의식을 통해서 이루어졌습니다.

—— 다른 우주생명체라는 건 누구였습니까?

—— 우주의 무한공간을 떠도는 존재였어요. 옛날 지구에 왔다가 나무의 뿌리들을 식량으로 삼았는데, 그 죄책감 때문에 지구에 오지 못하는 생물체라고 하더군요.

—— 우주를 떠도는 생명체라는 것도 신기한데 지구와 그런 인연이 있다니… 솔직히 잘 믿어지지 않습니다만, 어쨌든 지금 얘기해주신 이런 내용들을 채널링을 통해 알게 되었다는 건데, 데이터가 방대하겠지만 내용이 무척 궁금합니다. 우리에게 유익한 정보들도 적지 않을 것 같은데, 어떻습니까?

—— 정보는 당대의 의식과 맞아떨어져야만 정보의 가치를 발휘

해요. 채널링을 통해 얻은 정보들이 가치 있는 정보가 되기 위해서는 그 정보들을 수용할 만한 의식을 우리가 갖추고 있는지 먼저 검토할 필요가 있습니다. 사실, 세계를 뒤바꾼 놀라운 발명이나 발견이 처음 이루어졌을 때는 대부분 사람들로부터 비난이나 질타를 받았죠. 그래서 그런 발명이나 발견의 진짜 수혜자는 후대에 나오게 됩니다. 우리가 채널링을 통해 얻은 정보들이 어느 정도의 가치를 갖는지는 사실 저도 가늠하기 힘듭니다. 분명한 건, 언젠가 전부든 일부든 공개를 할 테지만, 공개에 따르는 가치판단이 당대에 모두 이루어질 거라고 믿지는 않습니다.

190

—— 채널링에서 메신저 혹은 채널러는 매우 중요한 역할을 하는데, 의심이 모두 풀리지 않는 것 중의 하나는 채널러의 사적인 경험이나 생각이 채널링에 일부라도 개입할 가능성이 있지 않냐는 겁니다. 혹시 그런 느낌은 받지 않았나요?

—— 저도 채널링을 하면서 가장 걱정한 부분 중 하나가 그겁니다. 하지만 채널링을 하는 과정에서 자연스럽게 불식되었는데, 가령 앞서 얘기했던 어릴 때부터 망원경을 만든 제 친구가 채널링에 참여해서 과학과 관련해 매우 전문적인 질문들을 했는데, 저쪽 대답을 전하는 우리 메신저의 설명을 들으면서 '아, 이건 적어도 메신저의 견해는 아니구나' 하는 생각을 했습니다.

—— 어땠는데요?

—— 답변이 매우 전문적이었죠. 우리 메신저가 그 정도로 해박한 과학적 지식을 가지고 있지는 않거든요. 그건 제가 잘 알죠. (웃음)

시간이나 공간에 대한 저쪽의 답변은 마치 물리학 강의를 듣는 것 같았어요. 그때 대화는 거의 네 시간이나 이어졌는데, 대부분 과학과 관련된 전문적인 얘기들이 오갔습니다. 당시 우리는 주로 지구상에 존재하는 불가사의한 일들에 대해 물었죠. 미스터리 서클이라든가 나스카 지상화(Nazca geoglyphs), 마추픽추, 버뮤다 삼각지대 같은 거요. 주로 우리가 묻고 저쪽이 대답하는 식이었는데, 나중에는 저 친구들이 그러더라고요. "당신들이 스스로 공부하면 얼마든 알 수 있는 일인데, 우리 대답만 듣고 판단하는 건 좋지 않다." 그 얘길 듣고 좀 뜨끔했죠. (웃음) 그 후론 가능하면 일방적인 문답식 대화는 피했습니다.

191

—— 혹시 선생님의 개인적인 신상에 대해서는 물어보지 않았습니까? 운세를 본다고 할까요? 왠지 '달 친구'들은 미래를 내다볼 것 같은데…. (웃음)

—— 물어보고 싶은 마음이야 굴뚝같았지만 참았어요. 그래도 자존심이 있죠. (웃음) 그런데 한번은 갈비뼈 쪽이 뜨끔거려서 어떤 증상인지 물어봤어요. 그랬더니 마치 엑스레이나 CT

촬영을 하듯이 스캔을 하고는 증세들을 알려줬어요. 당시 참관자들 중 몇 사람도 진단을 해줬는데, 그때 폐가 나쁘다거나 위가 안 좋다는 진단을 받은 사람은 나중에 병원에 가서 확인을 했는데 진단이 틀리지 않았어요.

—— 말 그대로 소름 돋는 얘긴데요? 선생님은 어떤 진단이 나왔나요?

—— '달 친구'들이 인체스캔을 했는데, 제 늑골 두 군데에 금이 가 있다고 하더군요. 잠을 자다 뒤척이던 중에 앉은뱅이책상에 부딪친 적이 있는데, 그 후로 뜨끔거려서 일을 할 땐 베개를 안고 했었거든요. 그러려니 하고 미련하게 견디면서 병원 갈 생각은 안 했던 거죠. 어떻게 하면 붙일 수 있냐고 했더니, 물을 많이 마시라는 얘기를 해줬어요. 지구상에서 인간의 의식을 가장 잘 반영하는 게 물인데, 물을 마실 때마다 부탁을 하라더군요. 그때 생각난 게 예전에 우리 어머니들이 맑은 물을 떠놓고 소망을 빌던 '정화수'예요. 시키는 대로 물을 많이 마시고, 마실 때마다 저도 기도를 올렸어요. 며칠이 지나고 다시 채널링을 하면서 스캔을 부탁했는데, 다 아물었다는 겁니다. 정말 그 뒤론 통증이 느껴지지 않았어요.

—— 연속으로 소름 돋네요.

—— 물이 뼈에 좋은 거냐고 물었더니, 물은 지구에서 가장 놀라운 존재 중 하나라고 하더군요. 달 인류들의 대부분이 지구에 있는 바다 마니아라는 얘기도 했고요. 지구에 비가 오는

것과 바다가 있는 게 가장 부러운 일이라고 했어요. 그 얘기
를 듣고 참관자 중 하나가 "결국 달 친구들이 바다를 가지려
고 지구를 침공하겠군"이라고 말해서 핀잔을 많이 들었어요.
(웃음)
—— 좀 전에 다른 채널러 얘기도 잠깐 하셨는데, 선생님 메신저
가 대화를 나눈 그 '친구'가 다른 채널러와도 대화를 나눈 건
가요?
—— 나중에 알게 된 사실인데, 강릉에 채널이 하나 개설됐다는
얘기를 들었어요. 그 채널러가 저에게 메일을 보낸 적이 있
는데, 그 사람들이 개설한 채널을 통해 달과 교신을 하고 있
다는 내용이 적혀 있었죠. 하지만 우리가 대화를 나눈 그 친
구는 아니었어요.

—— 혹시 인류에게 큰 영향을 미칠 만한 중요한 정보를 물어서
답을 얻은 경우는 없었나요?
—— 저야 늘 나라 걱정을 하니까 (웃음) 뭔가 좋은 방법을 찾아보
려고 했는데, 덕분에 핀잔을 많이 들었어요. "당신은 어떻게
당신 나라만 생각하느냐?" 이런 식으로요. 정보는 대체로 지
구 전체, 인류 전체와 관련된 거였습니다. 빙하가 녹아서 해
수면이 높아지는 문제 같은 환경 관련 질문을 많이 했어요.
지구의 주기적인 변화이긴 하지만 작은 문제가 아니라는 얘
기를 들었죠. 물론 대안들을 듣기도 했고요. 아무튼, 쓸데없

을 정도로 걱정이 많은 게 지구인의 특성이라고 하더군요.

── 특정한 인물을 거론한 적은 없나요? 위인이라든가 정치지도
자라든가….

── 고흐 얘기가 기억나네요. 고흐의 의식은 콩의 넝쿨처럼 자라
서 달에까지 닿았다고 했어요. 그래서 자기들이 이파리를 만
져볼 수도 있었다고 그러더군요.

── 고흐의 의식이 넝쿨처럼 자랐다는 건 무슨 의미죠?

── 소용돌이 모양을 얘기하는 겁니다. 의식의 진보는 나선형을
이루며 진행된다는 걸 뜻하기도 하고요. 고흐의 경우는 실제
그림 속에 나선형 문양이 많이 있죠.

── 의식이란 게 참 대단하다는 생각이 새삼 듭니다.

── 의식이 넝쿨로 자라서 달에까지 닿아 달의 인류가 그 이파리
를 만져보면서 즐거워했다는 건 대단한 일이죠. 간디의 경우
는 엎드린 채로 등을 내줘서 인류가 그 등을 밟고 달에까지
갈 수 있을 정도로 인격이 고매했다는 얘기도 했습니다.

── 엎드려 등을 내줬다, 그걸 밟고 인류가 달에 닿을 수 있었
다… 매력적인 표현입니다.

── 어떤 때는 기가 딱 막혀버리는 표현들이 있었어요. 가령 이
성과 감성의 차이를 설명하는데, "이성은 깃대와 같아서 움
직임이 없어야 하고, 감성은 깃발과 같아 끊임없이 펄럭이여
야 한다"고 했어요.

—— 이 얘기는《마음에서 마음으로》대담 때 들었는데, 이 부분에서 저는 채널링에 메신저가 임의로 개입하는 게 아니구나 하는 생각을 했습니다. 선생님이 채널러였다면 "이건, 이외수 표인걸?" 했을 텐데요. (웃음)

—— 절묘한 비유가 많이 나온 건 불교의 공안(公案)과 화두를 놓고 얘기를 나눌 때였어요. 제가 화두에 대해 공부도 좀 하고 나름대로 풀어보려고 궁리도 많이 한 편인데, '달 친구'들에게 화두를 대면 1초의 망설임도 없이 답이 딱딱 나오는 거예요. 메신저의 수준으로는 어림도 없는 얘기고, (웃음) 저 친구들 공부가 보통이 아니란 생각밖에 들지 않더군요.

—— 스님들이 들으면 뭐라고 하실지 모르지만, 하나만 얘기해줄 수 없을까요?

—— 음… 제자가 스승의 귀싸대기를 갈기는 화두가 있어요. 제자가 궁금한 걸 물었을 때 스승이 뭐라고 되물으니까, 제자가 냅다 스승의 귀싸대기를 갈기는 거죠. 그때 스승이 "아, 이놈이 알았구나" 하고 중얼거립니다. 제가 그 상황을 그대로 달 친구한테 전달했어요. 그러곤 "당신 같으면 어떻게 하겠냐?" 물었더니, "스승의 불알을 꽉 움켜쥘 거다"라고 하더군요. 비슷한 얘기지 않습니까? (웃음)

—— 불알 얘기가 나오니까 문득 달의 인류는 어떻게 종족 번식을 하는지 궁금해집니다. 혹시 그런 것도 물어보셨습니까?

—— "난다"고 표현하더군요. 버섯 나듯이. 그냥 난다고 생각하면

된다고만 했어요. "당신들 얼굴에 종기가 나듯이, 여드름이 돋듯이. 그렇게 생각하면 돼." 그렇게만 말하고 더 이상은 언급하지 않았어요.

—— '달 친구'들에게도 고유한 이름이 있나요? 이외수, 하창수 하듯이.

—— 없어요.

—— 그럼 어떻게 불렀습니까?

—— 이름이 없어 부를 수가 없으니 뭐라고 호칭하면 좋겠느냐고 물었어요. 그랬더니 몇 가지를 불러주고는 그중 마음에 드는 걸 고르라고 하더군요. 그런데 모두가 전문가예요. 의식 전문가, 철학 전문가, 감성 전문가 하는 식으로. 하지만 최근에 만난 달 친구는 자신을 '준'이라고 부르라고 해서 그렇게 부릅니다. 물론 그쪽에서 부르는 이름은 아니고, 지구에서 부르는 걸 따왔는데 마음에 든다고 하더군요.

—— 요즘도 채널링을 계속하시는 건가요?

—— 뜸하지만 하고는 있습니다.

—— 그동안 만난 '달 친구'가 몇 명입니까?

—— 대여섯 명 되는 것 같아요.

—— 혹시 이번에 선생님이 하신 위암 수술에 대해서도 알아보셨나요?

—— "액땜한 것이다. 자만하지 마라" 하는 답을 들었습니다. (웃음)

—— 채널링 얘기를 이번에 처음 들은 건 아닙니다. 그래서인지 많이 익숙해졌습니다. 하지만 솔직히 말씀드리면 아직 반신반의해요. 이런 얘기들은 관점이 중요할 것 같습니다. 믿을 것인가 말 것인가가 아니라, 어떤 시각에서 볼 것인가, 우리에게 필요한 공부를 하는 데 이런 이야기가 어떻게 얼마나 도움이 될 것인가를 먼저 생각해야 하지 않을까 싶어요.

—— 그렇습니다. 제게도 채널링은 믿음의 문제가 아니라 공부의 문제입니다. 공부의 한 방법이죠.

—— 혹시 '달 친구'들을 의심해본 적은 없습니까?

—— 의심은 지금도 진행형입니다. (웃음) 한번은 "당신들이 달의 인격체라는 걸 증명할 수 있느냐? 할 수 있으면 해봐라" 하고 대놓고 물었어요. 그랬더니 달 친구들이 그러더군요. "우리가 달의 인격체가 아니란 걸 증명할 수 있으면 해봐라." (웃음)

—— 시도한다고 해서 모두가 채널링을 할 수 있는 건 아니란 생각이 드는데요, 채널러가 되는 조건 같은 게 있을까요?

—— 채널링을 할 수 있느냐 없느냐는 아마도 전생에 어떤 공부를 했는지와 관련이 있을 것 같습니다. 외계의 인격체와 만나는 데도 인연이란 게 작용한다고 생각하는 것이지요. 참관자가 여섯 내지 일곱 명쯤 있을 때였는데, 채널링 도중에 "이중에서 채널러가 될 수 있는 사람이 있느냐?"고 물었더니 없다고 했어요. 채널링은 저쪽에서 교신을 해줘야, 그러니까 응해줘

야 성립이 되기 때문에 아무나 시도한다고 할 수 있는 건 아니죠.

—— 일단 개설을 하면 그다음엔 언제든 접촉이 가능한 건가요?

—— 그렇진 않습니다. 우리가 일방적으로 원한다고 해서 대화가 이루어지진 않아요. 개설과 마찬가지로 대화 역시 저쪽에서 응해줘야 가능합니다.

—— 제가 기억하기로는, 채널링을 통해 많은 정보를 얻고 있던 미국 상원의원이 결국 채널링을 중단하게 되었는데, 이유가 저쪽으로부터 너무 많은 정보를 얻고 싶어 했기 때문이었습니다. 군사적 목적으로 정보를 이용하기 위해 채널러가 무리한 질문들을 한 것이 아닌가 짐작합니다.

—— '달 친구'들도 미국이 가장 많은 정보를 가지고 있다고 하더군요. 하지만 허위 정보 역시 많이 가지고 있을 가능성도 그만큼 높습니다. 저쪽도 나름대로 수위를 조절한다는 느낌이 들 때가 있었어요.

—— 화두와 관련해서 잠깐 얘기를 했지만, 그동안 선생님이 개인적으로 궁금해하던 것이 풀리게 된 사례가 많을 듯합니다.

—— 우리 민요인 〈아리랑〉에 대해서 놀라운 정보를 얻은 적이 있습니다. 평소에 〈아리랑〉을 들을 때마다 가사에서 잘 납득되지 않는 부분이 있었는데, 그걸 물어보고 신기한 대답을 들

었어요.

예상대로 〈아리랑〉은 단순한 민간가요가 아니라 도와 관련되어 있었습니다. 많이 부르면 부를수록 나라가 강성해진다고 했어요. 그 방법은 묘하게도 슬픔을 끓어오르게 만들어 한군데 결집시킨 뒤에 모든 사람에게 위안이 되고 힘과 용기를 주는 것으로 작용하게 하는, 그런 일종의 주술적인 힘이 〈아리랑〉에 있다는 겁니다. 이 노래가 시작된 건 신라가 망하고 고려가 아직 생기기 전이었는데, '청송노인'이라는 분이 가야금과 비슷한 신라금(新羅琴)을 타면서 처음 불렀다고 해요.

2012년 유네스코 인류무형문화유산으로 등재된 〈아리랑〉은 한국인이면 누구나 따라부를 수 있거니와 지역별로 서로 다른 버전이 전해져올 만큼 널리 알려진 민요다. 지역마다 가사가 다르긴 하지만, 일반적으로 알려진 〈아리랑〉은 "아리랑 아리랑 아라리요 / 아리랑 고개로 넘어간다 / 나를 버리고 가시는 님은 / 십리도 못 가서 발병난다"는 가사로 되어 있다.

〈아리랑〉이 언제 어떻게 생겨났는지에 대해서는 여러 가지 설이 있다. 그중에서 구한말 흥선대원군이 경복궁을 중수할 당시 각지에서 부역꾼을 징집했는데, 그렇게 고향을 떠나게 된 남자들이 '나는 님과 이별한다'는 뜻으로 아리랑(我離娘)을 불렀다는 설이 유력하다. 비슷한 것으로, 경복궁 중수 자금을 충당하기 위해 당백전을 발행해서 민중의 원성을 샀는데, 이때 민간에 퍼진 '내 귀가 멀었다'는 뜻의 아이롱(我耳聾)이라는 말에서 유래했다는 설도 있다. 〈밀양아리랑〉에 얽힌 전설의 주인공 '아랑'을 애도한 노래에서 유래했다는 아랑전설(阿娘傳說)도 있고, 신라 왕 박혁거세의 아내 '알영부인'을 찬미한 것이라는 설도 있다.

수필가 윤오영은 자신의 수필 〈민요 아리랑〉에서 아리랑에 얽힌 유래설화들이 창작일 가능성이 높다고 하면서, 아리랑의 '랑'은 령(嶺)의 변음이며 '아리'는 '장(長)'의 뜻을 지니므로 '아리랑'은 곧 '긴 고개'를 뜻한다고 설명했다. 그 근거로 장백산의 옛 이름인 '아이민상견(阿爾民商堅)'의 '아이'는 장(長)의 훈(訓)이며, '민'은 백(白)의 훈차이고, '상견'은 산(山)의 반절음이기 때문에 장(長)의 고어가 '아리'인 것이 분명하다고 판단하고, 아리수(阿利水) 역시 장강(長江)을 뜻하는 것으로 그 시대 그 지역에서 가장 큰 강을 그렇게 불렀다는 점을 내세워 아리랑 또한 지역마다 있는 가장 큰 고개를 부르는 이름으로 추정했다. 이와 더불어 '쓰리랑'은 '시리 시리 시리랑'에서 온 것으로, '사리 사리' 혹은 '서리 서리'의 변음이며, 지방마다 높은 재를 '사실고개' '서슬고개'로 부르는 것으로 미루어 '꾸불꾸불 서린 고갯길'을 뜻한다고 설명했다.

—— 연구자들이 들으면 많이 놀라겠는데요?
—— 신라가 망해 그곳 백성들이 비통과 무력감에 빠졌을 때 그 슬픔을 끓어오르게 한 뒤에 해소시키는 방법으로 오히려 힘과 용기를 불어넣어주는 노래를 만들었다… 소설로 쓰면 베

스트셀러가 되겠죠? (웃음) 그런데 이 악보가 앞서 얘기한 영가무도와 아주 비슷해요.

—— 풍류도에서 연주된다는 영가무도 말이군요. 그런데 '달 친구'들이 얘기한 〈아리랑〉의 속뜻은 무엇이었습니까?

—— 〈아리랑〉 얘기를 해준 친구는 피부가 초록색으로, 우리가 '명상 전문가'라고 불렀어요. 그 친구 말이 땅을 파고 들어가 명상을 한다고 했거든요. "〈아리랑〉에 대해서 알고 싶다"고 했을 때, 그 친구는 "열 시간쯤 기다려보라"는 말을 남기고는 땅속으로 들어갔어요. 아마도 〈아리랑〉에 대해 명상을 한 모양입니다. 열 시간 뒤에 다시 접촉을 시도했는데 그 친구가 나타나더니 "한번 읊어보라"고 했어요. 그래서 "아리랑, 아리랑, 아라리요…" 하고 부르니까, 그렇게 하지 말고 한 소절씩 읊으라고 하더군요. 소절마다 단어는 같아도 뜻이 다 다르기 때문이래요. 그래서 한 소절씩 읊었죠.

아리랑 → 나를 알고
아리랑 → 너를 알고
아라리요 → 마침내 우주를 알게 되었다
아리랑 고개로 넘어간다 → 우리의 소망을 모아 해와 별에게 걸어두노니 모두 이루어지리라.

그런 다음에 "나를 버리고 가시는 님은…" 하고 부르니까, 그건 1950년 한국전쟁 이후에 붙여진 거라고 하더군요. 원래

〈아리랑〉에는 없었다는 거예요.

—— 지난번 대담 때 〈도라지타령〉이 도와 관련되어 있다는 말씀
을 하셨는데, 그럼 〈도라지타령〉 얘기도 '달 친구'로부터 들
으신 건가요?
—— 그건 제가 예전에 도 공부할 때 알게 된 겁니다. 우리 민요는
대부분 깨달음과 관련이 있어요.

우주의 의식에 대하여

—— 깨달음이란 게 뭔가요? 궁극적으로 이뤄야 하는 것이 깨달음
이라는 생각도 들고, 수긍도 가고, 결심도 하게 되는데, 정작
깨달음이 무엇인지 생각하면 막연해집니다. 막막해진다고
하는 게 옳은 표현일 것 같습니다.
—— 깨닫는다는 건 '만물에 대한 자각'입니다. 세상에 존재하는
모든 것에 나름대로의 필요성이 있음을 아는 것, 불필요한
존재는 아무것도 없다는 사실을 아는 것이 깨달음입니다. 과
학이 위험한 것은 우리에게 '꼭 필요한 요소'를 뽑아서 쓰도
록 한다는 데 있어요. 꼭 필요한 것만 뽑아서 쓴다는 건 마치
자루 없이 칼날만 쓰는 것과 같습니다. 뭔가를 자르는 건 날
이지만, 자루가 없다면 손을 다치기 십상이죠. 칼이라고 하면
날만을 의미하는 건 아니지 않습니까. 날과 자루가 함께 있

는 걸 칼이라고 하죠. 유용한 것이 날이니까 날만 있으면 된다고 가르치는 게 과학적 사고방식이 만들어낸 오류입니다.

—— 같은 맥락에서 비물질적인 것에 대한 과학의 태도에도 문제가 있는 거겠죠?

—— 생명체들이 생명을 유지하는 데 결정적인 역할을 하는 건 물론 물질입니다. 하지만 생명체들이 지닌 '생명'은 물질적이지 않거든요. '생명'은 눈으로 볼 수 있는 게 아닙니다. 유물론적인 과학자들은 생명조차 물질이 만들어낸 기계적 움직임으로 파악하죠. 생각, 정신, 마음, 신, 분노, 열망, 사랑… 이 모든 게 뇌가 만들어낸 환각에 불과하다는 말을 과연 옳다고 할 수 있을까요?

한해살이 화초는 한해살이만큼의 시간과 공간을 차지하고 그만큼의 경험을 소유하고 있습니다. 그 안에 깃든 의식도 그 정도의 단순함을 지니고 있죠. 여러해살이 화초나 장구한 삶을 사는 나무, 그 화초와 나무들이 모인 숲은 또한 그 규모만큼의 시공을 차지하고 보다 넓고 깊은 경험을 갖고 있습니다. 그들의 의식을 정령(精靈)이라고 부르는 데는 그만한 이유가 있어요. 산이나 강, 들, 바다로 개념을 넓혀가면 거기에 합당한 시간과 공간과 경험이 생겨납니다. 더 나아가 지구, 태양계, 은하수, 우주로 넓혀가면 무엇이 있습니까? 그저 별들만 볼 수 있는 건 아닐 테죠. 마침내 가장 광대한 우주의 의식과 만나게 되지 않을까요?

—— 달 얘기로 돌아가면, 달에는 달의 의식이라는 게 있겠죠?

—— 있죠.

—— 달에는 '달 친구'와 같은 개별적 존재들이 있는데, 그렇다면 달의 의식은 그 개별적 존재들의 집합이라고 볼 수 있는 건가요?

—— 개별적 존재의 의식은 자신이 태어난 곳의 속성을 타고납니다. 자신이 태어나서 살아가는 별의 속성을 닮는다는 얘기죠. 이건 지엽적인 것이고, 더 넓은 차원의 속성을 생각할 필요가 있습니다. 우리 모두는 우주에 속한 존재이기 때문에 우주적 속성을 갖고 태어납니다.

204

—— 어떤 것을 그런 속성이라고 할 수 있을까요?

—— 대표적인 게 소용돌이 모양입니다. 우주는 나선형을 이루며 돌아가고 있죠.

—— 그러고 보니 DNA의 구조가 나선형이군요.

—— 우리가 우주적 존재라는 걸 증명하는 대표적인 예가 바로 DNA입니다. 소용돌이 모양은 생활 속에서도 다양하게 발견되는데, 우리 몸의 가마나 지문도 나선형이죠.

—— 앞서 초자연현상에 대한 이해를 돕기 위해 꿈의 예를 드셨는데, 꿈 중에서도 미래의 일을 예견하는 예지몽이라든가, 꿈을 꾸면서 꿈의 내용을 임의로 만들어가는 자각몽 같은 건 초자연현상이라 할 만큼 신비롭습니다. 꿈에 대한 프로이트나 카

를 융, 자크 라캉 같은 정신의학자들의 해석 또한 신비롭고
요. 꿈에 대한 선생님의 생각은 어떻습니까?

—— 꿈은 우리가 우리의 의식과 만나는 일입니다. 이때의 의식은
시공을 초월해 존재하는 것인데, 지금 당장의 우리가 경험하
지 않은 것이라 하더라도, 그러니까 예전(전생)의 우리가 경험
한 것까지 포함합니다. 그래서 지금의 우리가 경험하지 못한
것이라 해도 꿈에서의 느낌은 생생하죠. 절벽에서 떨어진다
든가, 하늘을 난다든가 하는 것들은 우리의 전생과 관련이
있고, 당시 체험의 강도나 크기와 비례합니다. 저는 단순히
지구적 삶만을 반영하는 것은 아니라고 봅니다. 더불어 미래
에 대한 암시도 충분히 가능하다고 생각해요.

—— 은근히 암시(暗示)해주는 것과 생생하게 현시(顯示)하는 것 사이
에 어떤 차이가 있을까요? 기왕이면 암시보다 현시가 더 나
을 것 같은데요. (웃음)

—— 서로 장점이 다릅니다. 암시의 경우는 현재 자신의 상태를
판단할 수 있는 게 들어가 있어서, 자신이 꾼 꿈을 잘 살펴보
면 '나에 대한 깨달음'에 한 걸음 다가가게 만들죠. 현시는 직
접적이긴 하지만 보여주는 범위에 한계가 있어요. 예를 들어
누군가를 만난다고 하면, 그 만남에는 전제가 있고 과정이
있고 결과가 있겠죠. 현시 역시 암시가 될 수밖에 없어요.
중요한 것은 해석이죠. 흔히 해몽이라고 부르는, 꿈의 의미를
파악하는 것이 중요합니다. 똑같은 꿈이라도 어떻게 해석하

느냐에 따라 그 사람의 '미래'가 달라질 수도 있어요.

최근의 예를 하나 들어보겠습니다. 어느 날 한 문하생의 표정이 좋지 않아서 이유를 물었더니 안 좋은 꿈을 꿨다는 거예요. 하루 종일 기분도 좋지 않고, 실수도 많이 하게 된다고 하더군요. 그래서 어떤 꿈인지 물었어요. 문하생 얘기가, 가족들과 식당에 가서 돌솥밥을 시켰는데 먹으려고 보니까 신발 한 짝이 들어가 있더랍니다. 그렇게 깼는데, 기분이 영 좋지 않다는 거였죠. 먹는 밥에 신발이 들어가 있으니 기분이 나빴겠지만, 그 꿈은 아주 좋은 꿈이에요.

—— 돌솥밥에 신발이 들어가 있는데 길몽이라는 건가요?

—— 그렇습니다. 그 꿈은, 밥 먹고 힘내서 먼 길을 가라는 뜻이니까요.

—— 아, 그렇게 되는군요. 문하생에게 해몽을 해주셨습니까?

—— 듣자마자 기분이 좋아지더니 하루 종일 일이 잘 풀렸죠. (웃음)

—— 꿈 얘기가 나오니까 《삼국지》 생각이 나네요. 장비가 죽기 전에 돼지한테 발가락을 물리는 꿈을 꾸었죠. 고등학교 다닐 때 선생님이 이 얘기를 해주시면서, 돼지가 발가락 물려고 하면 도망가라고 하셨던 기억이 납니다. (웃음)

—— 사람이 짐승, 특히 가축한테 물리는 건 아랫사람으로부터 해코지를 당한다는 뜻이 담겨 있어요. 그런 꿈을 꾸면 "아, 그동안 내가 못된 주인이었구나" 하는 생각을 할 수 있어야 합니다. 이게 바로 암시의 가치죠.

윤회에 대하여

—— 지금 생의 어려움이나 고통을 전생과 연결시켜서 해석하는 경우가 있습니다. 동양에서는 윤회의 문제가 예전부터 비교적 잘 받아들여져왔지만, 서양에서 전생이나 환생의 문제는 20세기 중반쯤에나 일반인들에게 받아들여지기 시작했습니다. 특히 정신의학 쪽에서는 '전생퇴행요법'이라고 해서, 최면을 통해 환자로 하여금 자신의 전생을 살펴보도록 한 뒤에 일종의 트라우마를 직접 느껴서 해소하게 하는 방법이 사용되기도 합니다. 최근 10여 년 동안 전생 리딩(reading)을 해온 박진여라는 분을 만날 일이 있어서 몇 차례 이야기를 나누고, 저의 전생들에 대한 얘기도 들어봤는데요, 개인적으로 마음이 많이 편해졌습니다. 수천 년 동안 환생을 거듭하면서 참 다양한 삶을 살았다고 하는데, 멋진 삶이 있는가 하면 쓰라린 삶도 있었고 태어나서 금방 세상을 떠난 경우도 있었습니다. 그런데 흥미로운 게, 그 많은 삶에서 공통된다고 생각되는 뭔가가 있다는 사실입니다. 묘하게도 그것이 이번 삶에서 제가 추구하는 뭔가와 일치하는 듯해서 마음이 편해졌던 것 같습니다.

선생님은 윤회의 문제를 어떻게 보십니까?

—— 윤회는 장구한 시간에 걸친 자기완성을 위한 과정입니다. 모든 생에서 환생하기 전에 자신이 자신의 삶을 설계하고 선택

합니다. 설계와 선택이 이루어진 상태에서 환생하게 되는 거죠. 우연히 태어나는 건 없습니다. 흔히 "태어나는 건 내 마음대로 하는 게 아니다"라고 얘기하는데, 옳지 않습니다. 태어나는 것도 죽는 것도 전적으로 자신이 설계한 그대로입니다. 다만 그 사실을 태어나는 순간 잊게 되는 거죠. 우리는 저마다 한 편의 드라마를 쓴 작가이자 배우입니다.

이번 생에서 우리는 지구라는 학교에서 인간이라는 이름의 학생으로 수업을 하는 겁니다. 그렇게 나고 죽고 하면서 우주 전체를 순례하며 떠돌지요. 그러다 홀연히 깨달으면 월반을 해서 더 넓고 깊고 다양한 체험을 하게 되고, 자기완성의 길을 가는 속도가 빨라집니다. 월반도 하지만 낙제도 해요. (웃음) 유념할 것은 스스로 삶을 끝내는 일입니다. 이건 여간해선 하지 말아야 하는데, 이 경우엔 똑같은 삶을 다시 살아야 해요.

—— 자살을 할 경우, 같은 삶을 다시 한 번 살아야 한다는 얘깁니까?

—— 그렇습니다.

—— 그렇게 확신하는 이유라도 있습니까?

—— 유체이탈의 과정에서 확인한 것입니다. '달 친구'들과 채널링을 하면서도 논의를 한 문제이고요. 중요한 사실은 고통이나 슬픔 같은 부정적 기운들이 지닌 의미를 헤아려야 한다는 겁니다. 고통이나 슬픔이 없으면 진정한 행복이나 기쁨을 알

지 못합니다. 삶이란 행복과 기쁨을 위한 것이지만, 역설적이게도 그걸 느끼려면 그것과 상반된 것이 무엇인지를 체득해야 하는 거죠. 그 의미를 제대로 판단하지 못하면 결국 유사한 무게의 고통과 슬픔을 다시 경험할 수밖에 없습니다.

—— 그렇다면 생을 중도에 포기하는 건, 아까 말씀하신 설계와 무관한 겁니까?

—— 자신이 설계한 삶을 포기한 게 됩니다. 그러니 같은 삶을 다시 살아야 하는 거죠.

—— 숙제를 하면 숙제검사를 하는 사람이 있듯이, 설계가 제대로 되었는지 안 되었는지를 확인하는 존재가 있습니까?

—— 있습니다. 그 존재와 상의를 하면서 자신의 설계를 더 면밀하게 수정하고 보완하게 되죠. 영적으로 더 진보된 존재들이 그런 임무를 맡습니다.

—— 우문일 듯싶은데, 이왕이면 안락하고 부유한 생을 설계하면 좋지 않을까요?

—— 그러면 영적인 진보가 더뎌요. 다시 말하지만, 고통받는 삶은 그만큼 영적 진보에 더 가까이 다가간다고 보면 됩니다. 편하고 안락한 삶도 한번쯤 맛보기로 살아볼 수는 있지만 영적 진보는 정체될 수밖에 없어요.

—— 부자로 호화롭게 사는 사람들을 부러워할 게 아니었군요. (웃음) 그렇다면 인간으로서 받을 수 있는 최악의 고통을 당하면

서 한생을 살아가는 사람의 경우도 자신의 설계라고 봐야 하
는 건가요?

—— 그런 삶은 보통의 삶보다 훨씬 가치 있는 설계라고 봐야 합
니다. 고통으로부터 배우려는 자세를 갖추지 않으면 감히 할
수 없는 설계라고 할 수 있지요. 흔하진 않지만, 살면서 우리
는 기꺼이 고통을 감내하는 사람을 만나잖아요? 그런 사람을
보게 되면 저절로 숙연해지지요.

—— 고통의 삶을 산 뒤에 어떤 삶을 다시 설계하게 될지도 궁금
합니다.

—— 학교 교사들이 오지에서 근무를 하면 내신점수가 높아지잖
습니까. 비슷합니다. 점수가 높아지면 더 큰 행복을 누릴 수
있겠죠. (웃음)

—— 생각해보면 참 합리적인 방법인 것 같습니다. 앞으로 힘든
일이 있으면 '내가 선택한 것이다'라고 생각해야겠어요.

—— 윤회나 전생의 가치는 단순히 "이번 생이 전부가 아니다"라
는 위안을 주는 데 그치지 않습니다. 수행을 계속 이어가게
하는 데 그 진정한 가치가 있어요. 이번 생으로 그만이라는
생각을 가진다면 그만큼 수행이 지연될 수밖에 없습니다.

—— 삶이 다하고 난 뒤에 남게 되는 영혼은 어떻게 이해해야 할
까요? 서양에선 죽기 직전과 직후의 몸무게를 재서 그 차이
인 21그램을 영혼의 무게로 추정한다고 합니다만.

—— 제가 자주 하는 얘기 중에, 생명체는 정기신(精氣神) 3합체라는

게 있습니다. 영혼의 문제도 이 시스템으로 풀이할 수 있어요.

정(精)은 물질적 요소로 이루어진 에너지의 집합체이고, 기(氣)는 정신적 에너지의 집합체, 신(神)은 영적 에너지의 집합체입니다. 이 세 요소가 합체된 존재가 물질(몸)을 벗어나게 되면 정신과 영혼만 남게 되죠. 비물질적 자아인 정신과 영혼이 물질에 갇힌 상태에서 자유로운 존재가 되면 시공의 제약을 받지 않게 됩니다. 그런데 수행의 정도에 따라 이 자유로움을 사용하는 수준도 달라져요. 수행이 미진한 상태라면 여전히 물질에 종속하려는 태도를 갖게 되죠. 그러면 다시 물질을 가지려고 애쓰게 되는데, 자칫하면 적절하지 않은 물질에 들어갈 수도 있습니다.

── 가령 구천을 떠돌다 남의 몸에 들어가게 되는 경우를 말씀하시는 건가요?

── 그렇습니다. 그래서 육체를 가진 존재였을 때나 육체로부터 분리되어 영혼만 남았을 때나 항상 수행을 게을리하지 말아야 하는 거죠. 수행을 계속 쌓은 영혼은 더 높은 경지를 추구하는 존재, 영적으로 더 높은 존재를 희구(希求)하게 됩니다. 영혼이 물질로부터 벗어난 상태가 되면 물질의 단계에서 가졌던 가치관은 자연스럽게 탈피됩니다. 당연한 얘기예요. 몸이 없으니 좋은 옷이 필요할 리가 없죠. 금은보화도, 명품 가방도, 다이아몬드도, 걸칠 몸이 없으니 아무 소용이 없는 거

예요. 그런데 수행에 관심이 없었거나 수행의 정도가 얕으면 죽어서도 그걸 원하게 되는 겁니다.

물질계를 벗어나지 못하는 의식을 가진 존재는 앞서 말씀드린 환생을 준비하는 단계에서 제대로 된 설계를 할 수 없습니다. 물질을 추구하는 사람으로 태어나 평생을 물질적 삶을 살 뿐이지요. 단언컨대, 현생에서 물질에 대한 욕심을 그치지 못하면 다음 생에서도 그 채우지 못한 물질적 욕심을 채우려는 삶을 설계하고 맙니다.

—— 갑자기 무서워지는데요. 저 역시 물질적 욕망을 버리지 못한 처지라….

—— 일정부분 누구나 그러리라고 봅니다. 물질적 욕망은 사실 제어하기가 쉽지 않죠. 각고의 수행만이 이 욕망으로부터 벗어나게 해줄 수 있습니다. 수도자들이 스스로를 일정한 공간에 유폐시키는 것은 자신의 물질적 욕망이 발현되는 것 자체를 차단하려는 강제적인 수단이라고 할 수 있어요. 그것으로부터 자유로워지면 비로소 저잣거리로 나오고, 걸림이 없는 존재로 살아갈 수 있게 되죠.

—— 전생이나 환생에 대해 얘기를 하자면 '인연'을 빼놓을 수 없는데요, 선생님도 앞서 "다른 차원을 여행하는 것도 인연이 닿아야 한다"고 말씀하셨습니다. 선생님과 저는 전생에 어떤 인연이었는지도 궁금하군요. (웃음) 결국 인연이란 건 인류의

삶이 개별적으로 나뉘어 있는 것이 아니라 서로 연결되어 있다는 것을 의미합니다. 인연을 흔히 악연(惡緣)과 선연(善緣)으로 나누는데, "고통과 슬픔이 더 높은 경지의 수행을 도와준다"는 말씀에 비춰보면, 결국 악연이란 것도 '나쁜 것'만은 아닌 게 됩니다. 이렇게 해석해도 되는 건가요?

— '달 친구'들과 채널링을 할 때 "당신들이 가장 중시하는 궁극의 공부가 무엇인가?"라고 물은 적이 있어요. 그때 나온 대답이 "기억이 온 곳을 아는 것이다. 이것이 우리의 궁극이다"라는 거였습니다. 기억이 온 곳? 거기가 어디일까요? 그곳은 아마도 우리가 거듭하고 거듭하는 환생이 시작된 곳을 말할 겁니다. 이번 대담을 시작하면서 맨 처음 꺼낸 논제가 "우리는 어디에서 와서 어디로 가는가?"였죠. 악연이든 선연이든 결국 그 시작 지점으로부터 비롯되었습니다. 그곳으로 거슬러 올라가면 깨달음의 궁극에 이를 것이고, 거기까지 가면서 우리는 우리가 맺어온 온갖 인연을 확인하게 되겠죠.

213

— 독일의 영성가 중에 페테르 에르베(Peter O. Erbe)라는 사람이 있습니다. 그다지 특별한 이력을 지닌 사람은 아니지만 스무 살 이후에 전 세계를 여행하며 어떤 깨달음에 이르렀는데, 우리나라에서도 번역 출간된 《우리는 신이다(God I am)》라는 책에 그의 생각이 집약되어 있습니다. 서양인으로는 드물게 환생에 대해 아주 자세히 기록해놓았는데, 개인적으로 동의

할 만한 내용이 많이 담겨 있었습니다. 그는 환생을 번지점 프에 비유했는데, 많은 생각을 하게 만든 표현이었어요.

페테르 에르베는 〈환생을 이해하기 위하여〉라는 장에서 환생에 대해 이렇게 설명하고 있다.

"다소 자유분방한 비유를 사용하면, 환생 과정에 들어 있는 잠재 위험은 번지(bungy)와 연결되어 있다는 사실을 잊은 번지점퍼의 위험과 비슷하다. 이와 흡사하게 어둠 속에서 길을 잃은 영혼은 자신의 근원과 연결되어 있다는 사실을 잊은 채 빛으로 되돌아갈 자기 나름의 길을 찾아내야 한다. 이것은 대다수 영혼들에게는 우리의 시간 계산법으로 몇십조 년을 필요로 하는 과정이다. 이처럼 밀도 높은 물질 속으로 들어가는 영성의 여행은 영혼이 겪을 수 있는 가장 혹독한 시험이지만, 신의 아들이 이 시험을 거치면서 자신의 기원인 빛 속으로 돌아갈 길을 찾아낸다면, 그의 지식은 헤아릴 수 없을 만큼 값진 것이 된다. 그는 삼라만상의 가장 심오한 신비 속으로 들어가서도 '자신을 잃지 않는' 방법을 배운 것이다. 이것은 그를 참으로 숭고한 스승이자 도움 주는 자의 위치에 서게 한다. 사실 그의 배움은 너무나 위대해서 자신이 선택한다면 그는 행성 전체의 진화를 책임질 수도 있다."

이후 그는 환생하는 방법에 대해 아주 자세하게 기술한다.•

• 페테르 에르베, 조경숙 역,《우리는 신이다》, pp.41-42.

—— 선생님은 환생에 대해 어떤 생각을 갖고 계십니까?

—— 사람에 따라 개인차가 있다고 생각합니다. 앞서도 얘기했지만 수행과 관련이 있기 때문이죠. 수행은 몸을 가지고 있는 상태에서도 하지만 몸을 떠나 영혼만 존재하는 상태에서도 계속됩니다. 영혼이 수행에 들어가면 환생이 그만큼 지연될 테지요. 하지만 몸을 가진 상태에서의 수행도 중요하기 때문에 환생의 주기를 스스로 당겨서 선택하는 경우도 있습니다. 환생의 주기가 긴 사람과 짧은 사람에게는 그 나름의 이유가 있다는 얘깁니다.

—— 죽음 이후의 삶과 환생의 문제를 다룰 때 거의 필독서가 되는 것이 《티베트 사자의 서》입니다. 그런데 이 책을 보면 죽음에서 환생까지 걸리는 기간을 49일로 못박고 있습니다. 일반 불교에서 장례와 관련해 중요한 의식인 49재*와도 일정 부분 관련이 있는데요, 환생 기간이 매우 짧은 것이 특징입니다. 어떻게 보십니까?

—— 49일 동안 지구궤도에 머무는 것을 의미한다고 봐야 합니다. 이후 영계로 갈 수도 있고, 환생을 택할 수도 있습니다. 린포

• 불경에 기록된 바에 의하면, 사람의 존재 상태를 ①생유(生有) ②사유(死有) ③본유(本有, 生에서 死까지) ④중유(中有, 이생에 죽어서 다음 生까지) 네 가지로 분류한다. 이중 네 번째 중유 상태의 기간이 49일이다. 즉, 사람이 죽은 뒤에 일반적으로 49일이면 중유가 끝나고 다음 생이 결정되는 것이다. 다음 생이 결정되기 직전인 48일째에 정성을 다해 영혼의 명복을 비는 것이 49재다.

체*나 달라이 라마의 환생태와 같이 지구에서의 수행을 더 중요하게 생각하는 경우는 후자에 속합니다.

—— 불교에서 말하는 '보살'의 경우와 비슷한 맥락인 듯싶네요. 해탈을 했지만 지구적 존재들에 대한 연민과 가르침을 주려는 마음, 구원에 도움을 주려는 자비심을 가진 깨달은 존재를 보살이라고 하죠.

—— 깨닫지 못한 자는 물질적 욕망 때문에 이생으로 다시 돌아오려 하고, 연민하는 마음을 놓아버리지 못한 자는 그런 사람들을 도와주기 위해 다시 이생으로 돌아오는 거죠. 이 차이가 하늘과 땅인데, 그래서 답은 사랑입니다. 자신의 물질적 욕망을 연민하는 사람이 있다는 것을 무엇으로 깨닫겠습니까? 사랑만이 그걸 깨닫게 합니다. 물질적 욕망에 갇히면 사랑을 볼 수가 없죠.

—— 부자는 많은 사람으로부터 사랑을 받으니까 사랑이 무언지 잘 알지 않을까요?

—— 사랑은 받는 게 아니라 주는 겁니다. 물질적으로 풍부한 사람들은 받기만 하고 줘본 적이 없어서 오히려 사랑을 모르죠. 그리고 그들이 받는 건 사랑이 아닙니다. 그냥 관심이나

• 과거 생에 출가 수행자로 수도에 전념하다가 죽은 후 다시 인간의 몸을 받아 환생했음이 증명된 사람. 이런 환생의 패턴 자체를 의심하는 사람도 있지만, 린포체의 선정, 린포체로 확정된 뒤의 교육 등은 티베트불교의 한 특징을 이룬다. 달라이 라마가 대표적인 린포체다.

부러움 같은 거죠. 그들 앞에서 머리 조아리는 사람들 중에 그들을 진정으로 사랑하는 사람이 몇이나 될까요?

—— 상대의 마음을 읽을 줄 안다면 달라질 텐데요. (웃음) '마음을 본다'는 뜻의 관심(觀心)은 어느 정도의 경지일까요?

—— 마음을 관(觀)할 수 있다는 건 굉장한 능력이라고 봅니다. 상대의 생각을 간파해내는 독심(讀心)보다 몇 수 위라고 봐야 해요.

—— 독심술(讀心術)과 관심법(觀心法)이 비슷한 거 아닌가요?

—— 많이 다릅니다. 독심술은 그야말로 술수(術手)죠. 상대의 생각을 조종해서 자신의 생각을 주입하는, 일종의 세뇌라고 할 수 있습니다. 예전에 러시아의 초능력자가 은행에 들어가서 자신에게 거액의 돈을 주게 했다는 식의 얘기가 있었죠. '마음을 보는 사람'은 그런 짓 자체를 하지 않습니다. 상대를 더 높은 차원으로 이끄는 마스터의 역할, 스승의 역할을 하죠.

217

—— 세상에는 '기적'이라고 불러야 할 만큼 별스럽게 운이 좋은 경우가 있습니다. 가령, 벼락을 맞으면 몸이 타버릴 정도로 순식간에 목숨을 잃게 되지만, 전신에 암세포가 퍼진 상태에서 벼락을 맞았다가 암세포가 완전히 사라져버린 사람도 있습니다. 이건 어떻게 해석해야 할까요?

—— 그야말로 초자연현상이죠. (웃음) 여기에도 인연이 작용합니다. 벼락을 때려서 죽이고 싶은 사람이 있는가 하면, 벼락을

때려서라도 살리고 싶은 사람이 있는 거죠.

—— 이런 경우에 보통 '신'을 거론하게 됩니다. 마지막에 기적을 바라며 신에게 기원하지 않습니까.

—— 일반적으로는 도저히 일어날 수 없는 일이 일어났을 때, 어떻게 된 일인지 이해하고 싶은 마음이 신을 부르죠. 신은 그야말로 보편적이고 우주적인 존재입니다. 부르는 이름이 무엇인가는 중요하지 않아요. 사실 종교적 가르침은 모두 아름답고 선합니다. 틀린 말이 없어요. 모든 종교의 경전에는 인류의 구원을 위해 필요한 말들만 적혀 있습니다. 하지만 인류의 역사에서 가장 비극적인 것이 전쟁인데, 그 전쟁의 대부분이 바로 종교 간의 갈등과 반목에서 비롯되었어요. 지금도 마찬가지죠.

이유는 간단합니다. 자신들이 부르는 이름의 신만이 우주의 창조자라고 믿기 때문입니다. 자신들이 부르는 이름의 신만이 자비로운 사랑의 신이라고 믿기 때문입니다. 해결책도 간단해요. 이름을 없애버리는 겁니다. 그냥 '신'이라는 개념만 갖는 거죠. 우주의 창조자가 있고, 무한한 사랑과 자비를 가진 존재가 있다… 이 사실만 간직하는 겁니다.

특정 종교를 믿는 사람들만을 사랑하는 신이 어떻게 전지전능할 수 있습니까? 우주를 창조하고 인류를 창조한 신이 마음이 바뀌어서 특정한 신도들만을 사랑하게 된 건가요? 우주 전체에 편재(遍在)하는 존재가 신입니다. 저 거대한 우주에서 한 알의 먼지까지 모두를 사랑하는 존재가 신입니다. 기독교의 신도, 불교의 신도, 이슬람의 신도 결국 이 신을 말하는 거아닙니까?

운명에 대하여

—— 우리에게 일어나는 설명할 수 없는 일들을 설명하고 싶을 때 우리는 하늘에 떠 있는 별의 운행을 살핍니다. 점성술의 역사는 인류의 역사만큼 길다고 할 수 있는데요, 별의 운행이 우리의 길흉화복을 가르쳐주는 지표가 될 수 있을까요?

—— 그렇게 멀리까지 갈 필요가 없어요. 지구의 변화만 읽어도 길흉화복을 모두 알 수 있죠. 겨울 다음에 봄이 오잖아요. 봄 다음에 여름이 오고요. 여름 다음엔 가을, 가을이 끝나면 다시 또 겨울, 이것이 운행이잖아요. "이 사람은 지금 봄이구나. 꽃 피는 시절이네. 향기 분분하고. 곧 신록이 우거지겠군. 그 다음에 가을이 오고, 그러곤 혹독한 겨울이 올 거야." 인생에도 봄 여름 가을 겨울이 있고, 우주에도 봄 여름 가을 겨울이 있는 겁니다. 자연에 있는 것 그대로 말이죠.
저 우주의 별까지 가지 않아도 됩니다. 아주 작은 것부터, 아주 가까운 곳부터 보아야 해요. 점술을 가장 가까운 곳, 가장 가까운 시일, 가장 가까운 문제를 두고 시작해보세요. 이게 더 정확한 답변을 가져다줄 수 있습니다. 먼 곳, 먼 시간은 추

219

봄

만물이 소생하는 계절. 동면하는 동물들은 비로소 잠에서 깨어나 본격적인 자립활동을 시작한다. 개화의 계절. 겨울을 잘 인내한 식물들은 그 대가로 아름다운 꽃들을 피울 능력을 얻고 벌과 나비들을 불러 자손을 퍼뜨릴 기회를 얻게 된다. 꽃들의 표정을 자세히 들여다보면 겨우내 얼마나 따뜻한 햇볕을 간절히 그리워했는가를 읽을 수 있다. 그것을 읽을 수 있어야 시인이나 예술가의 반열에 오를 수 있다.

여름

사계절 중에서 가장 무더워 에어컨, 선풍기, 냉장고 등의 가전제품이 잘 팔리는 계절. 식물들은 이 계절을 기해 가지와 잎이 더욱 무성해진다. 매미나 풀벌레들은 짝짓기를 위해 가장 요란한 소리로 울어대고, 사람들은 더위를 피해 계곡이나 바다를 찾는데, 사람들 역시 이 계절을 기해 계곡이나 바다에서 짝짓기에 열을 올리기도 한다. 더위를 핑계로 노출이 심해지고 성범죄가 빈번해지기도 한다. 소설이 될 만한 소재는 많이 생기는데 소설을 쓰기에는 내키지 않는 계절이다. 비가 가장 많이 내리는 계절. 신기하게도 해마다 같은 장소에서 같은 수재민들이 발생하는 경우가 허다하다. 그런데도 관계 부처의 대책 또한 전년도와 크게 다르지 않다. 불의와 비리를 증오하는 사람들이 가장 욕을 참기 힘든 계절.

가을

수확의 계절. 농부들이 흘린 피땀이 아름다운 결실로 돌아와 풍요를 누리기에 가장 적합하다. 하지만 정치를 개떡같이 하게 되면 농부들의 한숨이 더욱 높아질 우려도 있다. 나무들은 아름답게 단풍이 들고 들판에는 곡식들이 무르익는다. 천고마비, 하늘이 높아지고 말이 살찌는 계절이라 알려져 있다. 하지만 하늘은 갈수록 높아지는데 인간은 갈수록 낮아진다면 무슨 낙이 있겠으며, 말은 갈수록 살찌는데 인간은 갈수록 영양실조를 면치 못한다면 무슨 낙이 있겠는가. 태평성대를 부르는 것은 농사꾼들만의 소임이 아니다.

겨울

먹고살 만한 사람들에게는 휴식의 계절이고 먹고살기 힘든 사람들에게는 시련의 계절. 수은주의 눈금이 급격히 떨어지고 동식물의 활동이 현저하게 줄어든다. 외로움을 잘 타는 사람들은 늘 골 사이로 부는 바람이나 뼛속으로 고여드는 얼음물을 견딜 수가 없어 밤마다 유서를 쓰기도 한다. 세상이 온통 유배지다. 희망이 텃밭의 옥수숫대처럼 시들어 쓰러지고 절망이 유리창의 백엽식물처럼 억척스럽게 번성한다. 작가나 시인 지망생들이 비감한 표정으로 원고지를 꺼내드는 계절이다. 가끔은 폭설이 내리고 가끔은 소식이 두절된다. 그때마다 시간이 깊어진다. 젊은이들은 막연하게 크리스마스를 기다리지만 막상 크리스마스가 닥친다 해도 세상이 달라지지는 않는다.

햇빛

태양이 무료로 제공하는 생명의 필수요소 중 하나. 주로 낮 시간에 많이 분사되며 사물의 형체를 드러내는 데 결정적인 역할을 한다. 특별한 보안기구를 착용하지 않고 육안으로 직시하면 시력기능이 저하되거나 손상될 우려가 있다. 대체로 밝고 따뜻한 성정을 가지고 있지만, 계절이나 위치에 따라서는 뜨겁고 메마른 성정을 드러내 보이기도 한다. 아름다운 것이든 추한 것이든 가리지 않고 비추는 공평함을 가지고 있다. 돋보기로 모아서 개미를 태워 죽이거나 검불에 불을 지필 수도 있다.

물

천(天), 지(地), 인(人)이 모두 가지고 있는 물질. 뜨거운 용광로의 쇳물 속에도 있고 산속의 견고한 바윗돌 속에도 있다. 이들을 결합수라 한다. 동물들이나 식물들이 자체적으로 만들 수도 있다. 이 물은 자생수라고 한다. 온도에 따라 액체, 기체, 고체로 변환된다. 햇빛과 마찬가지로 무료로 제공된다. 생명의 필수요소 중 하나다. 낮은 곳으로 낮은 곳으로 흘러서 마침내 바다를 이룬다. 바다를 이루어 작은 목숨 큰 목숨을 가리지 않고 보듬는다. 담기는 그릇의 모양대로 자신의 모양을 바꾼다. 비교적 부드럽고 청량한 성정을 가지고 있으나, 분노할 때는 사납고 거칠어서 인간의 힘으로는 대적이 불가능하다. 지구상에서는 인간의 성정을 가장 잘 수용하고 반영하는 물질이다. 모든 물질을 수용하지만 자신의 고유성을 잃어버리는 경우는 없다. 한마디로 표현하자면, 물은 오로지 물일 뿐이다.

메아리

보이지는 않지만 멀리 떠났다가 돌아오는 소리의 명확한 그림자.

보름달

동녘 하늘, 한 달에 한 번, 늘 빙그레 웃으며 떠오르는 존재. 흐린 날은 구름 뒤에 숨어 운다. 이태백은 물에 빠진 그를 건지러 들어갔다가 아직 나오지 못하고 있다. 밤낮없이 외계인들과 술 한 잔에 시 한 수를 읊으며 지구로 돌아와야 한다는 사실을 까마득히 잊어버린 건 아닐까.

리, 추측, 추정을 요하죠. 그만큼 관념적이고 추상적이 될 수 있어요.

—— 가까운 자연의 변화에서 인간과 우주의 변화를 읽어내는 지혜가 필요할 텐데요, 하지만 21세기의 젊은이들이 모이는 곳에 가보면 의외로 점집이 많습니다. 모습은 카페인데 사주도 보고, 손금도 보고, 타로점도 치고 그래요.

—— 점이란 건 어차피 50 대 50, 반반이죠. 맞거나 틀리거나. 모 아니면 도. (웃음) 봐도 그만 안 봐도 그만인 게 점입니다. 오랜 수업을 거친 영험한 점술가는 경험의 축적에서 오는 포스가 있어요. 그런 사람들은 큰 밑그림만 그려주지 세세한 것들을 일러주지 않아요. 인생공부 열심히 해라, 마음을 잘 써라, 자신보다 남 도우며 착하게 살아라… 그런 말만 해줍니다. 뻔한 소리다 싶겠지만, 이 말들에 진정한 점괘가 들어 있다는 걸 모르면 백날 점보러 다녀봐야 헛일이죠.

—— 누군가 심각한 위기에 봉착한 사람이 선생님을 찾아와서 방편을 구하면 어떻게 하시겠습니까?

—— 제 식대로 가르쳐줄 수는 있어요.

—— 선생님 식이란 건, 점술가들의 방식과는 다르다는 얘긴가요?

—— 점술가들의 점괘는 복채에 따라 달라지지만, 제 점괘는 복채랑 상관없이 똑같아요. (웃음)

—— 혹시 "인생공부 열심히 해라, 마음을 잘 써라, 자신보다 남

도우며 착하게 살아라." 이거 아닌가요?

—— 맞습니다. 그보다 더 훌륭한 점괘가 어디 있겠습니까. (웃음)

—— 사주나 점을 보러 가면 불길한 운세를 들을 때가 있습니다. 삼재(三災)가 들었다든가, 살(煞)이 끼었다든가, 액운(厄運)이 들었다든가 하는 얘기를 들으면 괜히 기분이 나쁘고 겁이 납니다. 이런 게 실제로 있는지, 있다면 피할 방법도 있는지 궁금합니다.

—— 노력을 하는데도 잘 풀리지 않을 때가 있잖아요. 유난히 구설수에 오르내리는 경우도 있고요. 이런 게 삼재니, 살이니, 액운이니 하는 이름을 달고 있죠. 문제는 이런 것에 기분 상해하거나 겁을 집어먹는 순간 여기에 휘말린다는 겁니다. 제가 툭하면 "난 평생 삼재야"라고 말하지 않습니까. 그러려니 하고 받아들이는 자세가 필요합니다. 애써 피해가려고 하다 보면 도리어 덤터기를 쓰게 되죠.

경계하고 삼가는 마음이 중요합니다. 옛 어른들이, 아기가 태어나서 이름을 지을 때 사주팔자를 따져서 어떤 기운이 승하고 어떤 기운이 약한지를 알아본 뒤에 승한 기운은 누르고 약한 기운은 보완하신 게 다 경계하고 삼가는 마음이었죠. 저도 아기 이름을 지어달라는 부탁을 많이 받는데, 기본적으로는 이런 마음으로 짓습니다만, 제가 중요하게 생각하는 것은 부를 때 정감이 가고 부드러운 어감을 가진 이름입니다.

225

이름은 결국 다른 사람이 불러주는 것인데, 부르는 사람이 정감을 느끼고 그 마음을 부드럽게 해주는 이름이 좋은 이름이죠. 경험에서 나온 지혜라고나 할까요. (웃음)

—— 우리가 쓰는 일반적인 말들 중에도 입에 올려서 기분이 좋아지는 단어가 있고 그렇지 않은 단어가 있는데, 이름은 더 중요하겠다는 생각이 드네요. 더구나 이름은 평생을 써야 한다는 점에서 숙명과도 같은 거죠.

—— 이름을 숙명으로 생각할 것인가 운명으로 생각할 것인가, 이것도 고민을 해봐야 합니다. 숙명은 바꿀 수가 없어요. 부모와 자식의 관계처럼 말이죠. 하지만 운명은 바꿀 수 있습니다. 얼마든 스스로 만들어갈 수 있는 게 운명이죠. 자동차왕으로 불렸던 헨리 포드가 그랬죠. "진정한 성공이란 내가 사회로부터 받은 것을 그대로, 그 이상으로 사회에 돌려주는 것이다." 자기 한 몸 살아남기에 급급한 것은 하수의 삶입니다. 자신의 운이 어떤지를 묻는 쪽이나 방법을 가르쳐주는 쪽이나 모두 하수죠. 어떻게 하면 세상을 더 낫게 만들고, 거기에 기여할 것인가? 이런 것을 묻고 그 방법을 가르쳐주는 것, 그 길을 안내하는 것, 이게 진정한 고수입니다. 이름을 짓는 것도, 점괘를 봐주는 것도 여기에 입각해야 진짜죠. 자신에게 주어진 이름을 숙명이 아니라 운명으로 인식하면 의미가 달라집니다. 좋은 쪽으로 바꿀 수 있는 길이 얼마든 열려 있어요.

—— 그러니까 운세라는 걸 아무리 정확히 맞힌다 해도 큰 틀의 의미를 깨닫지 못하면 아무 소용이 없다는 거군요.

—— 그렇습니다, 그저 현상일 뿐입니다.

흑마술에 대하여

—— 흑마술에 대해서 여쭤보려고 하는데, 이것 역시 현상의 일이 란 생각이 드네요. 흔히 블랙 매직(black magic)이라고 하는 흑 마술은 누군가를 저주함으로써 생명을 빼앗거나 불행에 빠 뜨리는 걸 말하죠. 앞서 얘기해주신 제웅과 같은 맥락에서 해석할 수 있을 것 같습니다. 11세기 티베트의 큰스님 밀라 레파(密勒日巴)가 깨달음에 이르기 전에 흑마술을 한 것으로 유 명합니다. 그러니까 가난하게 살던 어린 시절에 동네 사람들 로부터 괄시받으며 산 분풀이로 마을 전체에 저주를 내려 해 마다 흉년이 들고 사람들은 병들어 신음하게 만든 거죠. 그 런데 어느 날 자신이 한 일을 지켜보면서 대오각성(大悟覺醒)해 비로소 큰스님의 길을 가게 됩니다.

—— 나쁜 생각은 마구니들과 연결돼 있어서 좋은 마음을 쓰는 것 보다 작용이 더 잘 됩니다. 탑을 쌓으려면 10년이 걸려도 무 너뜨리려 하면 한순간에 할 수 있잖아요. 하지만 이건 일시 적 현상에 지나지 않습니다. 현상을 넘어서는 초자연적인 것 에는 거의 상층계가 작용하기 때문에 견고하고 지속적입니

다. 그래서 깨달음은 얕은 술수로는 이룰 수 없어요. 영원한 마음만이 깨달음에 닿을 수 있습니다. 그래서 고통스럽고 어렵더라도 깨달음의 길은 거부할 수가 없죠.

제가 《벽오금학도》를 쓸 때, 젊은 귀신이 하나 찾아와서 자꾸 불러주더군요. 소설이 술술 풀리는 것 같기는 한데 가만 보니 제가 쓴 것보다 많이 유치해요. 그래서 불러줘도 쓰질 않았어요. 그랬더니 어느 날 화를 벌컥 내면서 "잘난 척하지 마라. 당신도 틀린 게 있다"고 하지 뭡니까. 깜짝 놀라서 잠이 깼는데, 이상해서 써놓은 걸 다시 읽어보았더니 정말 틀렸더라고요.

—— 뭐였죠?

—— 주인공이 마스크와 장갑을 끼고 점쟁이를 만나러 가는 장면이었어요. 여름인데 말이죠.

—— 젊은 귀신과는 사이가 좋아졌겠군요.

—— 고치고 나니까 그다음부터는 오지 않더라고요.

—— 어떻게 해석해야 하는 거죠? 상층계가 작용한 건가요?

—— 앞서 얘기한 시마(詩魔)처럼, 글을 쓰고픈 욕구를 지닌 존재가 잠시 나타났던 거라고 생각합니다. 자기 식대로 써보려고 했는데 들어주지 않으니까 자신의 존재를 확인시키고는 가버린 거죠.

—— 통제하는 힘을 제대로 갖추지 못하면 귀신이 불러주는 대로 써버릴 수도 있겠는데요? (웃음)

—— 그런 걸 한두 번 겪을 필요는 있어요. 자신이 무슨 글을 쓰는지, 어떻게 쓰고 있는지를 알 수 있는 계기가 될 테니까요.

—— 사실 우리나라에선 작가든 독자든 초자연현상에 대해 그다지 너그럽지 않은 편입니다. 하지만 《벽오금학도》를 포함해서 선생님의 작품들은 오히려 독자로부터 많은 관심과 사랑을 이끈 부분 가운데 하나가 바로 초자연현상이라고 해도 지나치지 않은데요, 이번 대담이 가능했던 것 역시 이 점 때문이라고 생각합니다. 선생님이 초자연현상에 남다른 애정과 이해를 갖게 되신 이유가 있습니까?

—— '초자연현상'이라는 단어에 모두 수렴시키는 데는 수긍하지 **229** 않습니다. 우리에게 드물게 일어나는 일들, 신기한 일들, 우리의 믿음이나 알고 있던 법칙에 어긋나는 것들… 이런 것들이 꼭 초자연적인 것일까, 하는 의구심을 가져볼 필요가 있습니다. 제가 지구에 대해 염려하는 부분을 '달 친구'들에게 얘기하면 "지구의 역사에서 늘 일어났던 일들 중 하나의 현상이다"라는 대답을 많이 들었어요. 우리에게 필요한 것은 보다 크고 넓은 시각입니다.

테두리를 좁히면 볼 수 없는 게 그만큼 많아지죠. 테두리 바깥에서 일어나는 일들을 도무지 믿으려 하지 않는 태도가 만들어놓은 게 '불가사의'니 '초자연현상'이니 하는 것들입니다. 테두리를 넓히면, 나아가 테두리 자체를 없애버리면 이해되지 못할 것도 없고, 모든 게 자연스러운 현상이 되겠죠. 그렇게 되면 불가사의도 없고 초자연현상도 없어집니다. 스스로를 우주적 존재로 만들어가야 합니다. 탈(脫)인간, 탈한국인, 탈지구인, 탈은하계인… 이런 식으로 자꾸 탈피해서 자신의 테두리를 확장시키고 마침내 없애버려야 해요. 제 문학이 지향하는 게 바로 이것입니다.

제가 쓰는 글이, 우주만물을 창조하고 관장하는 전지전능한 신에게 가까이 가고 우주를 읽어내는 안목을 키워줄 수 있기를 희망합니다. 문학이란 것이 본래 좁은 의식을 넓히고 갇힌 생각을 열어주는 것이잖아요. 시를 읽고 소설을 읽는 것은 그런 연습을 하는 것입니다. 일상에 갇혀 반복적으로 살아가는 우리를 유연하게 만들고, 일탈을 꿈꾸게 만들고, 상상을 실천하게 만드는 것이 문학 아닙니까.

'초자연'은 자신의 입장에서 타인을 볼 때 언제나 갖게 되는 생각입니다. 낙엽이 볼 때 조약돌은 엄청나게 초자연적인 존재죠. 바람이 불면 날아가야 하는데 이 녀석은 뻔뻔하게 그냥 가만히 있잖아요. 내 입장에서만 바라보기 때문에 '자연을 넘어서는 일'이 되는 겁니다. 조약돌의 입장에서 낙엽을 보면 또 얼마나 초자연적이겠습니까. 거듭 강조하지만, 관측자의 위치를 바꾸는 것이 중요합니다. 자연과 자주 합일하고 사물들과 자주 대화하면, 모든 것이 자연 안의 존재고 자연 안에서 일어나는 일이 됩니다. 초자연이란 건 없어요. 자연과 합일하는 것, 사물과 대화하는 것이 바로 '우리 자신이 우주라는 사실'을 깨닫는 겁니다.

요즘 '힐링'이란 말을 많이 쓰는데요, 전 인류를 환자로 보는 현상입니다. 환자이긴 해요. 육신이 아프든, 정신이 아프든, 영혼이 아프든, 모두가 어딘가는 아픈 상태니까요. 그런데 가장 좋은 힐링이 뭘까요? 육신이 아프면 병원에 가고 약을 쓰면 됩니다. 하지만 정신이 아프면 병원이나 약으로는 치유할 수 없어요. 정신의 아픔을 달래주는 특효약은 예술작품입니다. 책과 그림과 음악이 정신의 산물이기 때문이죠. 정신에서 나온 것으로 정신의 아픔을 치유하는 겁니다.

그런데 영적 아픔은 어떻게 치유할까요? 영혼의 치유는 신과 교류할 수 있는 역량이 되어야만 가능합니다. 기도를 통해 신과 대화를 시도해야 합니다. 여기서 신은 조상신이니 장군신이니 하는 수준의 귀신을 말하는 게 아니에요. 특정 종교의 우두머리 역할을 담당하는 그런 존재도 아니죠. 우리가 끊임없이 교류해야 하는 건 우주를 창조하고 관장하는 존재, 먼지에서 우주까지 두루 편재하는 존재, 사랑과 아름다움으로 가득한 존재인 신입니다.

신과 소통하려면 우리 자신을 정-기-신이 고루 조화된 건강한 상태로 유지해야 해요. 그래야만 자연을 제대로 볼 수 있고, 우주를 제대로 볼 수 있습니다. 자연을 제대로 보지 못하고 우주를 제대로 보지 못하면 결국 그 안의 현상들이 '초자

231

연'이 되어버리고, 신비에 빠지고, 몽매함에서 벗어나지 못합니다. 그러면 신의 사랑도 아름다움도 우리 것이 될 수 없어요. 낙엽이 되어보고 돌이 되어보면 낙엽도 알게 되고 돌도 알게 됩니다. 알면 느끼게 되고, 느끼면 깨닫게 되죠.

자연은 늘 우리를 보고 있습니다. 그런데도 인지하지 못하는 건 우리가 그걸 보지 않기 때문입니다. 자연에 눈을 줘보세요. 그러면 보입니다. 어떤 꽃에는 벌이 앉고, 어떤 꽃에는 박각시가 앉습니다. 어떤 꽃은 배추흰나비가 좋아하고, 어떤 꽃은 호랑나비가 좋아하죠. 배추흰나비의 입장에서 보면 호랑나비는 초자연적인 존재고, 호랑나비가 보기에는 배추흰나비가 초자연적인 존재입니다. 하지만 관측자의 위치를 바꾸기만 하면 둘 모두 자연의 존재가 됩니다.

—— 모든 초자연현상은 결국 자연현상이군요.

—— 그렇습니다. 먼지도 우주도 모두가 자연입니다. 그 안에서 일어나는 모든 일이 자연의 일입니다.

신을 알고, 느끼고, 깨닫는다는 것

"신을 보았다는 사람들이 있습니다.
신은 볼 수 있는 존재인가요?"

그들은 먼지와 우주가 별개의 것인 줄 알고 있었으며 모래와 산이 별개의

것인 줄 알고 있었다. 절망과 창자, 밥과 희망, 구름과 행려병자, 거지와

석가모니, 밀가루와 석탄, 정어리와 달빛, 탱크와 민들레, 태양과 하루살

이, 증오와 백합, 예수와 히틀러, 불개미와 느티나무, 바람과 음악, 시간

과 저울, 똥과 명예, 먼지와 고요, 위치와 속도, 법칙과 모래, 배반과 후

회, 양아치와 장미, 흔들림과 무너짐, 성좌와 성단, 해일과 갈매기, 중성

자와 블랙홀, 시인과 수면제, 전쟁과 매독, 가시와 손톱, 섹스와 도박, 검

열과 속박, 결핍과 아우성, 예술과 발작. 이 세상에 존재하는 모든 것이

불가분의 관계들을 맺고 있으며 하나로부터 태어나 하나로 돌아가기 위

한 순환의 고리들임을 그들은 의식하지 못한 채 살고 있었다.

_ 이외수, 《벽오금학도》

대담을 끝내고 원고를 정리하던 중에 마지막으로 묻고 싶은 게 떠올랐다. 정리를 모두 마친 원고를 가지고 감성마을로 들어갔다. 깊은 겨울에 잠겨 있던 감성마을이 조금씩 깨어나고 있었다. 폐에 물이 차는 기흉으로 병원에 입원해 시술을 받고 돌아온 지 며칠 되지 않았을 때였다. 나는 이외수 선생에게 마지막으로 묻고 싶은 게 있다고 말하고는 녹음기를 켰다. 내가 묻고 싶었던 것은 신(神)에 관한 거였다.

—— 신도 수행을 합니까?

—— 공자가 홍도(弘道)를 얘기할 때 강조한 것은 "도를 공부해 자신의 도가 넓어지는 것은 또한 도 자체를 넓히는 일"이라는 거였습니다. 이걸 신의 문제에 적용하면 어떻게 될까요? 우리가 신과 소통해서 신을 알고 신을 느끼고 신을 깨닫게 되면, 그만큼 신의 크기가 커집니다. 어떤 종교를 믿든 수행이 필요한 이유가 바로 여기에 있어요. 수행은 자신의 크기를 키워주고, 그렇게 커진 크기가 바로 자신이 믿는 신의 크기가 됩니다. 이렇게 신 또한 수행자를 통해 스스로를 넓히는 수행을 하는 것입니다. 우리가 신의 크기를 결정한다는 사실을 잊지 마십시오.

—— 가끔 신을 보았다고 주장하는 사람들이 있습니다. 신은 볼 수 있는 존재인가요?

—— 육안으로 봤다는 것은 형상을 보았다는 것이고, 형상을 가졌

다는 것은 하급 영(靈)이라는 얘기죠. 천사를 보았다거나 성모 마리아를 보았다거나 부처님을 보았다는 사람, 하늘에서 들려온 음성을 들었다는 사람의 진술을 애써 부인할 필요는 없습니다. 하지만 신은 볼 수 있거나 들을 수 있는 존재가 아닙니다. 신은 오직 마음으로, 사랑으로, 아름다움으로 느낄 수 있는 존재입니다.

—— 신을 좀 더 쉽게 느낄 수 있는 방법이 있을까요?

—— 내가 나무가 되면 그 안에 임해 있는 신을 느낄 수 있습니다. 내가 하늘이 되면 그 안에 임해 있는 신을 느낄 수 있습니다. 내가 먼지가 되면 먼지에 임해 있는 신을 느낄 수 있습니다. 우리가 될 수 있는 것은 무궁무진하고 천차만별하고 무량무한해요. 그 무궁무진하고 천차만별하고 무량무한한 것 안에 존재하는 것이 바로 신입니다.

이제껏 우리가 알고 있던 신은 무(無)입니다. 이것을 없애야 해요. 신은 사랑과 자비로 가득 찬 존재입니다. 우리의 가슴을 사랑과 자비로 가득 채울 때 사랑과 자비로 가득 찬 신을 끌어안게 되고, 사랑과 자비로 가득 찬 신이 우리를 끌어안게 됩니다.

—— 가슴을 사랑과 자비로 가득 채우는 건 쉬운 일이 아닐 것 같습니다.

—— 쉽지 않겠지만, 어려운 일도 아닙니다. 가슴에 내가 들어 있는 한 사랑과 자비를 채우는 일은 쉽지 않습니다. 가슴에서

239

'나'를 덜어내 버리면 사랑과 자비로 채우는 건 어려운 일이 아니에요. 내가 사라진 순간 사랑과 자비가 가득 찰 겁니다.

—— 신은 스스로 돕는 자를 돕는다는 말이 있습니다. 자신을 사랑하는 자를 돕는다는 뜻이 아닌가요?

—— 견해로서의 신에 접근하면 답이 안 나와요. 진체(眞體)로서의 신에 접근해야 합니다. 나만을 위한 신, 나만을 사랑하는 신은 없습니다. 내 가족, 내 나라, 내 종교만을 사랑하는 신은 가짜 신이죠. 신은 만물을 사랑하고, 만물을 아름답게 하는 존재입니다. '스스로를 돕는 자'는 '스스로 하기 힘든 일을 이루기 위해 부단히 노력하는 자'를 뜻하고, '자신이 아닌 타인을 먼저 생각하는 자'를 뜻합니다. 신은 그런 사람을 돕지요. 우리가 하는 기도는 신에게 우리를 위해 뭔가를 해달라는 요구의 기도입니다. 예수가 기적을 행할 때, 앉은뱅이를 일어나게 한다거나 장님을 눈 뜨게 한다거나 병자를 낫게 할 때, 반드시 하는 말이 있어요. "저희를 불쌍히 여기소서." 우리를 연민만 해주더라도 감사하다는 뜻입니다. 우리가 바라는 것이 위안이라는 사실을 말하는 거죠.

병을 낫게 하는 것이 치유가 아니라 병든 우리를 연민하고 위안하는 것이 바로 치유입니다. 연민과 위안이 바로 사랑이고 자비지요. 신은 그런 존재입니다. 한 알의 먼지를 사랑하는 존재만이 광활한 우주를 사랑할 수 있습니다.

먼지의 삶, 우주의 삶

이로써 모든 존재와의 소통을 위해 시작한 긴 항해를 마친다.
물질과 탐욕에 집착하는 삶이 아닌 정신적이고 영속적인 삶을 위해,
혼자만의 꿈과 행복이 아닌 함께 꿈꾸고 행복한 세상을 위해
부유하는 모든 먼지들에게 이 책을 바친다.

박석 상명대 교수, 《명상 길라잡이》 저자

이외수 작가는 한국 문학계에서 《장수하늘소》, 《칼》, 《벽오금학
도》 등의 작품으로 신비주의 구도(求道) 소설이라는 새로운 장르를
개척했다. 일상의 삶에서도 범인이 흉내내기 어려운 기이한 구도 행
적으로 널리 알려진 사람이다. 즉, 그에게 있어 구도는 작품의 주제
인 동시에 실제 삶의 화두인 셈이다.

그렇게 긴 세월 치열하게 구도하던 그가 이번에 하창수 작가와의
대담을 통해 자신의 정신세계를 세상에 던졌다. 이전의 대담집 《마
음에서 마음으로》에서도 뒷부분에 가서 자신의 구도세계를 살짝 드
러내 보였지만, 이 책에서는 구도에 대한 자신의 속내를 가감 없이
온전히 드러내고 있다.

추천사를 의뢰받고 조금은 망설였다. 사실 명상, 도, 기 등의 용어
로 대변되는 구도의 세계는 그 스펙트럼이 워낙 방대하고 추구하는
방향이나 분야도 실로 다양해서 하나로 통섭(通涉)되기 어려운 면이
있다. 나 또한 학창 시절 교내의 요가명상회라는 동아리를 통해 명
상의 세계에 입문한 후 35년의 긴 세월을 줄곧 구도의 길을 걸어왔
지만, 내가 추구하는 구도의 세계와 그가 추구하는 구도의 세계는
그 방향과 취향에 있어 상당한 차이가 있다. 공통분모가 그다지 없

는데 추천사를 쓰기란 상당히 껄끄러운 면이 있다.

그럼에도 불구하고 최종적으로 수락하기로 마음을 먹게 된 것은, 우선 젊은 날 처음 구도의 세계에 입문할 즈음 그의 소설에 많은 감동을 받았던 인연이 있기 때문이다. 아울러 이 책의 기본 취지에 동의하기 때문이기도 하다.

우리는 과학의 시대, 자본주의 시대에 살고 있다. 근대 서구과학과 자본주의는 인류의 물질적 생산력을 크게 향상시켰고 우리의 삶에 많은 편리함을 가져다주었다. 지금 우리는 이전의 사람들이 상상도 할 수 없었을 정도의 엄청난 물질적 풍요와 삶의 편리함을 누리고 있다.

그러나 그 이면에는 어두운 그림자도 많다. 과학은 우리에게 물질적 풍요와 삶의 편리를 가져다주는 많은 도구를 개발했지만, 동시에 지구상의 모든 생명체를 멸절시킬 수 있는 핵무기도 만들었다. 또한 우리 삶의 터전이자 어머니의 젖가슴과 같은 산하대지는 우리의 그칠 줄 모르는 이기심과 탐욕으로 인해 이미 만신창이가 되어버렸고, 환경오염의 어두운 그림자는 우리의 미래를 위협하고 있다. 게다가 그렇게 많은 것을 희생하면서 추구해온 물질적 풍요와 삶의 편리함이 이제는 생각보다는 그다지 우리의 행복지수를 높여주지 못하고 있다. 오히려 물질주의와 황금만능주의의 팽배로 인해 정신의 힘은 더욱 빈곤해졌으며, 이에 따라 소외감과 상실감, 스트레스와 불안이 점점 증폭되고 있다.

이제는 삶의 방식과 문명의 방향에 대해 근본적인 의문을 던져야 할 때다. 지금의 삶의 방식은 진정 우리가 원하던 것인가? 우리 문명은 제대로 된 방향으로 가고 있는가? 조금만 깊이 생각해보면, 지금의 물질 편향적인 삶의 방식과 문명의 흐름으로는 도저히 답이 나오지 않는다는 것을 느낄 수 있다. 이제는 새로운 삶의 방식, 새로운 문명을 적극적으로 모색해야 할 때다. 그 개략적인 방향이 물질문명과 정신문명의 통합에 있다는 것 정도는 대부분 공감할 것이다.

이러한 모색의 길에 기존의 제도권 종교는 그다지 큰 도움이 되지 않는다. 그 세계관과 인생관에서 전근대적인 냄새가 너무 많이 나기 때문이다. 지금 우리에게 필요한 것은 근대과학적 세계관과 인생관의 성과를 수용하면서도 그 한계를 넘어서는 좀 더 폭넓고 깊은 시야다. 또한 지금의 종교와 같이 신도들이 성직자들의 판에 박힌 교리 해설에 맹목적으로 순종하는 전근대적이고 수직적인 형태는 미래의 대안이 될 수 없다. 새로운 정신운동은 각 개인이 주체가 되어 경전의 참뜻을 추구해 스스로 진리의 등불을 밝히는, 보다 민주적이고 수평적인 형태가 되어야 한다.

내가 볼 때 그에 가장 합당한 것이 바로 구도의 삶, 명상의 삶이다. 과거 명상은 소수의 산중도인(山中道人)들의 전유물이었다. 그러다 20세기에 들어 명상은 서구의 소수 선각자에게 근대 서구문명의 한계를 극복할 수 있는 새로운 대안의 하나로 받아들여지기 시작했다. 68혁명 이후의 환경운동, 영성운동, 공동체운동, 뉴에이지운동의 중심에는 항상 명상이 있었다. 그리고 근래에는 슬로라이프, 웰빙이라는 이름 아래 명상이 보다 대중화되는 추세에 있다. 그러나 아직도 명상적인 삶, 구도적인 삶은 일반인들에게는 낯선 세계다. 명상과 구도의 대중화는 아직도 요원하다.

이런 면에서 이 책은 상당히 의미가 있다. 이외수 작가는 우리나라에서 명상이나 구도에 대한 관심이 아주 미미하던 1980년대 초반부터 꾸준히 명상과 구도에 관련된 소설들을 써서 대중들에게 명상적 삶, 구도적 삶을 널리 알리는 데 앞장서왔다. 지금까지는 소설적 허구와 가공의 인물을 통해 자신의 구도적 삶을 표현했다면, 이 책에서는 자신의 육성으로 우주와 인생에 대한 '한 소식'을 밝히고 있다.

이 책에서 다루는 주제는 실로 폭이 넓다. 먼지 속에 온 우주가 들어 있다는 화엄사상의 사사무애법계의 이야기로부터 시작해서 다른 차원의 공간, UFO, 선문답, 임사체험, 예언, 귀신, 최면, 텔레파시, 채널링, 윤회 등 다양하기 이를 데 없다. 그중에는 크게 공감이 가는 부분도 있고 공감이 되지 않는 부분도 있다.

작은 것 안에 큰 것이 들어 있으며 보잘것없는 작은 존재에 대해서도 열린 마음으로 바라보아야 한다는 관점, 윤회는 자기완성의 과정이기 때문에 길게 보아서는 우리 스스로의 설계에 의해 결정된다는 주장, 수행은 자신의 크기를 키워주고 그렇게 커진 크기가 바로 자신이 믿는 신의 크기가 되기 때문에 신 또한 수행자를 통해 스스로를 넓히는 수행을 한다는 주장 등에는 크게 동의한다. 그러나 다른 차원의 공간, UFO, 채널링 등 신비주의적 색채가 강한 부분에 대해서는 그의 견해에 동의하지 않을 뿐만 아니라 어떤 면에서는 명상의 본령과는 거리가 있다고 생각한다. 이것은 나의 주장이 옳고 그의 주장이 틀렸다는 이야기가 아니다. 서로의 관심사가 다르고 관점이 다를 뿐이다.

오랫동안 우주와 인생에 대해 명상하고 사색하고 독서해왔지만 탐구하면 할수록 그 오묘함은 끝이 없다는 것을 절감한다. 근대과학은 우리에게 많은 새로운 지식을 가져다주었지만 이 세상에는 아직 과학이 설명하지 못하는 영역이 많다. 그 미지의 영역에 대해 대부분의 사람들은 낡아빠진 기존의 제도권 종교의 관점을 맹목적으로 따르거나 아니면 과학의 칼날을 들이대면서 아예 무시해버린다. 이제는 제3의 길이 필요하다. 좀 더 유연하고 열린 마음으로 새로운 관점을 모색해야 한다. 이 책은 바로 그러한 모색의 하나다.

어떤 사람은 그의 주장에 전적으로 공감하고 어떤 사람은 완전히 말도 안 되는 이야기라고 생각할 것이다. 그리고 어떤 부분에는 공감이 가고 어떤 부분에는 별로 공감이 되지 않기도 할 것이다. 이 책에 대한 평가는 사람에 따라 편차가 있을 것이라 생각한다. 그렇지만 지금까지 제도권 종교와 과학이 말해주지 않는 영역에 대해 깊게 생각해보는 계기가 된다는 점에서 충분한 의의가 있다.

끝으로 들고 싶은 것은 책 전체에 면면히 흐르는 그의 우주만물에 대한 따사로운 사랑과 인생에 대한 깊은 긍정이다. 이 부분이 독자에게 잘 전달되기를 바라는 마음이다.